Für Maja von Nina   28. März 2017

Oetinger

Kirsten Boie

Eine Welt aus Büchern

Kirsten Boie

Der kleine Ritter Trenk

Bilder von Barbara Scholz

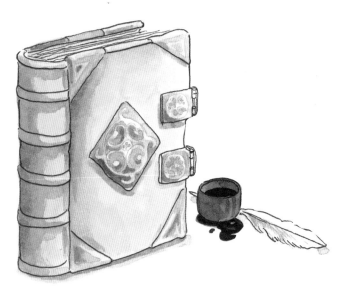

Verlag Friedrich Oetinger · Hamburg

Mehr über den tapferen Ritter in:

Der kleine Ritter Trenk und der Große Gefährliche
Der kleine Ritter Trenk und das Schwein der Weisen
Der kleine Ritter Trenk und der ganz gemeine Zahnwurm
Der kleine Ritter Trenk und der Turmbau zu Babel

Der kleine Ritter Trenk und fast das ganze Leben im Mittelalter
(Ein Ritterabenteuer mit ziemlich viel Sachwissen)

Ritter Trenk Partybuch.
(Tolle Tipps für ritterliche Kinderfeste und Turniere)

Der kleine Ritter Trenk. Wie war das bei den Rittern?
(Ein Wissensspielbuch)

Infos und Tipps für PädagogInnen zum Thema unter www.vgo-schule.de.

© 2006 Verlag Friedrich Oetinger GmbH,
Poppenbütteler Chausee 53, 22397 Hamburg
Alle Rechte vorbehalten
Einband und farbige Illustrationen von Barbara Scholz
Reproduktion: Grafik & Print GmbH, Hamburg
Druck und Bindung:
SIA Livonia Print, Ventspils iela 50, LV-1002, Riga, Latvia
Printed 2016
ISBN 978-3-7891-3163-9

www.kirsten-boie.de
www.oetinger.de
www.moewenweg-stiftung.de

Diese Personen kommen in der Geschichte vor.
Hier kannst du nachschlagen, wenn du dich mal nicht mehr
erinnerst.

Trenk vom Tausendschlag, ein kleiner Junge, der ein großer Ritter
wird
Haug vom Tausendschlag, sein Vater, ein armer Bauer
Martha, Trenks Mutter
Mia-Mina, Trenks kleine Schwester
Der gemeine Ritter Wertolt der Wüterich, leider der Grundherr von
Trenks Vater
Momme Mumm, ein Gauklerjunge
Der Herr Bürgermeister und viele, viele Bürger der kleinen Stadt
Schnöps der Runde, ein Gaukler
Fuchs der Rote, auch ein Gaukler
Der Herr Prinzipal, Chef der Gauklertruppe
Der Ritter Dietz vom Durgelstein, der mit Trenk einen Trick aus-
denkt
Zink vom Durgelstein, sein Sohn, ein wirklich sehr feiger Jammer-
lappen
Der Ritter Hans vom Hohenlob, endlich mal ein netter Ritter
Thekla vom Hohenlob, seine Tochter, die mehr kann, als ein Mäd-
chen damals können sollte
Hofdame, die Thekla das Sticken und Harfespielen und Suppe-
kochen beibringen soll
Räuberhauptmann, aus dem doch noch etwas Vernünftiges wird
Bambori, ein dummer Räuber
Der Herr Fürst, ein eigentlich ganz kluger Landesherr
Kohlenkopf, ein Köhler
Der Anführer der Köhler, nicht ganz so mutig
Mariechen, ein Köhlermädchen, das gute Ideen hat
Und natürlich
Der gefährliche Drache

1. Teil

Wie Trenk in die Stadt einzieht

1. Kapitel,

in dem erzählt wird, wer Trenk ist

 Jetzt will ich vom kleinen Ritter Trenk vom Tausendschlag erzählen, der so tapfer war und so schlau und außerdem auch noch so nett, dass er berühmt wurde von den Bergen bis zum Meer, und das war damals fast die ganze Welt, musst du bedenken, weil Amerika ja noch nicht entdeckt war.

Als Trenk geboren wurde, hätte niemand geglaubt, dass er einmal so ein großer und stolzer Ritter werden würde, denn geboren wurde er in einer winzig kleinen Bauernkate, in der die Regentropfen durch das undichte Strohdach fielen und der Qualm vom offenen Feuer die Luft verpestete und in der sein Vater Haug und seine Mutter Martha und seine kleine Schwester Mia-Mina und natürlich auch Trenk alle zusammen mit ihrer mageren Ziege und einem Ferkel in einem einzigen winzigen Raum auf dem Lehmboden schliefen. Trenks Vater war nämlich ein Bauer, und wenn du jetzt denkst, dass das doch gar keine so üble Sache war (auch wenn es damals natürlich noch keine Traktoren und keine großen Mähdrescher gab), dann muss ich dir leider sagen, dass Bauern es in den alten Zeiten ganz und gar nicht so schön hatten, wie du vielleicht glaubst. In der Zeit, von der ich erzählen will, gehörten den Bauern nämlich das Land, das sie bebauten, und die Kühe, die sie molken, und die Schweine, die sie schlachteten, kein bisschen; auch nicht die Katen, in denen sie wohnten, und nicht einmal sie selbst und ihre Frauen und ihre Kinder.

Ja, nicht einmal sie selbst und ihre Frauen und Kinder gehörten ihnen! All das gehörte dem Ritter, der in seiner großen, stolzen Burg hoch über dem Tal wohnte, und für den mussten sie darum auch ordentlich schuften. Sie mussten ihm von dem Getreide abgeben, das sie ernteten, und von dem Kohl und den Rüben; er bekam Fleisch von ihren Schweinen und Käse aus der Milch ihrer Kühe und Ziegen; und wenn er ihnen Nachricht schickte, dass sie jetzt mal ein bisschen auf *seinen* Feldern arbeiten sollten oder ihm einen neuen Brunnen graben, aber *hopplahopp!*, dann mussten sie ihre armseligen Hacken hinschmeißen und ihre Arbeit liegen lassen und rennen. Und dass ihnen deshalb ihr eigenes Getreide auf den Feldern verschimmelte und ihre Kühe vor Schmerz schrien, weil sie gemolken werden wollten, kümmerte den Ritter gar nicht. Wenn ein Bauer nicht tat, was sein Grundherr von ihm wollte, ließ der ihn einfach auspeitschen, schließlich gehörte der Bauer ja ihm.

Ja, so war das damals, wenn man ein leibeigener Bauer war, und du kannst dir vorstellen, dass die Jungs und die Mädchen, wenn sie ihren Eltern auf den Feldern halfen oder Krähen aus den Obstbäumen verscheuchten oder was die Kinder damals sonst noch so alles erledigen mussten, darüber nachdachten, was sie tun konnten, um später selber einmal nicht so ein erbärmliches Leben zu führen.

„Das werdet ihr niemals erleben, wenn ich erwachsen bin!", sagte Trenk, als er eines Nachmittags, nachdem sein Vater gerade wieder einmal bedeckt mit blauen Striemen vom Ochsenziemer nach Hause gekommen war, zusammen mit seiner kleinen Schwester Mia-Mina die Ziege und das Ferkel durch das Dorf führte, damit sie am Wegrand fressen sollten, was da eben so wuchs. „Dass ich Bauer werde und mich vom Herrn Ritter verprügeln lasse, das werdet ihr niemals erleben!"

„Was willst du denn sonst wohl machen?", fragte Mia-Mina und zerrte an ihrem Ziegenstrick. „Leibeigen geboren, leibeigen gestorben, leibeigen ein Leben lang." Und das war ja die heilige Wahrheit.

Aber Trenk fand nicht, dass er sich damit abfinden musste. „Dann werde ich eben einfach selbst ein Ritter!", sagte er entschlossen.

Da lachte und lachte seine kleine Schwester so sehr, dass ihr der Ziegenstrick durch die Hand rutschte und sie die Ziege zu zweit fast eine Viertelstunde durch das Dorf jagen mussten. Darum redete Trenk an diesem Nachmittag lieber nicht mehr davon. Er wusste ja selbst, dass so etwas ganz unmöglich war.

Trotzdem ist es später haargenau so gekommen, und wieso, das will ich jetzt erzählen.

2. Kapitel,

in dem erzählt wird, wie der Büttel Trenks Vater holt

 Es war am Abend eines schönen Frühsommertages, an dem der Raps auf den Feldern so golden geglänzt hatte, dass die Sonne sich ordentlich anstrengen musste, um mitzuhalten, als der Büttel gegen die Tür von Trenks Kate klopfte. Nicht, dass die Tür verschlossen gewesen wäre – und genau darum merkte man ja an dem Klopfen, dass es sich bei dem Gast um jemanden mit Anstand und Manieren handeln musste. Die Leute aus dem Dorf jedenfalls wären einfach so in die Kate gestürmt und hätten keinen Fitz daran gedacht, sich vorher anzukündigen.

Die Sonne war dabei, hinter dem nahen Wald unterzugehen, und der Himmel leuchtete so rot, dass Trenks Vater Haug gerade zu seiner Frau gesagt hatte, es würde wohl auch am nächsten Tag wieder schön und sonnig werden. Dann wollte er ordentlich Unkraut auf den Feldern jäten, und Trenk und Mia-Mina sollten ihm helfen.

„Nanu, nanu?", sagte Haug, als er das Klopfen hörte. „Wer kommt denn wohl so spät noch zu Besuch?"

„Ich mach schon auf!", rief Mia-Mina. Nun musst du deshalb nicht denken, dass sie ein besonders wohlerzogenes und hilfsbereites Mädchen gewesen wäre; sie hatte nur einfach keine Lust mehr, noch länger im Kessel mit dem Abendessen zu rühren, der an einer Kette über dem Feuer hing, und dabei die ganze Zeit sehen zu müssen, dass es auch an diesem Abend wieder nur eine Wassersuppe mit ein paar schrumpeligen Rübenstücken vom vergangenen Jahr darin geben würde. Ihr Magen knurrte vom Zusehen so laut, dass es schon fast gefährlich klang.

„Nicht nötig", sagte eine müde Männerstimme, und gegen das

Licht, das jetzt durch die niedrige Türöffnung fiel, konnten sie alle da in der Kate den Büttel erkennen, wie er mit seinem Stab ein bisschen verlegen das Ferkel verscheuchte, das mit seinem kleinen schnupperigen Schweinerüssel auf dem Lehmboden vergeblich nach etwas Fressbarem stöberte. „Ich entschuldige mich für die Störung, Haug Tausendschlag, aber es ist wieder einmal so weit."

Nun weißt du vielleicht nicht, was ein Büttel ist, und darum kannst du wohl auch gar nicht verstehen, warum Trenks Mutter erschrocken die Hand vor den Mund schlug und Trenks Schwester einen kleinen Quieker ausstieß (fast wie ein Ferkel) und warum Trenk die Fäuste unter seinem Kittel ballte. Nur Trenks Vater seufzte ein bisschen und erhob sich langsam von seinem Hocker.

„Wenn es so weit ist, dann ist es so weit", sagte er. „Und ändern kann man da gar nichts, du musst dich nicht entschuldigen, Büttel."

So ein Büttel arbeitete damals nämlich für den Grundherrn und Ritter, und es war seine Aufgabe, alle Bauern, die dem Ritter nicht genügend Korn und Kohl und Rüben abgeliefert hatten oder nicht genügend Schweinefleisch oder Gänsebraten, mit auf die Burg zu nehmen, wo Gericht über sie gehalten wurde; und meistens gab es dann ein paar ordentliche Schläge mit dem Ochsenziemer, wenn dem Burgherrn zur Strafe nicht etwas Besseres einfiel, was aber meistens leider nicht der Fall war. Bestimmt gab es in den alten Zeiten irgendwo auch milde und gütige Grundherren, die freundlich zu ihren Leibeigenen waren und sie möglichst wenig verprügelten; der Ritter Wertolt der Wüterich allerdings, dem Trenks Vater gehörte, war jedenfalls keiner von ihnen.

„Ach du je, ach du je!", rief Trenks Mutter darum verzweifelt. „Haug, hast du schon wieder deinen Zins nicht gezahlt?"

Der Büttel nickte unglücklich und man konnte genau sehen, dass er seine Aufgabe auch nicht besonders gerne erfüllte. „Wie in jedem Jahr", brummte er. „Wie in jedem Jahr."

„Wo nichts ist, da kann man auch nichts abgeben!", sagte Haug ganz richtig und schlüpfte in seine hölzernen Pantinen, obwohl es Sommer war und er wie alle anderen im Dorf eigentlich barfuß lief, denn die Pantinen mussten für den Winter geschont werden; aber vor seinem Herrn konnte er ja nicht mit schmutzigen bloßen Füßen erscheinen. „Wenn der Herr Ritter …"

„Gott beschütze ihn!", rief Trenks Mutter ehrfürchtig und machte einen kleinen Knicks.

„… wenn der Herr Ritter nicht versteht, dass das Stück Land, das er mir zum Lehen gegeben hat, so karg und steinig und armselig ist, dass die magere Ernte nicht einmal ausreicht, um mich und meine Familie satt zu machen", sagte Haug, „wenn er nicht begreift, dass wir auch so schon Hunger leiden und dass wir darum nicht mal einen abgenagten Hühnerknochen haben, den wir ihm als Zins abgeben könnten …"

„… dann ist der Herr Ritter ein schnauzbärtiger alter Dummkopf!", rief Trenks Schwester. Dann schlug sie sich schnell die Hand vor den Mund, denn wenn dem Herrn Ritter zu Ohren käme, was sie eben gesagt hatte, würde am nächsten Tag nicht nur ihr Vater ausgepeitscht werden, das kannst du dir vorstellen.

Aber der Büttel war ein freundlicher Mann, der seine traurige Arbeit gar nicht gerne tat und sich jedes Mal schämte, wenn er einen armen Bauern vor seinen Herrn führen musste. „Was das kleine Mädchen da eben gesagt hat, das habe ich nicht gehört", sagte er deshalb. „Kinder haben ja so leise Stimmchen. Aber du, Haug Tausendschlag, wirst wieder mit mir kommen müssen. Ich kann allerdings noch ein wenig warten, wenn deine Frau dir eine kleine Wegzehrung mitgeben möchte. Denn der Kerker in der Burg ist kalt und leer, und zu essen gibt es da nichts, das weißt du ja."

„Wegzehrung, woher denn wohl?", sagte Trenks Mutter böse. „Der Herr Büttel sieht doch, dass wir nichts zu beißen haben!"

Der Büttel warf einen schnellen Blick in den Kessel über dem Feuer, in dem die Wassersuppe immer noch leise blubbernd vor sich hin kochte, und er seufzte wieder. „Ihr wisst, wenn es nach mir ginge", sagte er hilflos und hob die Achseln.

Aber Haug stand schon an der Tür. „Bringen wir es hinter uns!", sagte er. „Einmal mehr den Ochsenziemer zu spüren wird mich nicht umbringen. Solange der Herr Ritter …"

„Gott behüte ihn!", rief Trenks Mutter wieder und machte einen kleinen Knicks.

„… auch dieses Mal dieselbe Stelle für seine Prügel auswählt wie in jedem Jahr, wird es schon nicht schaden. Dort ist auf meiner Sitzfläche längst Hornhaut gewachsen."

Und damit machte er sich auf den Weg und der Büttel ging eilig hinterher.

Aber dann blieb er doch noch einmal stehen. „Und die Fleischlieferungen haben meinem Herrn auch nicht genügt", sagte er beinahe entschuldigend zu Trenks Mutter. „Ich fürchte, ihr werdet ihm euer Schwein geben müssen", und er pikste mit seinem Stab das Ferkel in die Seite, das quiekend an seinen ledernen Schuhen schnupperte.

„Aber es ist doch noch gar nicht erwachsen!", rief Trenk. „Es ist doch noch ein Schweinekind!"

„Die geben den zartesten Braten", sagte der Büttel düster, und nun machte er sich wirklich auf den Weg, um Haug seinem Herrn vorzuführen.

3. Kapitel,

in dem erzählt wird, wie Trenk von zu Hause aufbricht

 Bestimmt kannst du dir vorstellen, wie zornig und verzweifelt Trenk sich fühlte, als der Büttel in der Dämmerung verschwunden war. Vielleicht schämte er sich sogar ein ganz kleines bisschen. Es ist ja schließlich keine Kleinigkeit, wenn der eigene Vater abgeholt wird, damit man ihn verprügeln kann!

Natürlich hatte Trenk in jedem Jahr wieder erlebt, wie der Büttel seinen Vater auf die Burg führte, aber in diesem Jahr war er wohl auf einmal groß genug, um zu begreifen, wie schrecklich ungerecht das alles war.

„Nein, das kann doch wohl nicht sein!", rief Trenk. „Der Herr Ritter …"

„Gott behüte ihn!", rief seine Mutter und machte einen kleinen Knicks. Dabei konnte der Büttel sie ja längst nicht mehr sehen.

„… gibt uns ein Stück Land, das so mager ist, dass nichts darauf wächst, und dann prügelt er den Herrn Vater dafür, dass der ihm nichts von der Ernte abliefert! Soll er uns doch ein besseres Stück Land geben!", und er schlug mit der Faust auf den hölzernen Tisch, dass es dröhnte. „Aber das *gute* Land behält er natürlich für sich! Dieser Schurke! Dieser Bandit!"

„Dieser Bandit!", rief Mia-Mina auch, aber da hielt Trenks Mutter ihr schnell die Hand vor den Mund, denn wer weiß, was geschehen wäre, wenn irgendjemand sie belauscht und dem Ritter berichtet hätte, wie in der kleinen Kate über ihn gesprochen wurde.

„Seid leise, ich flehe euch an!", sagte sie. „Ist es nicht schlimm genug, wie es ist? Muss es noch schlimmer kommen?"

„Noch schlimmer?", sagte Trenk böse. „Wie sollte das denn wohl sein? Wir haben nichts zu essen, unseren Vater prügelt der Herr Ritter windelweich, und unser Ferkel nimmt er uns jetzt auch noch weg!"

Mia-Mina heulte auf. „Ferkelchen!", schrie sie und schmiss sich lang auf den Boden, um das Ferkel zu greifen. Dann presste sie es an sich und streichelte ihm den graurosa Rücken, auf dem ganz zaghaft und weich die ersten Borsten zu wachsen begannen.

Inzwischen war es in der Kate ganz und gar dunkel geworden, denn Lampen gab es damals natürlich noch nicht, und glaub bloß nicht, dass so ein armer Bauer genug Geld für Kerzen gehabt hätte. Wenn es dunkel war, dann war es eben dunkel und basta, da konnte man gar nichts machen. Das einzige Licht kam dann nur noch vom Feuer in der Mitte der Kate, aber allzu viel Holz konnte man schließlich auch nicht verbrauchen, und darum brannte es längst nicht die ganze Nacht.

„Wir können es nicht ändern", flüsterte Trenks Mutter, und ihre Stimme war jetzt so klein und kummervoll, dass es Trenk fast das Herz zerriss. Niemand kann es ja gut aushalten, wenn seine Mutter so traurig ist. „Es ist einfach nur so wie in jedem Jahr. Euer guter Vater tut, was er kann, aber wo keine Ernte ist, da ist auch kein Zins."

„Und wo kein Zins ist, da sind Prügel", sagte Trenk. „Jedes Jahr und jedes Jahr und jedes Jahr! Und niemals, niemals wird es anders sein! Man muss sich ja schämen, wenn der eigene Vater schon den Spitznamen Tausendschlag trägt, weil er vom Herrn Ritter so oft den Ochsenziemer zu schmecken bekommt!"

„Wir können es nicht ändern", flüsterte seine Mutter wieder und legte sich auf ihrem Strohsack schlafen. „Leibeigen geboren, leibeigen gestorben, leibeigen ein Leben lang!", und jetzt war Trenk sich ganz sicher, dass er sie schluchzen hörte, und seine kleine Schwester Mia-Mina schluchzte auch.

Da merkte Trenk, wie die Wut in seinem Bauch immer größer und stärker und größer und stärker wurde, und am liebsten wäre er sofort hochgestürmt auf die Burg und hätte dem Herrn Ritter eins mit dem Besen übergezogen oder ihm wenigstens ordentlich etwas erzählt; aber so klug war Trenk schon, dass er wusste, was dann mit ihm passieren würde. Dann würde er nämlich auch zu seinem Vater in den dunklen Kerker unter der Burg geworfen werden, wo es kalt und feucht war und nicht einmal am Tag ein Lichtstrahl hineinfiel; und das hätte ja nun niemandem genützt.

„Leibeigen geboren, leibeigen gestorben, leibeigen ein Leben lang!", flüsterte Trenk, und in seiner Wut trat er mit dem Fuß in die Luft, und dabei traf er aus Versehen das Ferkel, das mit einem lauten Quieker im hintersten Winkel der Kate verschwand.

„Deshalb darfst du trotzdem meinem Ferkelchen nicht wehtun!", flüsterte Mia-Mina böse. „Wo es sowieso bald oben auf der Burg in den Kochtopf wandert!" Und dann schluchzte sie wieder, und plötzlich wusste Trenk, dass es so nicht weitergehen durfte. Es musste etwas passieren. Und wie das oft so ist im Leben: Wenn der Kummer am größten ist, fällt einem plötzlich eine Lösung ein.

„Mia-Mina!", flüsterte Trenk. „Hör auf zu weinen! Ich weiß jetzt, was ich tun kann!"

Auf der anderen Seite des winzigen Häufleins Glut, das vom Feuer noch übrig geblieben war, seufzte seine Mutter auf ihrem Strohsack im Schlaf. Du hast ja wohl nicht geglaubt, dass arme Bauern damals ein richtiges Bett hatten, aber wenn man so viel arbeitet, dass man abends fast tot umfällt, dann schläft man auch auf einem Strohsack gut.

„Weißt du gar nicht!", flüsterte Mia-Mina böse. „Du willst mich nur trösten! Wo man nichts tun kann, da kann man nichts tun."

„Man kann etwas tun!", flüsterte Trenk so laut, dass seine Mutter fast davon aufgewacht wäre. Aber zum Glück nur fast. Denn das hätte Trenk im Augenblick nun wirklich nicht gebrauchen können. „Leibeigen geboren, leibeigen gestorben, ja, so heißt es wohl! Aber es heißt auch: *Stadtluft macht frei!*"

„Stadtluft macht frei!", flüsterte Mia-Mina andächtig, denn das hatte sie auch schon gehört, und das hieß nichts anderes, als dass ein Leibeigener, der seinem Besitzer ausriss und in die Stadt zog, dort plötzlich sich selber gehörte, wenn er ein Jahr lang nicht von seinem Grundherrn aufgestöbert wurde.

„Ich geh in die Stadt!", flüsterte Trenk. „Und Ferkelchen nehme ich mit! Das wäre ja noch schöner, wenn der Herr Ritter unser Ferkelchen essen würde!"

Mia-Mina wurde plötzlich ganz aufgeregt. „Ganz alleine?", fragte sie. „Du ganz alleine, Trenk? Hast du denn gar keine Angst, dass der gefährliche Drache dich unterwegs auffrisst?"

Denn von dem gefährlichen Drachen, der sich in den Wäldern der Umgebung herumtrieb und aus seinen Nüstern Feuer spie, dass der Qualm hoch auf bis zum Himmel stieg, war zu der Zeit gerade viel die Rede.

„Pah!", sagte Trenk, obwohl er einen Schrecken bekam. An den gefährlichen Drachen hatte er nämlich noch gar nicht gedacht. „Der soll sich mal trauen!"

„Was willst du denn in der Stadt machen, Trenk?", fragte Mia-Mina. „Du bist doch noch ein Junge!"

„Aber ich bin stark!", sagte Trenk. Das wusste er nämlich zufällig ganz genau, weil er im Sommer selbst die schwersten Säcke mit Korn heben konnte und auf dem Hof den kräftigsten Ochsen am Hinterteil vorwärtsschieben, wenn der plötzlich beschlossen hatte, störrisch zu sein und sich keinen Schritt vom Fleck zu bewegen. „Und wenn alles in Ordnung ist, hole ich euch alle nach, und wir machen uns ein schönes Leben, heißa-ho-he! Niemand soll zu unserem Vater jemals mehr Haug Tausendschlag sagen dürfen!"

„Nein, Haug Tausendschlag, das ist wirklich zu traurig", flüsterte Mia-Mina. „Wirst du dann reich, Trenk? Baust du uns dann ein Haus, das uns ganz alleine gehört und nicht dem Herrn Ritter?"

Da bekam Trenk doch ein kleines bisschen Angst, weil er ja noch nie in einer Stadt gewesen war und nicht wusste, wie es da aussah und was er tun sollte, um sein Essen und seine Kleidung zu verdienen und das Futter für Ferkelchen noch dazu. Er war ja wirklich noch ein kleiner Junge, musst du bedenken. Aber er wollte Mia-Mina nicht beunruhigen.

„Das wird man alles sehen", sagte er tapfer. „Eines Tages hole ich euch nach in die Stadt, und dann soll niemand mehr unseren Vater verprügeln dürfen."

„Und unser Ferkelchen essen dürfen sie auch nicht", sagte Mia-Mina. „Oh, du bist so mutig, Trenk!"

„Das bin ich!", sagte Trenk, und er war froh, dass Mia-Mina das Zittern in seiner Stimme nicht hörte. „Und wenn du morgen früh aufwachst, erzählst du niemandem, was ich dir gerade gesagt habe. Wir wollen schließlich nicht, dass der Herr Ritter mir seine Leute hinterherschickt, um mich wieder einzufangen. Mit ihren Pferden sind sie tausendmal schneller als ich auf meinen bloßen Sohlen, da haben sie mich gleich! Und gib der Mutter einen dicken Kuss von mir und sag ihr, es wird alles gut."

Dann wickelte er den Ferkelstrick fest um seine Hand und zog und zerrte, denn das faule Ferkel wollte überhaupt nicht einsehen, warum es mitten in der Nacht aufstehen und auf Wanderschaft gehen sollte, wo doch jetzt eigentlich die Zeit für einen tiefen, festen Schlummer war. Aber Trenk war natürlich stärker und mit einem unzufriedenen Quieken zappelte das Ferkel hinter ihm her.

Und Trenk machte sich auf in die sternenklare Nacht, in der der Weg weiß und einladend im Mondschein schimmerte, immer nach Norden zu, wo die Stadt lag, von der er schon so viel gehört hatte und in der er sein Glück machen wollte.

Aber dann ist alles ganz anders gekommen.

4. Kapitel,

in dem erzählt wird, wie Trenk ein merkwürdiges Mädchen kennenlernt

 Ich weiß nicht, ob du nachts schon einmal im Mondlicht auf Wanderschaft warst; das kann sehr unheimlich sein, vor allem, wenn man noch ein kleiner Junge ist und ganz allein.

Trenk jedenfalls war noch keine hundert Schritte gegangen, da sehnte er sich schon zurück nach der Kate und seinem Strohsack und dem Nachtgeruch nach Rauch und Tieren und Schlaf, und wenn er nicht immerzu an das Schluchzen seiner Mutter gedacht hätte und an Mia-Minas Kummer und wie sein Vater die Nacht auf der Burg im Kerker verbrachte und außerdem daran, dass Ferkelchen geschlachtet werden sollte, wer weiß, ob er dann nicht ganz schnell umgekehrt wäre.

Aber so warf Trenk nicht einmal einen Blick zurück auf das stille Dorf, in dem jetzt nur ab und zu einmal eine Kuh im Schlaf muhte; stattdessen zerrte er an seinem Ferkelstrick und sah nach vorne auf den Weg und versuchte tapfer, nur ganz wenig Angst zu haben.

„Weil wir beide jetzt nämlich in die Welt hinausziehen, Ferkelchen!", sagte Trenk, aber in der dunklen Nacht klang seine eigene Stimme so unheimlich, dass er lieber ganz schnell wieder still war. Da hörte man nur noch die Nachtgeräusche über den Feldern, und das waren nicht sehr viele, denn es gab ja noch keine Autos, deren Brummen von einer entfernten Autobahn hätte herüberklingen können, und keine Flugzeuge und überhaupt gar nichts, außer vielleicht ab und zu einmal einen Uhu, der seine unheimlichen Nachtschreie ausstieß, oder einen kleinen Vogel, der in seinem Nest im Schlaf fiepte. Aber sonst war es totenstill auf dem Weg, und du kannst mir glauben, dass Trenk ziemlich froh war, dass er wenigstens Ferkelchen dabeihatte, auch wenn es ja ziemlich störrisch war und er immerzu am Strick zerren musste, damit es überhaupt mitkam.

Ja, es war wirklich mutig von Trenk, da so alleine durch die Nacht zu laufen. Zum Glück stand wenigstens der Mond groß und rund am Himmel, und hunderttausend Sterne leuchteten auch, sonst hätte Trenk vielleicht noch nicht einmal den Weg erkennen können. Aber so sah er ihn immerzu weiß und staubig vor seinen Füßen, mit tief eingefahrenen Rillen von den Rädern der Karren, die auf ihm entlanggerollt waren, und hubbelig und aufgewühlt von den Hufen der Kühe und Ochsen, die man zu ihren Weiden getrieben hatte. Da fühlte Trenk sich immer noch ein kleines bisschen zu Hause.

Aber dann kam der Wald.

Es war nur ein kleiner Wald, und bei Tag waren Trenk und Mia-Mina schon manches Mal zum Beerenpflücken oder Pilzesammeln durch sein Dickicht gekrochen; aber nachts war er wirklich sehr, sehr dunkel und sehr, sehr wild und verlassen; und du musst bedenken, dass es damals in den Wäldern auch noch Bären und Wölfe gab, die vielleicht lange nichts Vernünftiges mehr gefressen hatten und darum gerade auf ein leckeres kleines Ferkel und zur Not auch auf einen mageren kleinen Bauernjungen warteten, um sich mal wieder ein Festmahl zu genehmigen. Und außerdem gab es ja auch noch den Drachen.

„Ferkelchen?", flüsterte Trenk. „Ferkelchen, jetzt musst du ganz, ganz leise sein!"

Aber wer schon einmal mit einem Schwein in der Nacht durch den Wald gewandert ist, der weiß, das ist keine einfache Angelegenheit. Ferkelchen grunzte und quiekte und zerrte an seinem Strick, denn furchtbar mutig sind Schweine meistens nicht, und der Wald roch fremd und gefährlich für seinen kleinen Schweinerüssel. Darum rannte Ferkelchen aufgeregt mal hierhin und mal dahin, dass sich der Strick um die Stämme der Bäume wickelte und die Vögel oben in den Ästen vor Schreck schlaftrunken aus ihren Nestern flogen.

„Ferkelchen!", flüsterte Trenk. „So weckst du die Bären und die Wölfe und all die anderen wilden Tiere doch auf!"

Und da hörte er es auch schon! In einem Eibengebüsch, nicht weitab vom Weg, regte sich etwas, und dem Geräusch nach zu urteilen, das es machte, war es kein *kleines* Etwas wie zum Beispiel eine Haselmaus oder ein Kaninchen oder meinetwegen auch ein Wiesel, sondern ziemlich, ziemlich groß.

„Ferkelchen!", flüsterte Trenk, und vor lauter Schreck blieb er wie angewurzelt stehen, und sogar Ferkelchen stellte für einen Augenblick sein Quieken ein.

Denn „Ha!" schrie jetzt das Etwas, das gerade vor den beiden aus dem Gebüsch gesprungen kam und einen dicken Knotenstock schwang, und „Ho!" und „Potzblitz!" und was die Menschen damals noch so alles geschrien haben, wenn sie jemandem ordentlich Angst einjagen wollten. Aber die hatten Trenk und Ferkelchen ja sowieso schon.

In den Wäldern, das weißt du vielleicht nicht, hausten damals nämlich nicht nur wilde Bären und Wölfe und manchmal vielleicht sogar Drachen, sondern auch wildes Gesindel wie zum Beispiel Räuber und Banditen, die im Dickicht den Bauern auflauerten, wenn sie mit ihrem Obst und Gemüse auf dem Weg zum Markt waren; und ganz besonders gerne lauerten sie den reichen Herren Rittern und

Damen Ritterfräulein auf, bei denen sich ein Raub ordentlich lohnte, weil sie ja meistens Gold und Geschmeide und überhaupt lauter Sachen bei sich hatten, die die Räuber und Banditen gut gebrauchen konnten. Und wenn jetzt jemand mitten in der Nacht aus dem Gebüsch gestürzt kam und „Ha!" und „Ho!" und „Potzblitz!" schrie, was sollte Trenk da wohl denken? Natürlich glaubte er, dass es ein Räuber war, der da mit seinem Knotenstock auf ihn und Ferkelchen losgestürzt kam.

„Nichts tun!", rief Trenk darum auch mit einer schrillen Stimme, die ihm selber ganz fremd vorkam, und Ferkelchen rannte in seiner Panik immerzu rundherum um seine Beine, sodass Trenk von dem Ferkelstrick ganz und gar eingewickelt war und nicht einmal mehr wegrennen konnte, selbst wenn er das gewollt hätte. „Wir haben nichts, was sich zu rauben lohnt! Wir sind nur ein Junge und sein Schwein auf dem Weg in die Stadt!"

„Was?", sagte der Räuber verblüfft. „Na so was!"

Inzwischen war er auf den Weg getreten, sodass Trenk ihn in dem spärlichen Mondlicht, das durch die dichten Kronen der Bäume fiel, besser erkennen konnte, und da wäre er vor Verblüffung (und ein bisschen vielleicht auch, weil ja der Ferkelstrick so fest um seine Beine gewickelt war) fast umgefallen.

„Du bist ja ein Mädchen!"

Denn das war der schreckliche, gefährliche Räuber aus dem Eibengebüsch tatsächlich! Ein mageres Mädchen mit einem Schürzenkleid und langen blonden Zöpfen, das noch nicht einmal viel größer war als Trenk selbst und mit einer krächzigen, rauen Stimme sprach.

„Man muss schon ziemlich verrückt sein, um nachts mit einem Schwein durch den Wald zu wandern", sagte das Mädchen. „So was hab ich ja noch nie gehört."

„Hattest du dich vor uns versteckt?", fragte Trenk hoffnungsvoll und befreite seine Beine von dem Strick, was gar nicht so einfach war, weil Ferkelchen jetzt nämlich immerzu an den Füßen des Mädchens schnupperte, und das gefiel Trenk überhaupt nicht. Ferkelchen sollte sich nicht gleich mit jedem anfreunden, dem sie zufällig nachts im Wald begegneten. „Hast du uns kommen hören und dich im Gebüsch vor uns versteckt?"

Und Trenk merkte, wie er sich plötzlich ganz zufrieden fühlte. Es war doch schön, dass der Jemand aus dem Gebüsch nicht nur kein gefährlicher Bär oder Wolf oder Räuber war, sondern sogar noch Angst vor ihm und Ferkelchen gehabt hatte.

„Quatsch!", sagte das Mädchen mit ihrer krächzigen Stimme und kraulte Ferkelchen im Nacken. „Ich war nur vorsichtig."

Trenk dachte, dass das ja eigentlich haargenau das Gleiche war, aber das sagte er lieber nicht.

„Wenn du auch in die Stadt willst, kannst du mit uns kommen", sagte er großzügig. Denn das Mädchen war natürlich nur ein Mädchen, und damals glaubten die Menschen tatsächlich, dass Mädchen zart und schwach und ängstlich und, wenn es ums Kämpfen ging, nicht sehr nützlich wären; aber trotzdem hatte Trenk das Gefühl, dass er sich vielleicht ein bisschen wohler fühlen würde, wenn er auf seinem Weg durch die Nacht außer einem Schweinekind auch noch ein Menschenkind bei sich hätte. „Ich kann dich auch beschützen."

„Du mich beschützen, haha!", sagte das Mädchen und lachte, und wenn die Menschen sich damals schon einen Vogel gezeigt hätten, hätte sie das bestimmt getan. „Du kleiner Knotenfurz!"

Das war ja kein schönes Wort und eine Beleidigung noch dazu für einen Jungen, der mutig genug war, in der finstersten Nacht allein in die Stadt zu wandern, aber Trenk dachte trotzdem, dass er es ihr für dieses Mal verzeihen wollte. Die Hauptsache war schließlich, dass sie zusammen weiterziehen konnten.

„Also, kommst du jetzt mit oder nicht?", fragte er darum.

Da nahm das Mädchen den Stock und Trenk nahm den Ferkelstrick, und dann wanderten sie schweigend zusammen unter dem Sternenhimmel, bis er begann, sich am Horizont rosa zu färben. Und Trenk fühlte sich nicht mehr so allein und kein bisschen ängstlich. Nur sehr, sehr müde.

5. Kapitel,

in dem erzählt wird, wie aus einem Mädchen ein Junge wird

Durftest du schon mal so richtig lange aufbleiben, Silvester vielleicht oder an deinem Geburtstag? Dann weißt du ja, dass man nachts sehr, sehr müde werden kann, auch wenn man das absolut gar nicht möchte und sich vorgenommen hat, mindestens bis zum nächsten Morgen wach zu bleiben. Trenk jedenfalls *wurde* in dieser Nacht auf der Wanderschaft sehr, sehr müde, so müde, dass ihm ab und zu beim Gehen die Augen zufielen und er stolperte und gefallen wäre, wenn das Mädchen nicht ganz schnell seinen Arm gepackt und ihn festgehalten hätte. Sogar Ferkelchen wurde allmählich so schläfrig, dass es ganz brav an seinem Strick hinter Trenk hertrottete und überhaupt nicht mehr schnupperte und quiekte und grunzte.

Erst als die Morgensonne den Horizont rosa färbte und die Sterne verblassten, bevor sie dann für einen ganzen Tag unsichtbar irgendwo in den Weiten des Himmels verschwanden, sprach das Mädchen wieder ein Wort.

„Jetzt können wir uns zum Schlafen legen", sagte sie.

Trenk war inzwischen so müde, dass seine Beine sich schon lange ganz von alleine vorwärtsbewegten, ohne dass er es ihnen befehlen musste, und darum ging er auch noch ein paar Schritte weiter, bevor er begriff, was er gehört hatte.

„Anhalten, stopp!", rief das Mädchen. „Da unten liegt die Stadt! Und um diese Zeit sind noch alle Tore verschlossen, jetzt kommen wir nicht rein, oder weißt du das nicht?"

Da blieb Trenk mit einem Ruck stehen und sah nach unten ins Tal, und tatsächlich! In der blassen Morgendämmerung lag dort unten ein Ort, so groß, dass Trenk es fast nicht glauben konnte. So weit wie jetzt war er noch nie von zu Hause fort gewesen, und in der Stadt schon gar nicht. Er kannte nur sein kleines Dorf, in dem zehn oder zwölf armselige Katen entlang der Straße aufgereiht waren, und ab und zu hatte sein Vater ihn auch mit ins Nachbardorf genommen, wenn er zum Müller fuhr, um Korn mahlen zu lassen: Du weißt ja, Trenk war so stark, dass er auch die schwersten Kornsäcke heben und den stärksten Ochsen am Po vorwärtsschieben konnte, deshalb durfte er seinen Vater manchmal zur Mühle begleiten.

Aber in einer *Stadt* war Trenk noch niemals gewesen, und darum verschlug ihm, was er jetzt sah, den Atem, und er war auf einen Schlag so wach wie die ganze Nacht vorher nicht. Das war doch dumm, weil er jetzt ja eigentlich endlich schlafen durfte.

„Das ist die Stadt?", fragte Trenk erschrocken und starrte ins Tal. „So groß ist die Stadt?"

Dabei muss ich dir sagen, dass da unten zu seinen Füßen in Wirklichkeit eine sehr, sehr *kleine* Stadt lag, über die du bestimmt nur gelacht hättest. Du kennst ja sogar Hochhäuser mit Fahrstühlen und solche Sachen, die es damals noch gar nicht gab, aber für Trenk war eben auch die kleine Stadt das Allergrößte, was er in seinem Leben bisher gesehen hatte. Sie hatte immerhin eine Stadtmauer mit Schießscharten und acht Türmen an den Ecken, auf denen in der Nacht die Wachen mit ihrer Armbrust standen, und vorne und hinten waren in der Mauer zwei Tore eingelassen, die jede Nacht fest verriegelt wurden, damit niemand die Bürger im Schlaf überfallen konnte.

„Das ist die Stadt", sagte das Mädchen und kuschelte sich in eine Grasmulde am Wegesrand, und sehr zu Trenks Ärger kuschelte sich Ferkelchen sofort ganz dicht an ihren Rücken. „Und nicht einmal eine besonders große Stadt. Da hab ich schon viel stattlichere gesehen."

Trenk schnaubte und kuschelte sich von der anderen Seite gegen Ferkelchens warmen kleinen Bauch. „Tu bloß nicht so, als ob du schon viele Städte gesehen hättest!", sagte er.

Das Mädchen legte ihren Arm um das kleine Schwein, als ob sie es beschützen wollte, und seufzte. „Hundert", sagte sie mit ihrer krächzigen Stimme. „Tausend, im Norden und im Süden. Ich kenne sie alle."

Dann schlief sie ein, und darum konnte Trenk ihr noch nicht einmal sagen, dass sie ja wohl die größte Angeberin wäre, die ihm je untergekommen war. Und darüber ärgerte er sich so sehr, dass er zuerst gar nicht einschlafen konnte.

Aber dann rüttelte ihn jemand an der Schulter und rief: „Aufwachen!", und da war es ja klar, dass er schließlich doch eingeschlafen war. Vor ihm stand das Angebermädchen, und wenn *sie* ihn nicht geweckt hätte, hätte es vielleicht sein eigener Magen getan, denn der knurrte vor Hunger so laut, dass Ferkelchen ganz erschrocken aufsprang und ein paar wilde Sätze auf die Straße machte. Zum Glück konnte das Mädchen sich mit einem Hechtsprung gerade noch den Ferkelstrick schnappen, sonst hätten sie den Vormittag vielleicht mit einer Schweinejagd verbringen müssen.

„Wenn wir zum Tor kommen, lass mich nur machen", sagte das Mädchen. „Ich rede für dich mit."

Das war Trenk nun eigentlich gar nicht recht, denn *er* hatte ja *das Mädchen* beschützen wollen, und nun tat es so, als wäre es ganz genau umgekehrt. Aber andererseits war er doch auch ganz froh, denn als er zu Hause aufgebrochen war, hatte er darüber, was er den Torwachen in der Stadt erzählen sollte, wenn sie ihn fragten, wer er war und wohin er wollte, überhaupt gar nicht nachgedacht. Und die Wahrheit konnte er ja wohl schlecht erzählen – stell dir vor, der gemeine Ritter Wertolt der Wüterich hätte seine Burgmannen ausgeschickt, damit sie nach Trenk suchten, und sie wären auf ihrer Verfolgungsjagd zu der kleinen Stadt gekommen und hätten gesagt, dass sie einen Bauernjungen mit seinem Ferkel aufspüren wollten, der in der Nacht ausgerissen war! Da hätten die Torwachen ihnen ja sofort erzählen können, dass sie Trenk am Morgen gerade in die Stadt gelassen hatten. Und dann wäre wohl nichts aus seinen Plänen geworden, sich in der Stadt nicht aufstöbern zu lassen.

„Was willst du ihnen denn sagen, wer wir sind?", fragte Trenk, aber das Mädchen antwortete ihm nicht.

„Lass uns erst mal den Löwenzahn wässern", sagte sie, und dabei trat sie an den Wegesrand, drehte Trenk den Rücken zu und …

Ja, nun weiß ich gar nicht, wie ich dir erzählen soll, was dann passierte! Denn eigentlich redet man ja nicht über solche Dinge, auch wenn sie schließlich erledigt werden müssen, da führt kein Weg dran vorbei.

„Lass uns erst mal den Löwenzahn wässern", sagte das Mädchen also, und jetzt kannst du dir vielleicht schon denken, was sie damit meinte. Und gerade als Trenk sich abwenden wollte, weil er ja ein einigermaßen gut erzogener Junge war und wusste, dass gut erzogene Jungs nicht zugucken, wenn Mädchen eben mal schnell den Löwenzahn wässern, sah er, wie das Mädchen im Stehen ihren Rock am vorderen Saum anhob und wie ein kolossaler Strahl auf den Wegesrand prasselte, der war so kolossal, dass er bestimmt auch noch den Klee wässerte und den Sauerampfer und das Kälberkraut und ich weiß nicht, was sonst noch alles.

„Du nicht?", fragte das Mädchen und ließ ihren Rock wieder sinken.

Aber Trenk starrte sie nur an.

„Du bist ja gar kein Mädchen!", rief er verblüfft. „Du bist ja ein Junge!"

Da griff das Mädchen sich an den Kopf und machte ein erstauntes Gesicht, und dann lachte sie und zog ganz kräftig an ihren strubbeligen Zöpfen.

„Ach du je!", sagte sie. „Das hab ich gestern Nacht in all dem Schrecken wohl vergessen!" Und sie hielt Trenk ihre Perücke hin, aber eigentlich muss ich jetzt wohl sagen, *er* hielt Trenk *seine* Perücke hin, denn dass das Mädchen ein Junge war, daran konnte es nun keinen Zweifel mehr geben.

„Du bist ein Junge!", rief Trenk wieder. „Warum hast du denn dann ein Kleid an? Und warum trägst du Zöpfe?"

Der Junge lachte und streckte Trenk die Hand entgegen. „Ich heiße Momme Mumm", sagte er mit seiner krächzigen Stimme. „Hast du Knirps die ganze Zeit geglaubt …", dann lachte er und lachte, und Trenk schämte sich ein bisschen, weil er so dumm gewesen war. An der Stimme hätte er ja vielleicht schon etwas merken können.

„Ich heiße Trenk", sagte er würdevoll. „Aber warum trägst du ein Kleid?"

Momme Mumm kratzte sich am Ohr. „Ich bin ein Gaukler", sagte er. „Meine Leute ziehen durch die Lande und bringen die Menschen zum Lachen und zum Weinen."

„Ein Gaukler?", fragte Trenk ehrfürchtig, denn Gauklern war er in seinem kleinen Dorf noch niemals begegnet, und er wusste darum auch nicht so genau, was die nun alles so machten.

Und weil du das vielleicht auch nicht weißt, will ich es lieber erklären. Es gab ja noch kein Fernsehen damals und keine Kinos und noch nicht mal Theater. Aber manchmal wollten die Menschen eben trotzdem ihren Spaß haben, und darum zogen die Gaukler von Stadt zu Stadt und führten den Bürgern lustige kleine Theaterstücke vor oder ihre Zaubertricks und jonglierten mit Äpfeln und Eiern, und dann gab es ein Gedränge auf dem Marktplatz, wie du es dir gar nicht vorstellen kannst. Und wenn die Herren Ritter und die Damen Ritterfräulein auch mal ein bisschen Unterhaltung suchten, luden sie die Gaukler zu sich auf die Burg, und dann gab es zum Lohn vielleicht sogar ein echtes Goldstück oder wenigstens ein paar Silbermünzen. Aber in den kleinen Dörfern auf ihrem Weg zeigten die Gaukler ihre Kunststücke natürlich nicht, weil die Bauern so arm waren, dass sie die Vorführung niemals hätten bezahlen können, da wäre es ja Zeitverschwendung gewesen.

Und darum hatte Trenk auch noch niemals einen Gaukler gesehen und sein Vater und seine Mutter und alle die anderen Leute in seinem Dorf hatten das auch nicht, und er begriff, dass er wirklich ziemliches Glück hatte, dass das gefährliche Etwas aus dem Eibengebüsch in der Nacht ausgerechnet ein Gauklerjunge gewesen war.

„Und warum bist du dann jetzt so allein auf Wanderschaft?", fragte Trenk und packte den Ferkelstrick fester.

Vor ihnen lag die Stadtmauer und durch das offene Tor strömten die Menschen in die Stadt hinein und aus der Stadt heraus.

„Das will ich dir jetzt erzählen", sagte Momme Mumm.

6. Kapitel,

in dem Momme Mumm seine Geschichte erzählt

Sie setzten sich auf einen Stein, von dem aus sie das Kommen und Gehen am Stadttor beobachten konnten, und als er die vielen Menschen sah, wurde Trenk so aufgeregt, dass er fast gar nicht richtig zuhören konnte, was Momme Mumm ihm erzählte.

„Ich gehöre zu einer Gauklertruppe, fast solange ich denken kann", erzählte Momme Mumm. „Meine Mutter hat mich den Gauklern übergeben, als ich noch ganz klein war, weil sie viel zu viele hungrige Münder zu stopfen hatte und viel zu wenig Brot, da war sie froh, dass so für mich gesorgt war."

„Das ist traurig", sagte Trenk.

„Es hätte schlimmer kommen können", sagte Momme Mumm. „Ich habe Kunststücke gelernt, als ich noch über keine Tischplatte gucken konnte, aber als ich dann größer wurde, war ich unserer Truppe erst wirklich nützlich."

„Warum?", fragte Trenk und kraulte Ferkelchens borstigen Nacken.

„Weil ich dann die Damenrollen spielen konnte", sagte Momme Mumm. „Ich bin groß genug, aber ich habe noch keinen Bart, darum gebe ich eine wunderbare Jungfrau ab. Ich hab schon die Jungfrau Maria gespielt, an Weihnachten, auf der Burg des Herrn Fürsten. Der Herr Fürst hat mir ein Goldstück geschenkt."

„Oh!", sagte Trenk ehrfürchtig.

Nun wusstest du vielleicht nicht, dass in den alten Zeiten Frauen absolut keine Schauspieler sein durften (ja, das war ungerecht!), und darum mussten große Jungs in ihre Rollen schlüpfen und die Mädchen- und Frauenrollen spielen. Aber wenn ihnen erst mal ein Bart wuchs, war es natürlich nichts mehr mit der Frauenspielerei. Na, Gott sei Dank sind diese Zeiten vorbei, aber für Trenk war Momme Mumms Erklärung damals kein bisschen überraschend.

„Und warum wanderst du jetzt alleine durch die Welt?", fragte er.

„Wegen dem Drachen", sagte Momme Mumm. „Vor zwei Tagen haben wir unsere Kunststücke auf einer Burg vorgeführt, und du kannst dir gar nicht vorstellen, was es da alles zu essen und zu trinken gab und wie wunderbar der Saal geschmückt war! Nach der Aufführung sollte es ein Festessen für alle geben, aber auf einmal kam ein Bote hereingestürmt und schrie, dass der gefährliche Drache im Wald auf dem Burgberg gesichtet worden sei und dass der Qualm bis zum Himmel aufstiege, und der Herr Ritter schrie: *Alle Männer auf die Rösser!*, und es gab ein fürchterliches Durcheinander, als all seine Leute sich ihre Rüstungen anzogen und in den Burghof stürzten, um sich auf ihre Pferde zu werfen und gegen den Drachen zu ziehen. Aber der Prinzipal unserer Truppe ist ein vorsichtiger Mann, und darum sagte er: *Nun, nun, für uns gibt es hier dann wohl nichts mehr zu tun!*, und stürmte davon, denn auf einer Burg, unter der ein Drache wütet, wollte er nicht bleiben. Und wir anderen stürmten alle hinterher. Aber weil der Herr Prinzipal so vorsichtig ist, wollte er dem Drachen auf dem Burgberg natürlich nicht gerne begegnen; darum kletterte er die steile Felswand auf der Rückseite des Berges hinunter, und alle anderen folgten ihm. Nur ich mit meinem Frauenrock konnte nicht klettern und musste den Weg durch den Wald wählen, und als ich schließlich unten ankam, ohne dass der Drache mich gefressen hatte, war von meinen Leuten nichts mehr zu sehen. Aber weil ich weiß, dass diese Stadt unser nächstes Ziel sein sollte, machte ich mich hierher auf den Weg, und ich hoffe, dass ich mit meiner ganzen Truppe hier bald wieder vereint sein werde."

„Du hast es gut!", sagte Trenk, denn was Momme Mumm ihm erzählt hatte, klang ja wirklich nach einem aufregenden Leben und nach einem, in dem man jeden Tag satt wurde, noch dazu.

„Wenn wir zum Tor kommen, werde ich dich als meinen Gauklergefährten ausgeben", sagte Momme Mumm. „Und dein Schwein als

unser Gauklerschwein. Danach können wir uns mit Kunststücken in der Stadt eine Mahlzeit verdienen, denn wenn ich so höre, wie dein Magen knurrt, wird mir angst und bange."

Trenk starrte ihn an. „Ich kann gar keine Kunststücke!", sagte er unglücklich.

Aber Momme Mumm winkte ab. „Solange du nur zählen kannst", sagte er.

Und das konnte Trenk zum Glück wirklich gut, auch wenn er ja in seinem Leben keinen Tag zur Schule gegangen war, weil Kinder damals nämlich nicht in die Schule gehen mussten.

„Bis hundert kann ich zählen", sagte Trenk.

„Bis fünf reicht auch schon", sagte Momme Mumm und setzte sich seine Perücke wieder auf den Kopf. „Und nun los, auf, auf in die Stadt!"

Da klopfte Trenks Herz bis zum Hals, so sehr freute er sich. Und du wirst gleich merken, dass er recht damit hatte.

7. Kapitel,

in dem erzählt wird, wie Momme Mumm die Wache überlistet

Als Trenk und Momme Mumm zum Stadttor kamen, hatten die Torwachen allmählich schon sehr schlechte Laune. Es war nämlich gerade Markttag, und da kamen die Bauern aus der ganzen Umgebung in die Stadt, um ihr Obst und ihr Gemüse und ihre Eier und ihre Hühner und ich weiß nicht, was sonst noch alles, auf dem Platz vor der Kirche zu verkaufen, und darum herrschte an diesem Morgen an den Toren so ein Gedränge, dass es für die Wachen ordentlich viel zu tun gab. Den Rest der Woche hatten sie eher ein faules Leben und standen nur so herum in ihrem Lederwams mit dem Helm auf dem Kopf und der Hellebarde in der Hand und taten sich wichtig, aber an Markttagen ging es an den Stadttoren so richtig rund.

„Und was wollt ihr beiden hier?", fragte der Wachmann darum unfreundlich und baute sich breitbeinig vor Trenk und Momme Mumm auf. „Ein Mädchen und ein Junge und ein Schwein? Wollt ihr das Schwein auf dem Markt verkaufen?" Denn kontrollieren musste er natürlich, dass er nicht aus Versehen einen gefährlichen Räuber oder Banditen in die Stadt hineinließ, aber so sehr gefährlich sahen Momme Mumm und Trenk und Ferkelchen ja nun wirklich nicht aus.

„Oh nein, mein Herr!", sagte Momme Mumm und machte einen tiefen, mädchenhaften Knicks. „Wir wollen Eure Städter belustigen, wie noch niemand zuvor sie belustigt hat! Wir sind drei Gaukler, halten zu Gnaden!" Und damit riss er sich die Zopfperücke vom Kopf und schwenkte sie vor den Augen der Torwache hin und her.

35

„Potzblitz!", rief die Wache (du weißt ja, das riefen sie damals) und sah auf einmal ganz vergnügt aus. „Gaukler haben unsere Stadt schon lange nicht mehr besucht! Aber was wollt ihr mit dem Schwein?"

Momme Mumm sah sich um, als ob er fürchtete, dass irgendwer ihn belauschen könnte, und winkte die Wache dichter zu sich heran. Dann stellte er sich auf Zehenspitzen und flüsterte in das Ohr unter dem Helm: „Dieses Schwein ist ein Zauberschwein, halte zu Gnaden, das berühmteste von einem Rand der Erde bis zum anderen! Ihr könnt Euch glücklich preisen, dieses edle Schwein kennenzulernen, mein Herr, denn in Wirklichkeit ist es ein berühmter Magier aus einer Stadt im Süden, der sich aus Versehen selbst in ein Ferkel verzaubert hat!"

Der Wächter sperrte den Mund sperrangelweit auf. „Und warum verwandelt er sich dann nicht auch selbst wieder zurück?", fragte er und starrte verzückt Ferkelchen an, das gerade ganz vergnügt und laut schmatzend einen Apfel fraß, der einer Bäuerin auf dem Weg zum Markt aus ihrer Kiepe gefallen war, genau vor Ferkelchens kleinen Schweinerüssel.

„Er hat die Formel für den Zaubertrank vergessen!", flüsterte Momme Mumm. „Und darum wandert er jetzt mit uns um die Welt und hofft, dass sie ihm irgendwann wieder einfällt! Aber wenn Ihr mögt, könnt Ihr nachher bewundern, wie er hellsehen kann!"

„Hellsehen, Potzblitz!", sagte der Wachmann wieder und winkte Momme Mumm und Trenk und Ferkelchen durch das Tor hinein in die Stadt. Aber vorher verbeugte er sich noch so tief vor Ferkelchen, dass ihm sein Helm vom Kopf rutschte und in den Staub fiel.

„Willkommen bei uns, Herr Ferkelmagier, herzlich willkommen!", sagte er.

Aber Ferkelchen würdigte ihn keines Blickes und trottete an seinem Strick mit kleinen schnellen Ferkelschritten hinter Trenk und Momme Mumm her hinein in die Stadt, in der es zum ersten Mal in seinem Leben einen Zaubertrick vorführen sollte.

8. Kapitel,

in dem erzählt wird, wie Trenk unter die Gaukler geht

 Ja, wie gesagt, Trenk klopfte vor Aufregung das Herz hoch bis zum Hals, als er durch das Tor in die quirlige, wuselige Stadt hineinging.

Nun musst du nicht glauben, dass so eine kleine Stadt damals genauso aussah, wie eine kleine Stadt heute aussieht. Die Fachwerkhäuser waren niedrig und schmal und lehnten sich manchmal so windschief aneinander, dass man Angst bekam, sie würden umfallen, und die Gassen zwischen den Häusern waren so eng, dass man auch in ihrer Mitte kaum den Himmel sehen konnte; denn so viel Platz gab es ja nun nicht innerhalb der Stadtmauern, dass man allzu viel davon für breite Straßen hätte vergeuden können.

Weil Markttag war, herrschte überall ein wunderbar fröhlicher Lärm, der war eine Freude für die Ohren, und ein wunderbar fröhliches Getümmel und Gedränge, das war eine Freude für die Augen; nur für die Nase gab es leider nichts zum Freuen. Denn sie hatten ja noch keine Müllabfuhr damals, die die Abfälle wegbrachte, und keine Abflussrohre und Gullys und was weiß ich noch alles, wo die Menschen ihren Unrat mit einem lauten Gurgeln tief unter die Erde spülen konnten, sodass keiner mehr etwas davon sah und roch.

Darum kippten sie das alles einfach aus den Fenstern auf die Straße, und du kannst dir vorstellen, dass viele Menschen auf ihrem Weg zum Markt darum immer wieder einen ängstlichen Blick nach oben warfen, um zu sehen, ob sie nicht vielleicht gleich eine ganze Schüssel Spülwasser über den Kopf gegossen bekämen, das wäre ja nicht so schön gewesen an einem Markttag.

Auch Trenk und Momme Mumm guckten ab und zu vorsichtig

nach oben, nur Ferkelchen war gar nicht mehr zu halten, so glücklich war es über all die Essensreste und wunderbar murkelig riechenden Flüssigkeiten, die den Boden der Gassen bedeckten. Für ein kleines Schwein waren die Städte damals ein wahres Paradies, das kannst du dir ja denken.

„Da ist der Marktplatz!", rief Momme Mumm, als sie kaum ein paar Minuten gegangen waren. „Sag deinem Magen Bescheid, er braucht nicht mehr zu knurren. Gleich haben wir mehr zu essen, als du dir wünschen kannst."

Der Marktplatz war ein kleiner grauer Platz vor der Kirche, auf dem sich die Käufer zwischen den Waren hin und her schoben und die Verkäufer laut schreiend ihre Ware anpriesen. Es gab Obst und Brot und Fleisch und Fische aus dem nahen Fluss und Tuche und Leder und teure, teure Gewürze aus dem Orient in winzigen Mengen und sogar Wein. Was es nicht gab, waren Kartoffeln und Kakao oder Tabak und Tomaten, denn die wuchsen früher nur in Amerika, und Amerika war ja, wie du weißt, damals noch nicht entdeckt.

Als Trenk all den Überfluss sah, knurrte sein Magen sogar noch lauter als vorher. „Und wie wollen wir uns jetzt unser Essen verdienen?", fragte er.

Aber Momme Mumm zog ihn schon zur Seite und flüsterte etwas in sein Ohr, und je länger Trenk ihm zuhörte, desto fröhlicher wurde sein Lächeln. „Das schaff ich bestimmt!", sagte er zufrieden. „Ich kann ja sogar bis hundert zählen! Und Ferkelchen schafft das auch."

Da setzte Momme Mumm sich seine Mädchenperücke wieder auf und stellte sich mitten im Gedränge zwischen den Menschen auf den Platz, und Trenk und Ferkelchen stellten sich tapfer daneben.

„Meine hochverehrten Damen und Herren!", rief Momme Mumm und riss sich die Perücke vom Kopf. „Machen Sie Platz für ein Schauspiel, wie Sie in Ihrem Leben noch keins gesehen haben! Machen Sie Platz für den größten Zauberer aller Zeiten, den Hellseher Ferkelmagier!"

An dieser Stelle hätte eigentlich ein Trommelwirbel erklingen müssen, aber eine Trommel hatten sie ja nicht, und darum beachteten die Menschen Momme Mumm zuerst auch gar nicht. Aber je öfter er seine Perücke abnahm und wieder aufsetzte und je öfter er seinen Spruch von dem Zauberer Ferkelmagier rief, desto mehr Menschen sammelten sich am Rande des Marktplatzes und desto stiller wurde es, bis schließlich beinahe alle Marktbesucher neugierig auf die drei merkwürdigen Gestalten in ihrer Mitte blickten.

„Danke, meine hochverehrten Damen und Herren Bürger, danke sehr!", rief Momme Mumm und setzte sich seine Perücke endgültig wieder auf den Kopf. „Darf ich Sie bitten, bei diesem einmaligen Schauspiel die Ruhe zu bewahren, damit unser verehrter Herr Zauberer sich auf seine schwere magische Aufgabe konzentrieren kann! Darf ich die Kinder bitten, nicht zu lärmen, und die Damen, nicht in Ohnmacht zu fallen! Ich danke Ihnen."

Während der ganzen Zeit zerrte Ferkelchen an seinem Strick, denn es wollte natürlich wieder zurück in die engen Gassen, wo auf dem matschigen Boden für ein Schwein die allergrößten Leckerbissen warteten, aber Trenk hatte vorsichtshalber den Ferkelstrick dreimal um seine rechte Hand geschlungen und passte auf, dass

Ferkelchen ihm nicht entwischte, und dabei wäre er vor Aufregung fast selbst in Ohnmacht gefallen, obwohl er ja nun ganz bestimmt keine Dame war.

„Sie sehen, wie unser weltberühmter Zauberer Ferkelmagier es kaum mehr erwarten kann, Ihnen endlich sein hellseherisches Können vorzuführen!", rief Momme Mumm. „Darum Freiwillige vor! Ich brauche einen Freiwilligen, meine hochverehrten Damen und Herren, einen von Ihnen, damit Sie auch ganz sicher sein können, dass das, was mein Helfer und unser verehrter Herr Ferkelmagier hier Ihnen gleich demonstrieren werden, kein Betrug ist, sondern die pure Zauberei! Ich versichere Ihnen, niemand wird einen Schmerz erleiden oder Schaden an Leib und Leben nehmen!"

Du kannst dir denken, wie groß da der Andrang war! So viel Abwechslung hatten die Menschen in der kleinen Stadt nicht mehr gehabt, seit am letzten Osterfest eine Taube im Flug der Frau des Bürgermeisters mitten auf den Kopf gekackt hatte, und das war ja nun auch schon wieder eine ganze Weile her.

Aus all den vielen Bewerbern wählte Momme Mumm einen würdevollen älteren Herrn aus, der eine schwere silberne Kette um den Hals trug, die ihm fast bis auf den Nabel hing.

„Der Herr Bürgermeister!", riefen die Menschen und Trenk verstand sofort, dass Momme Mumm eine kluge Wahl getroffen hatte. Denn dass der Herr Bürgermeister nicht mit den Gauklern im Bunde war, würden die Menschen sicher alle glauben; und darum würden sie dann auch überzeugt sein, dass das, was sie gleich zu sehen bekamen, kein Trick war und nichts anderes als pure Zauberei.

„Die Vorführung beginnt!", rief Momme Mumm und zog aus seinem Reisebündel zwei kuhfladengroße Tücher, die aussahen, als hätten sie schon viel erlebt in ihrem Leben. Dann verband er Trenk mit dem einen die Augen und Ferkelchen mit dem anderen, und du kannst dir nicht vorstellen, wie laut und ängstlich Ferkelchen quiekte. Bestimmt glaubte es, gleich ginge es zur Schlachtbank. Aber Trenk stand währenddessen ganz ruhig und aufrecht, denn ihm hatte Momme Mumm ja erklärt, was gleich passieren würde.

„Sie hören, wie aufgeregt unser Herr Ferkelmagier seiner großen Aufgabe entgegenfiebert!", rief Momme Mumm. „Nun brauche ich nur noch vier weitere Freiwillige, die keine Angst vor dem Herrn Ferkelmagier haben!"

Und während Trenk und Ferkelchen mit verbundenen Augen darauf warteten, dass es endlich losgehen sollte, erklärte Momme Mumm dem Herrn Bürgermeister, was er zu tun hatte.

„Sie sehen hier diese vier Bürger Ihrer Stadt, meine Damen und Herren!", rief Momme Mumm und zeigte den vier Freiwilligen, wo sie sich in einer Reihe vor der Kirche aufstellen sollten. „Diese reizende junge Dame, den eleganten Herrn mit dem Schnupftuch in der Hand, den Herrn Schuhmacher mit seiner Ahle und schließlich sogar den würdigen Herrn Pfarrer! Der Herr Bürgermeister wird jetzt einem dieser tapferen vier kräftig die Hand schütteln! Danach wird der Herr Ferkelmagier, ohne zu zögern, denjenigen herausfinden, der die Ehre hatte, vom Herrn Bürgermeister ausgewählt zu werden, obwohl der Herr Ferkelmagier uns doch den Rücken zudreht und ihm außerdem die Augen verbunden sind, sodass er unmöglich sehen kann, was hier vor sich geht!"

Aufgeregt sah die Menge zu, wie der Bürgermeister einen Augenblick zögerte und dann zielstrebig auf den Herrn Pfarrer zuging, der sogar ein bisschen verlegen aussah, als der Bürgermeister seine Hand einmal kräftig schüttelte, bevor er sich wieder neben Momme Mumm stellte.

„Der Herr Bürgermeister hat gewählt!", rief Momme Mumm. „Darf ich Sie nun bitten, meine Damen und Herren, meinem Helfer und dem Herrn Ferkelmagier auf keinerlei denkbare Weise zu verraten, auf wen die Wahl gefallen ist! Danke sehr, meine Damen und Herren! Helfer, es gilt! Begleite den Zauberer!"

Blind unter seinem Tuch, hörte Trenk den Ausruf und hätte sich vor Schreck fast verschluckt. Aber als Momme Mumm ihm das Tuch abnahm, ging er tapfer in die Mitte des Platzes, wo die johlende Menge Ferkelchen und ihn schon erwartete.

9. Kapitel,

in dem erzählt wird, wie Ferkelchen zaubert

In der Mitte des Platzes nahm Trenk nun auch Ferkelchen das Tuch wieder von den Augen, und du kannst dir vorstellen, wie erleichtert das kleine Schwein grunzte.

„Bitte sehr, Herr Ferkelmagier!", rief Momme Mumm.

Da packte Trenk den Ferkelstrick fester und ging mit roten Ohren auf die Freiwilligen zu, die gespannt auf die Entscheidung des Schweins warteten. An jedem einzelnen ließ Trenk Ferkelchen unter dem Gelächter der Menge schnuppern, an der reizenden Dame, dem Herrn mit dem Schnupftuch, dem Herrn Schuhmacher mit seiner Ahle und schließlich sogar an dem würdigen Herrn Pfarrer, und danach hockte er sich auf den Boden und hielt sein Ohr an Ferkelchens Schweinerüssel, als ob er hören wollte, was sein Schwein ihm zu sagen hatte. Dann rief er mit seiner allerlautesten Stimme: „Der Herr Ferkelmagier hat mir verraten, wem der Herr Bürgermeister die Hand geschüttelt hat! Es ist der Herr Pfarrer!"

Da ging ein erstauntes Raunen durch die Menge, und einige der Zuschauer klatschten sogar, vor allem die Kinder. Aber gleich trat ein kräftiger Mann mit einem unfreundlichen Gesicht vor und sagte: „Das war doch keine Kunst! Jeder hätte erraten können, dass der Herr Bürgermeister ganz bestimmt den Herrn Pfarrer auswählen würde! Das ist keine Zauberei, das ist Betrug!"

Und sofort stimmten ihm einige Männer lautstark zu und verlangten nach einer neuen Probe von Ferkelchens Können.

Momme Mumm lächelte freundlich. „Ich kann Ihr Misstrauen und Ihre Zweifel verstehen, meine werten Herrschaften Bürger!", rief er. „Leider gibt es immer wieder Gaukler, die das Volk täuschen und betrügen und für Magie ausgeben, was in Wirklichkeit nur ein billiger Trick ist! Aber ich bin sicher, der Herr Ferkelmagier wird Sie überzeugen können! Überprüfen Sie sein Können, sooft Sie mögen!"

Nun kann ich mir vorstellen, dass du schon die ganze Zeit gegrübelt hast, wieso Ferkelchen auf einmal tatsächlich ein Zauberer geworden war und hellsehen konnte, aber das kann ich dir leicht erklären. Momme Mumm war ja nicht umsonst fast sein Leben lang ein Gaukler gewesen und kannte hundert Tricks oder sogar tausend, und einen davon hatte er Trenk vorhin natürlich verraten, als er in sein Ohr geflüstert hatte.

Den Freiwilligen auf dem Platz, die in einer Reihe standen, sollte Trenk nämlich in seinem Kopf Nummern geben, darum war es so wichtig, dass er zählen konnte. Wer am dichtesten an der Kirche stand, war die Nummer eins, der nächste die Nummer zwei und so immer weiter.

Und wenn Momme Mumm Ferkelchen und Trenk dann in die Mitte rief, damit sie hellsehen sollten, wem der Herr Bürgermeister die Hand geschüttelt hatte, dann machte er das so: Hatte der Herr Bürgermeister den Freiwilligen Nummer *eins* gewählt, der am dichtesten bei der Kirche stand, dann rief Momme Mumm nur *ein* Wort, zum Beispiel: „Kommt!" oder „Los!"

Und hatte der Herr Bürgermeister den Freiwilligen Nummer *zwei* gewählt, dann rief Momme Mumm *zwei* Wörter, zum Beispiel: „Fangt an!" oder „Los jetzt!", und beim Freiwilligen Nummer *drei* rief er – na? – natürlich *drei* Wörter und immer so weiter. Mit Ferkelchen hatte die ganze Sache nun wirklich gar nichts zu tun und mit Hellsehen noch viel weniger. Trenk zählte einfach die Wörter, mit denen Momme Mumm ihn rief, und danach ließ er Ferkelchen an den Freiwilligen schnuppern, solange es wollte, und dann tat er so, als ob das Schwein ihm seine Entscheidung ins Ohr geflüstert hätte.

Und weil Momme Mumm beim ersten Mal „Bitte sehr, Herr Ferkelmagier!" gerufen hatte, was ja, wie du sicher schon gezählt hast, *vier* Wörter sind, wusste Trenk, dass der Bürgermeister dem Herrn Pfarrer die Hand geschüttelt hatte, denn der Herr Pfarrer stand sonderbarerweise am weitesten weg von der Kirche und war die Nummer vier, aber das hast du dir inzwischen bestimmt schon selber gedacht.

Weil die Menge so misstrauisch war, verband Momme Mumm Trenk und Ferkelchen zum zweiten Mal die Augen und ließ neue Freiwillige vortreten, und wieder konnten die beiden der Menge, ohne zu zögern, den Richtigen nennen, du weißt ja, warum. Und genauso war es beim dritten und beim vierten Mal und sogar dann noch, als ein Schlaukopf unter den Zuschauern auf die Idee kam, dass es bei nur *vier* Freiwilligen wohl leicht wäre, den richtigen zu erraten, wenn es aber *zehn* wären, wäre die Sache schon kniffliger.

Da rief Momme Mumm *zehn* Freiwillige auf den Platz, aber auch dieses Mal irrte Ferkelchen sich nicht.

„Dreißig!", rief jetzt der Herr Pfarrer, der nicht an Zauberei glauben wollte und sich vorher auch eigentlich nur deshalb als Freiwilliger gemeldet hatte, weil er hoffte, so könnte er den Gauklern auf die Schliche kommen. Aber so war es nicht gewesen, und darum ärgerte er sich jetzt und dachte, bei *dreißig* Freiwilligen könnte das Schwein die Aufgabe doch bestimmt nicht mehr lösen.

Bisher hatte der Trick Trenk von Mal zu Mal mehr Spaß gemacht, aber als ihm jetzt die Augen verbunden wurden und *dreißig* Freiwillige auf den Platz kamen, da hatte er doch ein bisschen Angst. Woher wusste er denn, ob er sich bei so einer großen Zahl nicht verzählen würde? Das konnte leicht passieren, denn was Momme Mumm rief, war dieses Mal wirklich ein ziemlich langer Satz, nämlich: „Ja, dann zeigt noch mal eure Kunst, Herr Ferkelmagier und mein lieber Helfer, ich bin sicher, dass es euch auch jetzt wieder gelingen wird!"

Womit er Recht behalten sollte, denn der Herr Bürgermeister hatte dem *vierundzwanzigsten* Freiwilligen die Hand geschüttelt, einem dicken Glatzkopf mit roten Wangen, und *vierundzwanzig* Wörter hatte Momme

44

Mumms Satz (du kannst gerne nachzählen), und auf den *vierund-zwanzigsten* Freiwilligen zeigte Trenk jetzt auch mit seinem Finger. „Der hier ist es!", rief er. Das kriegte er hin, obwohl *vierundzwanzig* doch schon eine ziemlich große Zahl ist. Aber du weißt ja, dass Trenk sogar bis hundert zählen konnte, und jetzt weißt du außerdem, wozu das manchmal gut sein kann.

Da wurde es still auf dem Marktplatz und die Menschen starrten ehrfürchtig und auch ein wenig ängstlich auf das kleine Schwein, das so fehlerfrei hellsehen konnte, und es gab niemanden mehr, der nicht daran geglaubt hätte, dass Ferkelchen wirklich ein Zauberer aus dem Süden war, der sich aus Versehen selbst in ein Schwein verwandelt hatte, nicht einmal, sehr zu seinem eigenen Ärger, der Herr Pfarrer.

„Verehrte Damen und Herren, darf ich Sie jetzt bitten, uns für diese eindrucksvolle Vorstellung auch unseren Lohn zu geben, der es uns ermöglichen soll, weiterhin den Herrn Ferkelmagier auf seiner

Reise um die Welt zu begleiten!", rief Momme Mumm. „Nur nicht so zögerlich, nur keine Angst! Bringen Sie uns Ihre Gaben nur frei vorbei!"

Da traten die Menschen einer nach dem anderen nach vorne und brachten, was sie eben hatten und entbehren konnten: der eine eine Gurke und ein anderer einen Apfel; einer einen geräucherten Fisch und eine Frau ein Marmeladenbrot; und während sich die Lebensmittel vor Momme Mumms Füßen immer höher und höher häuften, hielt Trenk Ferkelchen ganz, ganz fest an seinem Ferkelstrick, denn du weißt ja, dass ein Schwein sich so ein Festmahl sonst bestimmt nicht hätte entgehen lassen.

Trenk fand, dass er sich all das viele Essen, das sich jetzt vor ihm auf dem Boden türmte, ehrlich verdient hatte, selbst wenn der Trick vielleicht doch eigentlich eine kleine Schummelei und keine ganz echte Hellseherei gewesen war; und an einem stillen Plätzchen zwischen der Kirche und dem Haus des Herrn Pfarrers haute er ordentlich rein. Auch Momme Mumm haute ordentlich rein und Ferkelchen auch, und sie hätten sich bestimmt alle drei rund und moppelig gefuttert, wenn nicht plötzlich eine laute Stimme über den Platz gebrüllt hätte.

„Momme Mumm, da bist du ja, der Herr sei gepriesen! Fuchs, unsere Jungfrau ist wieder da!" Und mit einem strahlenden Lächeln auf seinem roten Gesicht stolperte ein kugelrunder kleiner Herr direkt auf unsere drei zu, und kaum hatte Momme Mumm ihn gesehen, lagen die beiden sich auch schon in den Armen.

„Schnöps!", rief Momme Mumm und schlug dem kleinen Herrn vor Begeisterung immerzu kräftig auf den Rücken. „Ich wusste doch, dass ich euch hier wiedertreffen würde! Darf ich dir meine Weggefährten vorstellen, den Bauernjungen Trenk und sein Schwein Ferkelchen!"

Da wusste Trenk, dass Momme Mumm nun seine Gauklertruppe wiedergefunden hatte, und in die Freude für seinen Freund mischte sich auch ein wenig Angst; denn er begriff, dass er jetzt bald wieder alleine sein würde.

10. Kapitel,

in dem erzählt wird, wie sich alle
über einen Ritter ärgern

Aber zuerst stellte Momme Mumm Trenk all seinen Kollegen vor.

„Das hier ist mein Gefährte Trenk, der ausgezogen ist, um in der Stadt sein Glück zu finden, mit seinem Schwein Ferkelchen", sagte Momme Mumm, und Ferkelchen quiekte böse, weil Trenk es bei seinen Worten von dem herrlichen Fresshaufen wegzerrte; aber das musste Trenk natürlich tun, denn es ist ja nicht sehr höflich, wenn man einfach weiterfuttert, während man jemandem vorgestellt wird. „Und das hier sind meine Gauklerkollegen Schnöps der Runde und Fuchs der Rote, und das ist unser verehrter Herr Prinzipal."

Trenk schüttelte allen dreien die Hände, und Ferkelchen schnupperte allen dreien an den Füßen, und so waren sie miteinander bekannt gemacht.

Schnöps war ja, wie du schon weißt, ein kugelrunder kleiner Herr mit einem roten Gesicht und Fuchs war ein zaunlattendürrer Riese mit feuerrotem Haar und einem vergnügten Mund, und der Herr Prinzipal war einfach ein ganz normaler Mann mit einem Ziegenbärtchen, der ein kleines bisschen missmutig aussah.

„Wo bist du denn gewesen, Momme Mumm!", sagte er ärgerlich, und ohne weitere Umstände setzte er sich im Schneidersitz vor dem wunderbaren Berg Essen auf den Boden und begann zuzugreifen, ohne irgendwen zu fragen, ob er das auch durfte. So ist das nämlich, wenn man der Prinzipal ist, denn das bedeutet nichts anderes als der Boss.

„Seit wir vor dem Drachen geflohen sind, bin ich auf der Suche

47

nach euch!", sagte Momme Mumm. „Aber ich wusste ja, dass wir uns hier wiedertreffen würden, und darum bin ich in die Stadt gewandert. Und zum Glück bin ich unterwegs meinen beiden Gefährten hier begegnet und wir haben gemeinsam gezaubert, was das Zeug hält, und die guten Bürger der Stadt haben sich mit dieser köstlichen Mahlzeit bei uns dafür bedankt. Darum esst, bis ihr nicht mehr könnt, denn was mir gehört, gehört auch euch, Schnöps, Fuchs und verehrter Herr Prinzipal, und mein Essen soll auch euer Essen sein."

Da hörte man eine ganze Weile nichts weiter als ein Kauen und Schmatzen und Schlucken, denn Gaukler sind nun mal keine vornehmen Herren, aber schließlich tat Schnöps einen zufriedenen kleinen Rülpser, faltete die Hände vor seinem Bauch und lehnte sich mit einem wohligen Seufzer an die Kirchenmauer in seinem Rücken.

„Dem Herrn sei gedankt für dieses köstliche Mahl!", sagte er. „Mein Magen fühlt sich an, als ob er gleich platzen möchte, Amen."

„Und das will bei deinem Magen ja schon was heißen, Schnöps", sagte der magere Fuchs und lachte, denn er hatte schon längst aufgehört zu futtern.

„Da sprichst du ein wahres Wort!", sagte Schnöps zufrieden und rülpste noch einmal. „Aber wieso habt ihr drei gezaubert, Momme

Mumm? Du hast doch erzählt, dass dein Gefährte ein Bauernbengel auf der Suche nach dem Glück ist, und das Schwein ist ein Schwein, und dass ein Bauernbengel zaubern kann, hab ich mein Lebtag noch nicht erlebt, und dass ein Schwein zaubert, noch viel weniger."

Da wollte Momme Mumm eigentlich erzählen, wie Ferkelchen, Trenk und er die Bürger der Stadt an der Nase herumgeführt hatten, aber in diesem Augenblick ertönte vom Marktplatz her plötzlich ein fürchterliches Geschrei, und alle Menschen stoben auseinander, und in dem wirren Durcheinander aus Marktfrauen, Tieren und Käufern peitschte ein Mann in vornehmer Kleidung sein Pferd zwischen den Ständen hindurch, als gehöre ihm die Stadt ganz allein, und dabei brüllte er immerzu: „Aus dem Weg!" und „Macht Platz!"

„Das ist ja unerhört!", schrie der runde Schnöps empört.

Genau in dem Moment hätte ein Huf des aufgeregten Pferdes Ferkelchen fast gestreift, denn Pferde sind unruhige Tiere und lieben es nicht, wenn sie mit Peitsche und Sporen mitten durch einen Trubel getrieben werden, und darum hatte der vornehme Herr auch beide Zügel voll zu tun, um sein Tier zu halten. Ferkelchen quiekte vor Schreck, und Trenk packte den Ferkelstrick fester, und dabei sah er, dass vor dem vornehmen Herrn auf dem Satteltuch noch jemand saß, der war klein und zappelte so sehr, dass er fast heruntergefallen wäre, und dabei schrie er so laut, dass er sogar Ferkelchens Quieken übertönte.

„Ich will das aber nicht!", schrie der kleine Zappelige vorne vor dem vornehmen Herrn. „Nein, nein, nein, ich will das aber nicht!"

Da sah es so aus, als ob das Pferd nun endgültig durchgehen wollte, aber der vornehme Herr schaffte es trotzdem noch, dem Zappeligen zu antworten. „Als Ritter geboren, als Ritter gestorben, Ritter ein Leben lang!", schrie er und manövrierte sein Ross haarscharf an Schnöps und Fuchs vorbei, die sich erschrocken ganz fest gegen die Kirchenmauer pressten. „Da hilft dir kein Geschrei und Gejammer, Zink! Ritter musst du werden und Ritter sollst du werden!"

„Ich will das aber nicht, ich will das aber nicht!", schrie der Junge vor ihm auf der Pferdedecke und klammerte sich an der Mähne fest. „Ich will nicht gegen den gefährlichen Drachen kämpfen, nein, nein, nein!"

„Was für ein Jammerlappen!", sagte der runde Schnöps und spuckte aus.

„Was für ein Feigling!", sagte der rote Fuchs und schüttelte den Kopf.

„Und so was wird nun Ritter und darf später über uns bestimmen", sagte der Herr Prinzipal, der sich als Chef mit dem Bestimmen ja auskannte. „Wenn wir nicht auf den Burgen immer ein ganz schönes Sümmchen verdienen würden, ich sage euch, ich wollte nichts mehr mit diesem ganzen Ritterpack zu tun haben."

Trenk sah ihn ganz erschrocken an, denn dass man laut und in aller Öffentlichkeit so über einen Ritter redete, hatte er noch nie erlebt.

„Aber eigentlich wollte unser Freund Momme Mumm hier uns ja gerade erzählen, wie euer Schwein gezaubert hat", sagte der Herr Prinzipal. „Leg los, Momme Mumm, schönste aller Jungfrauen."

Inzwischen war der vornehme Herr mit seinem Pferd vom Marktplatz verschwunden und an den Ständen kehrte wieder Ruhe ein.

„Also, das war so", sagte Momme Mumm.

11. Kapitel,

in dem erzählt wird, wie Trenk tapfer von seinem Freund Abschied nimmt

Da erzählte Momme Mumm nun endlich, wie Ferkelchen, Trenk und er die Bürger an der Nase herumgeführt hatten, und Fuchs und Schnöps schlugen sich vor Begeisterung auf die Schenkel. Nur der Herr Prinzipal strich sich gedankenverloren über sein Ziegenbärtchen.

„So, so, so", sagte er und bohrte seinen Blick in Trenks Augen, bis Trenk sich ganz unbehaglich fühlte. „Nun, das wäre natürlich zu überlegen", und er nahm den letzten Pfannkuchen vom Boden und rollte ihn auf und steckte ihn in seinen Mund, und Ferkelchen schleckte ein wenig unglücklich über die kahle Stelle auf der Erde, auf der noch vor wenigen Minuten so ein köstlicher Reichtum an Essen gelegen hatte, und nun war alles in den Bäuchen der drei Männer verschwunden.

„Dann können wir jetzt ja auch wieder aufbrechen", sagte der Herr Prinzipal und erhob sich ächzend vom Boden. „Auf, auf, meine lieben Freunde, dass wir vor der Nacht noch die nächste Burg erreichen, um dem Burgherrn und seiner Dame unsere Kunst vorzuführen, auch wenn sie sicher wieder nichts weiter sind als ritterliche Dummbauze!"

Da fühlte Trenk, wie ihm vor lauter Kummer das Herz wehtat, denn natürlich kannte er Momme Mumm noch nicht lange, aber ein guter Gefährte war er doch gewesen, und wenn er ging, war Trenk mit Ferkelchen wieder ganz allein auf der Welt.

„Und den da", sagte der Herr Prinzipal und reckte sich und streckte sich, „nehmen wir mit. Einer, der bis hundert zählen kann, und ein Schwein, das zaubert, können uns ganz bestimmt nützlich sein. Und wenn er noch ein wenig größer geworden ist, Momme Mumm, kann dein kleiner Freund hier unsere neue Jungfrau sein, denn dir wächst bald ein Bart, das kann ich riechen, und dann ist es aus mit der Damenspielerei, und was soll dann aus unseren schönen Theaterstücken werden? Da brauchen wir einen Ersatz." Und der Herr Prinzipal starrte Trenk wieder tief in die Augen. „Hast du Lust?"

Du kannst dir vorstellen, dass Trenk da zuerst vor Freude fast das Herz im Leibe hüpfte. Wenn er mit den Gauklern durch die Lande zöge, wären Ferkelchen und er nicht länger allein, und seinen neuen Freund Momme Mumm müsste er dann auch nicht verlassen. Das war ja das allergrößte Glück, das man sich vorstellen konnte!

Aber dann fiel ihm wieder ein, warum er in der letzten Nacht von zu Hause aufgebrochen war, nämlich damit sein Vater Haug niemals wieder vom gemeinen Ritter Wertolt dem Wüterich verprügelt werden sollte; und was er seiner kleinen Schwester Mia-Mina versprochen hatte, fiel ihm auch wieder ein, nämlich dass er die ganze Familie in die Stadt nachholen wollte, wenn er dort erst einmal ein eigenes Haus besäße, denn Stadtluft macht frei. Und all das war natürlich ganz unmöglich, wenn er unter die Gaukler ging, die jeden Tag an einen neuen Ort zogen und nirgendwo länger blieben und schon gar kein eigenes Haus besaßen.

Darum schluckte Trenk tapfer einen hässlichen kleinen Kloß herunter, der sich in seinem Hals gebildet hatte und der nichts anderes bedeutete, als dass ihm gleich die Tränen kommen wollten, und er sagte: „Leider habe ich meiner kleinen Schwester Mia-Mina versprochen, dass ich mir in der Stadt Arbeit suchen will und ein Haus bauen und dass ich sie und meine Mutter und meinen Vater dann nachhole, um sie vor dem gemeinen Herrn Ritter zu retten. Darum kann ich euch nicht begleiten, so gerne ich eure Jungfrau sein würde und so leid es mir tut."

„Ein Haus in der Stadt!", sagte der Herr Prinzipal und schnaubte unfreundlich. „Wie willst du dir das wohl verdienen?"

Aber der runde kleine Schnöps sagte, dass man halten müsse, was man versprochen habe, das verstünde er gut, und Fuchs nickte dazu.

„Und sei nicht traurig, wenn wir dich jetzt verlassen", sagte Schnöps, „denn in diesem Leben kreuzen sich alle Wege mehr als einmal, darauf kannst du wetten", und das sollte bedeuten, dass sie sich bestimmt irgendwann einmal wieder begegnen würden.

So ganz besonders konnte das Trenk nicht trösten, wie du dir denken kannst, aber er nickte doch tapfer, und dann schüttelte er Momme Mumm die Hand so kräftig, dass seine Finger knirschten, und sagte: „Auf Wiedersehen."

„Auf Wiedersehen, Trenk!", sagte Momme Mumm und hielt Trenks Hand ganz, ganz fest. „Du warst ein guter Begleiter und du wirst mir fehlen! Aber wie Schnöps schon gesagt hat, auch ich bin mir sicher, dass unsere Wege sich schon bald wieder kreuzen werden. Bis dahin wünsche ich dir Glück, mein guter Freund Trenk! Freunde für immer und ewig!"

„Freunde für immer und ewig", antwortete Trenk, und seine Stimme zitterte ein bisschen dabei.

„Wer *mein* Freund ist, soll auch *dein* Freund sein, und wer *dein* Feind ist, ist auch *meiner*", sagte Momme Mumm, und langsam fühlten sich Trenks Finger in Momme Mumms Schraubstockgriff schon ganz taub an. „Und dem ziehe ich eins über mit meinem Knotenstock, dass er sich umgucken wird, wenn er sich danach überhaupt noch umgucken kann."

„Ja, amen", sagte Trenk ehrfürchtig, denn das war nun doch eine Ansprache gewesen fast wie die Predigt in der Kirche am Sonntag.

Da gab Momme Mumm Trenks Hand frei und raffte seinen Rock und lief auf flinken Beinen hinter Schnöps dem Runden und Fuchs dem Roten und dem Herrn Prinzipal her, so schnell er konnte; aber auf der anderen Seite des Platzes drehte er sich noch einmal zu Trenk um und rief ein letztes Mal: „Freunde für immer und ewig, Trenk, Freunde für immer und ewig!"

Und mit diesem Satz im Ohr packte Trenk tapfer den Ferkelstrick und machte sich auf, in der Stadt nach Arbeit zu suchen.

12. Kapitel,

in dem erzählt wird, wie Trenk kein Lehrjunge wird und wie er einen Ritterlümmel beim Schlafittchen packt

Nun hast du vielleicht gerade gedacht, dass es ganz schön dumm von Trenk war, die Gaukler zu verlassen, obwohl er doch überhaupt nicht wusste, was er in Zukunft in der Stadt tun und wie er sich sein Leben dort verdienen wollte, und wenn ich ehrlich bin, denke ich das beinahe auch; aber ich finde es trotzdem ziemlich nett von Trenk, dass er sein Versprechen halten und seinen Eltern und seiner Schwester helfen wollte, auch wenn es dafür natürlich im Augenblick überhaupt nicht gut aussah.

Als Trenk von zu Hause aufgebrochen war, hatte er sich gedacht, dass er in der Stadt ein Handwerk erlernen wollte, denn soweit er wusste, war es haargenau das, was die Jungs in der Stadt taten, wenn sie alt genug dazu waren. Sie gingen zu einem Meister in die Lehre und dort lernten sie alles, was man brauchte, um selbst ein tüchtiger Schuster oder Bäcker oder Tischler oder ich weiß nicht was noch zu werden. Aber ganz so einfach, wie Trenk es sich vorgestellt hatte, war es nun doch nicht.

Denn als er mit seinem Ferkel am Strick in der Schuhmacherstraße vor der ersten Werkstatt stehen blieb, um zu fragen, ob der Herr Meister nicht einen fleißigen Lehrjungen gebrauchen könnte, schlug der Schuster erschrocken von innen die Tür zu, verriegelte sie und schrie: „Verschwinde, du mit deinem Zauberer an der Leine! Ein Magier kommt mir nicht ins Haus und auch nicht in den Schweinestall, und ein Gaukler schon gar nicht!"

Da verstand Trenk, dass der Zaubertrick vorhin auf dem Markt-

platz wohl gut für seinen Magen gewesen
war, aber sicher nicht gut dafür, eine Lehrstelle
zu finden; denn wohin er in der Schuhmacherstraße auch kam, überall schlug man ihm erschrocken die Tür vor der Nase zu, und in der
Schneiderstraße erging es ihm nicht anders und
auch nicht bei den Bäckern und den Zimmerleuten.
Nun steckte er in einem ganz schönen Schlamassel und
wäre vielleicht doch besser mit Momme Mumm und
Fuchs und Schnöps und dem Herrn Prinzipal auf Wanderschaft gegangen, aber dafür war es ja jetzt zu spät.

„Weil ich in dieser Stadt nämlich nie und nie und nimmer
eine Lehrstelle finden werde, Ferkelchen!", sagte Trenk und
ging müde wieder zurück zum Marktplatz, wo die Menschen
sich immer noch um die Stände drängten. „Denn solange sie
glauben, dass du der Herr Ferkelmagier bist, haben sie Angst
vor dir und lassen uns nicht in ihr Haus, das ist ja klar! Ich würde
auch kein Schwein bei mir aufnehmen, das ein Zauberer ist, das kann
ich dir sagen. Da müsste ich ja immer Angst haben, dass es eines
Tages womöglich auch mich in ein Schwein verzaubert! Oder sogar
in eine Maus!"

Trenk seufzte und bog in die Schmiedestraße ein, die zurück zum
Marktplatz führte, aber er blieb vor keiner Werkstatt mehr stehen,
um zu fragen, ob der Herr Meister an seinem Amboss wohl einen
fleißigen Lehrjungen brauchen könne.

Inzwischen strömten Ferkelchen längst wieder all die leckeren
Gerüche vom Marktplatz in die Nase, und darum zerrte es heftig
an seinem Strick, und um das, was Trenk ihm gerade erklärt hatte,
kümmerte es sich gar nicht.

„Ja, ja, dir ist das alles ganz gleichgültig!", sagte Trenk böse.
„Aber ich kann jetzt gucken, wo ich bleibe, und in dieser Stadt jedenfalls nicht! Komm, Ferkelchen, machen wir uns auf die Wanderschaft zur nächsten Stadt, denn da wissen die Lehrherren nichts vom
Herrn Ferkelmagier und stellen mich vielleicht ein." Und ein biss-

chen ängstlich dachte er an den weiten Weg, der jetzt bestimmt wieder vor ihm lag, und an die dunkle Nacht, die er wieder auf der Straße verbringen müsste, und das Herz rutschte ihm fast in die Hose.

Aber genau in diesem Augenblick sollte sich sein Schicksal wenden, und du ahnst ja nicht, durch wen. Auf dem Marktplatz gab es nämlich plötzlich ein grässliches Durcheinander, Stände kippten um und Obst und Fleisch und Gemüse fielen in den Dreck und Marktfrauen schrien laut und böse auf, und als Trenk zu erkennen versuchte, was da los war, da sah er, wie ein Junge in einem blausamtenen Wams und roter Seidenweste mit einem Affenzahn um die Ecke geflitzt kam und auf seinem Weg alles umriss, was er nur umreißen konnte, so eilig hatte er es.

„Ich will das aber nicht!", brüllte der Junge im samtenen Wams dabei die ganze Zeit. „Nein, nein, nein, ich will aber nicht gegen den gefährlichen Drachen kämpfen!" Und dabei rannte er mitten durch den armseligen Stand eines kleinen alten Weibleins, das nur ein paar armselige Äpfel vom letzten Sommer vor sich auf einem Tuch ausgebreitet hatte, die hatte sie schön poliert, so gut es ging, damit sie noch frisch und lecker aussähen und Kunden fänden; und dabei konnte jeder sehen, dass das Weiblein selbst die Äpfel auch gut in seinem eigenen Magen hätte gebrauchen können, so mager und verhungert sah es aus. Jaja, so war das in den alten Zeiten, und Gott sei Dank ist es heute anders.

Als der Junge nun so wild über das Tuch tobte, spritzten die Äpfel in alle Himmelsrichtungen auseinander und kullerten über den staubigen Boden, und danach sahen sie kein bisschen mehr saftig und lecker und blank poliert aus, das kannst du mir glauben. Da brach das Weiblein in ein verzweifeltes leises Weinen aus, denn bestimmt dachte sie jetzt, dass sie dann die Äpfel doch besser gleich selber gegessen hätte; aber sie hätte ja sicher gar nicht erst versucht, sie zu verkaufen, wenn sie die Münzen nicht dringend für etwas anderes gebraucht hätte, für eine Medizin für ihren kranken Mann zum Beispiel, oder für eine warme Winterjacke für ihre Enkelkinder oder was weiß ich, und daraus konnte jetzt also leider nichts mehr werden.

Trenk wusste natürlich auch nicht, wofür das arme Weiblein das Geld gebraucht hätte und warum es jetzt so verzweifelt war; aber *dass* es verzweifelt war, das sah er gut, und wer daran schuld war, das sah er auch: nämlich der feige kleine Ritterlümmel, der vorhin noch vor seinem Vater hoch zu Ross gesessen und gejammert und gejammert hatte. Da spürte Trenk auf einmal eine große Wut in seinem Bauch, weil der reiche Rüpel in seinem teuren Wams, der in seinem Leben bestimmt noch nie Hunger gelitten hatte, überhaupt keine Anstalten machte, stehen zu bleiben und sich zu entschuldigen und der armen Frau ihre Äpfel zu ersetzen; und wer weiß, vielleicht war Trenk ja auch sowieso schon ein kleines bisschen wütend, weil er wusste, dass er mitten in der Nacht gleich ganz allein zur nächsten Stadt wandern musste – jedenfalls sprang er dem Ritterjungen jetzt böse in den Weg, als der gerade an ihm vorbei und in die Schmiedestraße entwischen wollte, und packte ihn mit einem einzigen festen Griff am Arm.

„Stehen bleiben!", sagte Trenk. „Zuerst bezahlst du der alten Frau ihre Äpfel, dann lass ich dich ziehen."

„Nein, nein, nein!", jammerte der feige, zappelige kleine Ritterjunge und duckte sich und sah sich suchend um, als warte er auf einen Verfolger, und du kannst dir seine Stimme gar nicht jämmerlich genug vorstellen. „Lass mich los! Mein Vater lässt dich auspeitschen! Mein Vater wirft dich in den Turm! Du kommst in das finsterste Verlies auf unserer Burg! Lass mich los!"

„Ich denk ja gar nicht dran!", sagte Trenk und bog ihm vorsichtshalber den Arm in einem Polizeigriff auf den Rücken, denn den Polizeigriff kannten sie damals auch schon, wenn er auch noch nicht so hieß. „Erst bezahlen!"

Da konnte der Junge sich kein bisschen mehr rühren, und vielleicht hätte er ja sogar angefangen, um Gnade zu flehen, wenn nicht plötzlich Hufgetrappel zu hören gewesen wäre, und dann erschien auch schon der Herr Ritter auf seinem schnaufenden Ross, und direkt vor Trenk und Ferkelchen und dem ungezogenen Ritterlümmel brachte er es gerade noch zum Stehen.

„Zink!", rief der Ritter auf seinem Pferd. „Hier bist du also! Warum versuchst du, vor mir wegzulaufen? Ich fang dich ja doch immer wieder ein! Ritter musst du werden und Ritter sollst du werden, mein Sohn, da hilft dir alles nichts, und wenn du noch so laut jammerst!"

Dann erst bemerkte er, dass sein Sohn von einem anderen Jungen im Polizeigriff gehalten wurde, und nun hätte er vor Verblüffung doch fast die Zügel fallen lassen.

„Potzblitz", sagte der Ritter (du weißt ja, das sagten sie damals), „was soll denn das bedeuten? Wer wagt es, meinen Sohn festzuhalten, der auf dem Weg ist, ein Ritter zu werden und den gefährlichen Drachen zu besiegen?"

Was sollte Trenk da wohl tun? Er hätte den Jungen natürlich auch loslassen können, um nicht noch größeren Ärger zu kriegen, aber er war so fürchterlich, fürchterlich wütend, dass er gar nicht daran dachte.

„Trenk Tausendschlag wagt es, Euren Sohn festzuhalten, Herr Ritter!", rief Trenk darum. „Weil Euer Sohn ein Feigling und eine Memme ist, und das wird später einmal ein schöner Ritter, wer heute alten Weiblein ihren Marktstand durcheinanderwirbelt und nicht anhält, den Schaden wiedergutzumachen!"

Du denkst jetzt vielleicht, dass der Ritter daraufhin sein Schwert zog oder Trenk mit seiner Peitsche auspeitschte, und das hätte ich eigentlich auch gedacht, aber so kam es überhaupt nicht.

Sondern so.

13. Kapitel,

in dem erzählt wird, wie Trenk den Bürgern der Stadt zu ihrem Geld verhilft

„Trenk vom Tausendschlag?", fragte der Ritter und sah verblüfft auf den abgerissenen Jungen mit dem Ferkel an der Leine, der seinen Sohn immer noch mit nur einer Hand zu Boden zwang. „Soll das heißen, dass du auch ein Rittersohn bist?"

So klang der Name ja vielleicht wirklich ein bisschen, aber Trenk hätte sich doch am liebsten auf die Zunge gebissen. Denn Tausendschlag war ja der Spottname, den sein Vater nur deshalb bekommen hatte, weil er so oft vom Herrn Ritter verprügelt worden war, und eigentlich wollte Trenk diesen Namen darum auch ganz schnell vergessen. Er rutschte ihm nur einfach immer wieder so raus, du kennst so was ja.

„Ein Rittersohn?", fragte Trenk erstaunt, und die Hand, die den Bengel im samtenen Wams so fest hielt wie eine Tischlerzwinge, ließ er kein bisschen locker dabei. „Ich?"

Da seufzte der Ritter, weil er begriff, dass Trenk doch nur ein einfacher Bauernjunge war, und das konnte auch jeder sehen. Vielleicht fand er ja, wenn sein Sohn von einem anderen Ritterjungen bezwungen worden wäre, wäre es nicht ganz so peinlich für ihn gewesen, aber diese Hoffnung musste er jetzt wohl aufgeben.

„Also nicht", sagte der Ritter und seufzte. „Na, auch gut. Du kannst meinen Sohn loslassen, ich kümmere mich wieder selbst um ihn", und damit wollte er den frechen Lümmel zu sich hoch auf sein Pferd ziehen. Aber Trenk hielt eisern fest.

„Erst der alten Frau ihre Ware bezahlen!", sagte er böse. „Vorher kriegt Ihr diesen Rüpel nicht zurück!"

60

Da starrte der Ritter ihn noch verblüffter an, aber dann lachte er sogar fast ein bisschen verlegen. „Angst hast du nicht!", sagte er bewundernd. „Auch wenn du nur ein Bauernbengel bist. Das muss man dir lassen, Potzblitz!"

Das stimmte ja nun überhaupt nicht, weil Trenk nämlich oft ziemlich große Angst hatte, wie du ja weißt: nachts im dunklen Wald, zum Beispiel, und jetzt gerade auch, aber das brauchte der Ritter schließlich nicht zu wissen. Mit seiner Angst hielt Trenk es so, dass er guckte, dass sie ihm möglichst nicht allzu sehr im Wege war.

„Nein, Angst hab ich überhaupt keine!", sagte er darum tapfer und sah dem Herrn Ritter fest in die Augen. „Und jetzt her mit dem Geld für die alte Frau, sonst kann Euer Sohn seinen Arm die nächsten Tage nicht mehr gebrauchen, um arme Leute zu quälen!" Und damit bog er dem Ritterjungen den rechten Arm noch ein bisschen fester nach oben, und der quiekte wieder fast wie ein Ferkel. Das war ja vielleicht nicht besonders nett von Trenk, aber du weißt, wie wütend er war, und außerdem war er wild entschlossen, dass das alte Weiblein seine Äpfel bezahlt bekommen sollte.

„Da hast du, Alte!", rief der Ritter ärgerlich, als er das Quieken seines Sohnes hörte, und griff in den ledernen Beutel an seinem Gürtel, den er dort gleich neben dem Schwert trug. „Das wird wohl reichen!"

Dann warf er ein paar Münzen auf den Boden, dass sie hierhin und dorthin kullerten, und das war nun doch auch von ihm nicht besonders nett, und daran sah man schon, wo sein Sohn sein schlechtes Benehmen gelernt hatte. Dem alten Weiblein war es allerdings ziemlich egal, ob sie die Münzen nun einzeln in die Hand gezählt bekam oder sich nach ihnen bücken musste, denn sie sah auf einen Blick, dass die Geldstücke auf dem Boden viel, viel mehr wert waren als ihre wenigen schrumpeligen Äpfel, und darum wusste sie auch sofort, dass sie ihrem kranken Mann jetzt seine Medizin bezahlen oder ihren Enkelkindern eine warme Winterjacke kaufen konnte oder vielleicht sogar beides zusammen.

„Vergelt's Gott, edler Herr Ritter, vergelt's Gott!", rief sie darum und verneigte sich tief vor ihm. Ist das nicht eigentlich traurig, wo der Ritter sie doch gerade so gemein behandelt hatte? Ja, ja, so war das damals, und Gott sei Dank ist es heute anders.

Und der Ritter beachtete sie natürlich auch überhaupt gar nicht, sondern versuchte stattdessen nur wieder, seinen Sohn aus Trenks Griff zu befreien. „Jetzt kannst du loslassen!", sagte er streng zu Trenk. „Jetzt hab ich sie bezahlt!"

Inzwischen hatte sich um die Gruppe herum eine immer größere Menschenmenge gebildet, denn du weißt ja, dass es damals in den Städten nicht so furchtbar viel Abwechslung gab, und darum konnten die Menschen es auch kaum fassen, dass sie an diesem Markttag zuerst eine Zaubervorführung erlebt hatten und jetzt gab es schon wieder ordentlich was zu gucken.

„Und die anderen Marktfrauen?", rief Trenk, als er all die vielen Menschen sah, die sich in gebührendem Abstand um das Pferd und den Herrn Ritter und den Ritterlümmel und Ferkelchen und ihn herumdrängten. „Deren Stände Euer Sohn auch umgeworfen hat? Sollen die etwa leer ausgehen?"

Da warf der Ritter einen missmutigen Blick auf den Platz, wo tatsächlich genügend umgestoßene Stände und Waren auf dem Boden durcheinanderlagen, und dann schleuderte er noch ein paar Münzen mitten in die Menge, damit die Leute sich darum prügeln sollten. Das war nun noch viel weniger nett, weil auf diese Weise ganz bestimmt zuerst die Schnellsten und die Stärksten die meisten Münzen bekamen, und das waren ja nicht unbedingt diejenigen, deren Stände der Rittersohn umgekippt hatte; aber wenigstens waren es eine ganze Menge Münzen, denn für so einen reichen Ritter war das ja ein Klacks, und darum bekam auch jeder etwas ab. Und mancher Bürger dachte im Stillen, dass es vielleicht doch keine so schlechte Idee gewesen wäre, diesen Gauklerjungen, der so stark war und sogar einem Ritter die Stirn bot, als Lehrjungen bei sich aufzunehmen. Aber die Chance hatten sie natürlich verpasst.

„Und nun kannst du meinen Sohn wirklich loslassen!", sagte der Ritter zu Trenk und beugte sich vom Pferd. „Denn sonst muss ich leider mein Schwert gegen dich ziehen."

Na, das wollte Trenk natürlich nicht, und außerdem war er jetzt auch schon längst nicht mehr so wütend, weil er ja sah, wie froh die Menschen über die Münzen aus dem Lederbeutel des Ritters waren, und darum ließ er den Ritterjungen gehen.

„Aber Ihr passt in Zukunft besser auf, dass Euer ungehobelter Sohn nicht noch mal einen ganzen Markt durcheinanderbringt!", sagte Trenk. „Beim nächsten Mal biege ich ihm den Arm nämlich noch ein wenig fester, und danach wird er so bald kein Schwert mehr halten können, nicht mal eins aus Holz!"

Dann wickelte er sich den Ferkelstrick um die Hand und verließ die Stadt würdevoll und unter den Hochrufen der Bürger durch dasselbe Stadttor, durch das er am Morgen mit Momme Mumm hereingekommen war. Und erst als er schon eine halbe Stunde gewandert war, fiel ihm ein, dass er vom Ritter ja auch noch ein paar Münzen für sich selbst hätte verlangen können. Aber dafür war es jetzt leider zu spät.

14. Kapitel,

in dem erzählt wird, wie Trenk den Ritterlümmel zum zweiten Mal schnappt

So war Trenk nun den zweiten Abend allein unterwegs mit seinem Ferkelchen am Strick. Und als die Dämmerung dichter wurde und der Wald und die Bäume nur noch düstere Schatten waren, hinter denen sich wer weiß was verborgen halten konnte, vielleicht sogar der gefährliche Drache, merkte er, dass sein Herz wieder genauso wild zu schlagen begann wie am Tag zuvor oder sogar noch wilder. Denn gestern war der Wald wenigstens noch ein bekannter Wald gewesen und die Dunkelheit darum ein bisschen eine bekannte Dunkelheit; aber heute war ihm alles fremd. Er kannte den Weg nicht, der von der einen Stadt zur nächsten führte, und hinter jeder Wegbiegung konnte etwas Unheimliches lauern und hinter jedem Baumstamm sowieso.

Da bereute Trenk, dass er sich nicht doch Momme Mumm und den Gauklern angeschlossen hatte, aber das war nun mal nicht mehr zu ändern, und darum versuchte er, ein kleines Lied gegen die Angst zu pfeifen, denn das weiß ja jeder, dass es nichts gibt, was gegen eine große Angst so gut hilft wie ein kleines Lied.

> „Heute zieh ich um die Welt
> (das kost' ja nix, das kost' ja nix!),
> bin zwar kein Ritter, hab zwar kein Geld
> (das kost' ja nix, das kost' ja nix!),
> doch ich tu und lass, was mir gefällt,
> Potzblitz und holdrio!

Und seh ich eine Burg mit Zinne
(nur hin ganz fix, nur hin ganz fix!)
und sitzt ein Ritterfräulein drinne
(nur hin ganz fix, nur hin ganz fix!),
dann klopft mein Herz vor wilder Minne,
Potzblitz und holdrio!
Potzbli-hi-hitz – und holdrio!",

sang Trenk, und nun hätte ich dir eigentlich gerne erklärt, was das Wort Minne bedeutet, aber das muss erst mal warten; denn gerade in diesem Augenblick geschah wieder etwas, das Trenk aus seiner Angst und seiner Verzweiflung erlösen sollte, und das muss ich natürlich zuerst erzählen. Wenn du aufgepasst hast, dann hast du vielleicht schon gemerkt, dass ihm das nicht zum ersten Mal passierte: nämlich, dass genau in dem Augenblick, in dem es ihm am schlechtesten ging, etwas Gutes geschah, und das kannst du dir ruhig merken, weil es dir in schwierigen Zeiten vielleicht noch mal nützlich sein kann.

Weit hinter sich hörte Trenk plötzlich Schritte, die auf den sandigen Weg trommelten, und gleich danach hörte er auch ein Schnaufen, das war so laut, dass es seinen Gesang vom Ritterfräulein auf der Burg übertönte. Einen Augenblick lang dachte Trenk, dass es vielleicht der gefährliche Drache wäre, der da wild und wütend hinter ihm hergaloppiert kam, aber dann traute er sich doch, einen Blick hinter sich zu werfen, und was glaubst du, wen er da sah? Kein anderer als der freche Ritterlümmel kam da angeschnauft, und du kannst dir gar nicht vorstellen, wie erleichtert Trenk war, als er ihn erkannte.

Nun gab es natürlich verschiedene Dinge, die Trenk hätte tun können. Er hätte den Ritterjungen, erstens, einfach an sich vorbeiflitzen lassen können, weil er ihn ja schließlich gar nicht wirklich kannte und es ihn nichts anging, warum dieser Bengel so allein in der Nacht durch die Gegend rannte, als ob der Teufel ihm auf den Hacken wäre; oder er hätte ihm, zweitens, ein Bein stellen und zugucken können, wie der Junge lang hinschlug, damit der mal sah, wie das war, wenn man solche Sachen mit anderen machte, aber das wäre natürlich nicht sehr nett von Trenk gewesen; und er konnte ihn, drittens, wenn er vorbeiflitzte, einfach noch mal ganz fest am Arm packen, wie er es ja schon einmal getan hatte, um ihn dann zu fragen, was er denn nun schon wieder anstellen wollte.

Und genau das tat Trenk auch. Der Ritterjunge war vom Rennen inzwischen so erschöpft, dass er nur noch taumelte, als er die Stelle erreichte, an der Trenk ihn erwartete, und seine Augen waren starr auf den Weg unter seinen Füßen gerichtet, sodass er Trenk nicht einmal bemerkte. Darum hätte sogar die kleine Mia-Mina ihn mit Leichtigkeit packen können, und für Trenk war es nun überhaupt kein Problem.

„Ha!", sagte Trenk, als der Ritterjunge sich erschrocken in seinem Griff wand und „Nichts tun! Bitte, bitte, nichts tun!" wimmerte. „Da bist du ja schon wieder!"

Da erkannte der Ritterjunge, wer ihn geschnappt hatte, und er stieß einen lauten Seufzer der Erleichterung aus. „Ach, du bist das nur!", sagte er. „Ich dachte schon, ein Räuber oder ein Bandit hätte mich erwischt oder sogar der gefährliche Drache!" Und er versuchte nicht einmal, sich aus Trenks Griff zu befreien.

„Muss ich dir wieder den Arm verbiegen oder läufst du mir auch so nicht weg?", fragte Trenk, während Ferkelchen dem Neuankömmling an den Füßen schnupperte.

„Ich schwöre", sagte der Junge.

Da lockerte Trenk seinen Griff ein kleines bisschen, aber nur gerade so viel, dass der Junge ihm nicht entwischen konnte.

„Und warum rennst du hier mitten in der Nacht allein durch die

Gegend, wenn du doch eigentlich der größte Feigling unter der Sonne bist?", fragte Trenk, und das war ja nicht besonders nett. Schließlich hatte Trenk eben selbst in der Dunkelheit noch so eine schreckliche Angst gehabt, dass nur ein kleines Lied ihm geholfen hatte.

„Weil", schnaufte der Ritterjunge, denn er war immer noch ziemlich aus der Puste, „ich kein Ritter werden und gegen den gefährlichen Drachen kämpfen will, nein, nein, nein!"

„Wieso das denn nicht?", fragte Trenk verblüfft.

Nun konnte er sich natürlich schon vorstellen, dass niemand große Lust dazu hatte, gegen den gefährlichen Drachen zu kämpfen, der in den Wäldern der Umgebung sein Unwesen trieb und aus dessen Nüstern Rauchwolken kamen, so groß, dass sie schon von Weitem am Himmel zu sehen waren. Aber dass einer kein Ritter werden wollte, das verstand Trenk trotzdem nicht.

„Mein Herr Vater und ich", schnaufte der Ritterjunge, „sind auf dem Weg zur Burg meines Onkels Hans vom Hohenlob, wo ich Page werden und dann zum Knappen und schließlich zum Ritter ausgebildet werden soll! Und wenn ich erst mal ein Ritter bin, muss ich gegen den gefährlichen Drachen kämpfen, und das will ich aber nicht, nein, nein, nein!"

Trenk starrte ihn voller Verachtung an, denn bis aus diesem kleinen Furz von einem Ritterlümmel ein richtiger ausgewachsener Ritter geworden wäre, mussten bestimmt noch viele Jahre vergehen, und dass einer deshalb jetzt schon so fürchterlich wimmerte wegen der Kämpfe, die er dann einmal würde kämpfen müssen, das fand Trenk ein wenig jämmerlich.

„Freu dich doch!", sagte Trenk. „Ritter sein ist doch nicht das Schlechteste! Dann bist du deinem Vater also schon wieder ausgebüxt, versteh ich das recht, und er ist immer noch hinter dir her?"

Der Ritterjunge nickte. „Darum musst du mich auch wieder freilassen, bitte, bitte, bitte!", bettelte er. „Denn bestimmt wird er gleich hier sein, und dann setzt er mich wieder vor sich auf sein Pferd und reitet mit mir zur Burg meines Onkels, und dann ist es um mich geschehen!"

„Na, du bist vielleicht blöde!", sagte Trenk und konnte sich gar nicht genug wundern über so viel Dummheit. „Wenn du alleine weiterläufst, ist es doch erst recht um dich geschehen! Oder weißt du, woher du dein Essen nehmen willst, wenn du kein Rittersohn mehr bist, hä? Was hast du denn gelernt, womit du dir dein Brot verdienen kannst?"

Da starrte der Ritterjunge ihn erstaunt an, denn über diese Frage hatte er sich noch überhaupt nicht den Kopf zerbrochen, weil er ja in seinem Leben noch niemals Hunger gelitten hatte. Vielleicht dachte er, das Essen wüchse einfach so auf den Bäumen, oder was weiß ich.

„Da wird sich schon etwas finden", murmelte er, aber man konnte doch sehen, dass er ins Grübeln gekommen war.

„Nicht für so einen feinen Fidibus wie dich, der sich noch nie die Hände schmutzig gemacht hat!", sagte Trenk mit Überzeugung. „Du wirst verhungern in der weiten Welt! Dich liefere ich mal besser wieder bei deinem Vater ab!"

Denn inzwischen war ihm eingefallen, dass der Herr Ritter sich doch bestimmt erkenntlich zeigen würde, wenn Trenk ihm nun schon zum zweiten Mal seinen Sohn wieder eingefangen hatte, und dass er ihm deshalb sicherlich ein paar Münzen aus seinem Lederbeutel geben würde. Und damit konnte Trenk sich dann in der nächsten Stadt erst mal etwas zu essen kaufen, bis er einen Meister gefunden hätte, der ihn zum Lehrjungen nehmen wollte.

„Nein, nein, nein, ich will das nicht!", rief der Ritterjunge wieder und zog und zerrte an seinem Arm; aber Trenk hielt ihn fester als Tischlerleim. Und da hörte er in der Ferne auch schon Hufgetrappel, und tatsächlich, kaum hatte er sich danach umgesehen, kam der Ritter auf seinem Pferd aus dem Wäldchen getrabt, und als er die beiden Jungs mitten auf dem Weg vor sich stehen sah, riss er an den Zügeln und rief „Brrrr!" und brachte sein verschwitztes Pferd mit einem Ruck zum Stehen.

„Gott sei Dank, da ist er wieder!", sagte der Ritter.

Und so begann Trenks Weg ins Glück.

15. Kapitel,

in dem erzählt wird, warum der Ritterlümmel Zink nicht zu seinem Onkel will

„So, so, so, Zink!", rief der Ritter und sprang von seinem Pferd, das bestimmt auch nicht traurig darüber war, endlich eine Pause zu haben. „Hier bist du also! Habe ich dir nicht gesagt, dass ich dich immer und überall wieder einfangen werde, denn Ritter sollst du werden und Ritter musst du werden, da führt kein Weg daran vorbei!"

„Nein, nein, nein!", schrie der Ritterlümmel da wieder und wand sich unter Trenks festem Griff. „Ich will das aber nicht, ich will das aber nicht!" Und er versuchte sich loszureißen, aber bei Trenk hatte er überhaupt keine Chance.

„Warum will er das denn nicht, Herr Ritter?", fragte Trenk neugierig, als er dem Ritter seinen Sohn übergab. Dann streckte er ihm aber gleich die flache Hand entgegen, damit der Ritter begriff, dass Trenk dieses Mal seinen Sohn nicht ohne Lohn für ihn eingefangen hatte. „Als Ritter geboren, als Ritter gestorben, Ritter ein Leben lang! Warum will Euer Sohn denn trotzdem partout kein Ritter werden?"

Da seufzte der Ritter und sah auf seinen Sohn und schüttelte kummervoll den Kopf; und dann band er sein Pferd an einen Baum, setzte sich mit einem lauten Ächzen auf den Boden und fragte: „Muss ich dich wohl auch anbinden wie mein Ross, Zink, mein Sohn, damit du mir nicht wieder durch die Lappen gehst?"

Aber Trenk mischte sich ein und sagte, das wäre bestimmt nicht nötig, weil er den Ritterlümmel dann nämlich einfach wieder einfangen und seinem Vater zurückbringen würde, und darum setzten

69

sie sich alle drei zusammen auf den weichen Waldboden und der Ritter begann zu erzählen.

„Ich bin der Ritter Dietz vom Durgelstein, und mein Sohn Zink hier", sagte er, „hat soeben sein siebtes Lebensjahr vollendet. Und wie du wohl weißt, ist es dann an der Zeit, dass der Sohn eines Ritters mit seiner Ausbildung beginnt."

Trenk nickte, denn damals wusste jeder, dass die Lehrzeit eines Ritters so ungefähr mit sieben Jahren anfing, und wenn dir das jetzt ein bisschen jung vorkommt für so einen schwierigen Beruf, dann musst du bedenken, dass man heutzutage ja mit sieben schon in der Schule ist, und das schaffen die Kinder schließlich auch.

„Wie es so üblich ist", sagte der Ritter Dietz vom Durgelstein, ohne seinen Sohn aus den Augen zu lassen, denn er fürchtete wohl immer noch, dass der Lümmel ihm wieder ausbüxen würde, „soll er dazu auf die Burg seines Onkels Hans vom Hohenlob gebracht werden, wo er alles lernen wird, was er später als Ritter einmal braucht."

„Nein, nein, nein!", schrie der Ritterjunge, aber wenigstens rannte er dieses Mal nicht weg. „Ich will das aber nicht!"

„Das brüllst du schon die ganze Zeit!", sagte Trenk ungeduldig. „Aber warum denn bloß nicht?"

„Weil er dann später gegen den gefährlichen Drachen ziehen muss", sagte der Ritter Dietz vom Durgelstein und seufzte. „Und davor hat er so eine große Angst, dass er sich immerzu in die Hose macht, der dumme Kerl."

„Oh!", sagte Trenk, denn das war ja nun wirklich kein sehr ritterliches Verhalten und sogar ein kleines bisschen peinlich. „Von dem gefährlichen Drachen habe ich auch schon gehört! Aber wo er sich aufhält und was genau er tut, das weiß keiner."

„Das weiß keiner!", sagte der Ritter ernsthaft und nickte dreimal. „Aber eins steht fest, dass er nämlich immer öfter gesichtet wird! Heute steigt der Rauch aus seinen Nüstern auf aus *diesem* Wald und morgen aus *jenem*, und an manchen Tagen will man den Rauch über dem Wald sogar an zwei, ja an drei ganz verschiedenen Orten gleichzeitig gesehen haben, sodass jetzt schon das Gerücht geht, der

Drache könnte sich vielleicht mit einer Drachendame zu-
sammengetan und Drachenkinder bekommen haben! Dann
würde es hier in der Gegend demnächst vor Drachen nur so
wimmeln, und dagegen muss etwas geschehen."

„Das verstehe ich", sagte Trenk. „Und hat er schon mal
einen Menschen angefallen, der gefährliche Drache?"

Der Ritter zuckte die Achseln. „Bei uns hier nicht", sagte er. „Da verschwinden Kühe und Schweine und Ziegen, und im Wald gibt es weniger Wild, als wohl zu erwarten wäre; aber Menschen sind noch keine zu Schaden gekommen. In anderen Gegenden aber, von denen wir nur vom Hörensagen wissen, soll er sich täglich eine zarte, saftige Jungfrau geholt haben, und wer weiß denn, wann er auch bei uns damit anfängt?"

„Ja, das wäre schrecklich", sagte Trenk. Ferkelchen war inzwischen zu seinen Füßen eingeschlafen und gab kleine grunzige Ferkelschnaufer von sich. „Da verstehe ich schon, dass der Drache erlegt werden muss."

„Und das kann natürlich kein Bauernbengel erledigen, verstehst du", sagte Dietz vom Durgelstein. „Das ist eine Aufgabe für uns Ritter. Aber mein Sohn Zink fürchtet sich wie ein altes Weib!"

Und er rüttelte Zink an den Schultern und sah aus, als ob er ihm gleich eine Ohrfeige geben wollte, so wütend war er auf ihn.

„Und wie wirst du dich aufführen, wenn du erst auf der Burg deines Onkels bist, Zink?", rief er. „Wirst du Schande über den Namen deines Vaters bringen, weil du dich aufführst wie ein Feigling und wie eine Memme? Wirst du auch dort jede Gelegenheit nutzen, um fortzulaufen?"

Da nickte sein Sohn so heftig, dass Trenk sicher war, Zink würde bestimmt auch den tiefsten Wassergraben und die höchsten Burgmauern überwinden, so groß war seine Angst vor dem Drachen.

Der Ritter stöhnte auf und schlug die Hände vor sein Gesicht. „Welche Schande, welche Schande für unser altes Rittergeschlecht!", stöhnte er. „Ach, wie ich wünschte, du hättest nur ein wenig von dem Mumm, der in diesem einfachen Bauernjungen steckt!"

Dann nahm er ganz langsam die Hände von seinen Augen und sah Trenk nachdenklich an. Und Trenk sah genauso nachdenklich zurück.

Denn beide hatten sie in diesem Augenblick das Gleiche gedacht.

2. Teil

Wie Trenk in die Burg einzieht

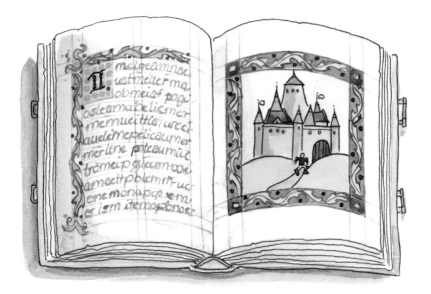

16. Kapitel,

in dem erzählt wird, wie Trenk in die Burg einzieht

„Es muss ja niemand merken!", sagte Trenk zehn Minuten später aufgeregt. Denn eben gerade hatte der Ritter ihn ganz vorsichtig gefragt: „Oder willst *du* vielleicht?"

Und Trenk hatte genauso vorsichtig zurückgefragt: „Wie stellt der Herr Ritter sich das denn vor?", und dabei hatte sein Herz geschlagen bis zum Hals. Denn dass er nun plötzlich ein Ritterlehrling werden sollte und nicht ein Schusterlehrling oder ein Tischlerlehrling, das kam doch ziemlich überraschend; aber Trenk dachte sich, dass ihm jede Arbeit recht wäre, wenn er nur seinen Vater Haug und seine Mutter Martha und seine kleine Schwester Mia-Mina von dem gemeinen Ritter Wertolt dem Wüterich befreien konnte.

Und wenn du jetzt vielleicht glaubst, Trenk hätte nicht auch Angst vor dem Drachen gehabt wie Zink der Ritterlümmel, dann täuschst du dich: Du weißt ja genau, wie sehr er schon nachts im Wald gezittert hatte. Aber wem heute der Magen knurrt, der sorgt sich nicht um den Drachen in zehn Jahren, so ist das nun mal.

Und darum hatten sie dann gemeinsam einen Plan geschmiedet. Nämlich diesen.

Trenk sollte mit dem Ritter Dietz vom Durgelstein und seinem Sohn Zink weiterziehen bis zur Burg des Onkels, die war gar nicht mehr so fern; und Zink und Trenk sollten ihre Kleidung tauschen, ungefähr gleich groß waren sie ja. Dass er alt genug wäre, um ein Page zu werden, glaubte Trenk sowieso, wenn er natürlich auch nicht genau wusste, *wie* alt er war, denn so ganz genau hat man sich Geburtstage damals noch nicht gemerkt.

Wenn sie dann auf der Burg angekommen waren, wollte der Ritter Dietz vom Durgelstein seinem Schwager Hans vom Hohenlob Trenk als seinen Sohn Zink vorstellen, und danach wollte er mit Zink zurück zu seiner eigenen Burg reiten, und was er dort mit dem Bengel anstellen wollte, wusste er selbst noch nicht so genau.

Nun denkst du vielleicht, dass das ja niemals klappen konnte. Ein Onkel wird doch nicht so dumm sein und seinen eigenen Neffen nicht erkennen! Aber du musst bedenken, dass der Ritteronkel Hans vom Hohenlob seinen Neffen Zink vorher noch niemals gesehen hatte; und Fotos gab es damals auch noch nicht und Videos schon gar nicht und überhaupt wussten Verwandte, die weit entfernt wohnten, nicht sehr viel voneinander. Wenn man einander Nachrichten zukommen lassen wollte, schickte man vielleicht ab und zu einmal einen berittenen Boten, der ein Schreiben bei sich trug, und das las dann der Burgkaplan der ganzen Burg vor, denn selbst lesen konnte so ein Ritter damals meistens nicht so gut, stell dir bloß vor.

Ja, so war das, und darum hatten der Ritter Dietz vom Durgelstein und Trenk auch überhaupt gar keine Sorge, dass ihr kleiner Betrug nicht funktionieren könnte; und Zink war sowieso mit allem einverstanden, solange er nur keine Angst mehr davor haben musste, gegen den gefährlichen Drachen zu kämpfen.

Gemeinsam legten sich die drei also in dem dunklen Wäldchen zur Ruhe, und wie immer kuschelte Ferkelchen sich ganz fest an Trenk, bis sie am nächsten Morgen von der aufgehenden Sonne geweckt wurden, um sich gemeinsam auf den Weg zur Burg des Onkels zu machen.

In Zinks samtenem Wams und seiner seidenen Weste fühlte Trenk sich sehr, sehr merkwürdig, das kannst du dir ja vorstellen; so merkwürdig sogar, dass er sich fast gar nicht rühren mochte, aus Angst, etwas zu zerreißen oder schmutzig zu machen. Aber noch viel merkwürdiger fühlte sich der Ritterjunge Zink in Trenks armseligen Kleidern.

„Nein, nein, nein, ich will die aber nicht!", rief er immer wieder, als er den geflickten Rock anziehen sollte und Trenks geflicktes Hemd, und barfuß laufen wollte er schon gar nicht. „Da mache ich mir ja die Füße schmutzig! Das tut ja an den Fußsohlen weh!"

Na, das wäre vielleicht mal ein schöner Jammerritter geworden! Als sie schließlich an die Zugbrücke vor dem Burgtor kamen, saß Trenk vor Dietz vom Durgelstein auf dem Pferd und Zink humpelte jammernd nebenher. „Wer da?", rief die Torwache.

„Hier komme ich mit meinem Pferdeknecht und meinem Sohn, der bei Eurem Herrn Page werden und in die Lehre gehen soll!", rief der Ritter. „Lasst die Zugbrücke herunter!"

Das tat die Burgwache auch, und das Burgtor öffnete sie

noch dazu. So ritt Trenk ein in den großen Burghof, und nun hätte es ihm fast den Atem verschlagen.

Für dich wäre so eine Burg ja vielleicht nichts Besonderes gewesen, aber Trenk konnte sich gar nicht sattsehen an den dicken Mauern und all den Gebäuden, die an der Innenseite daran geklebt waren wie Wespennester; an den Wachen auf den Türmen und dem Getümmel vor dem Küchenhaus. Und als sie erst in den großen Saal kamen, in dem die Wände behängt waren mit den wunderbarsten Bilderteppichen und bemalt mit Wappen und sonst noch allerlei Schnickschnack und in dem der Ritteronkel hinter einer langen Tafel saß und sie erwartete, konnte Trenk zuerst gar nicht glauben, dass es Menschen gab, die in so einer Pracht leben durften, während seine Familie mit Ziege und Schwein in ihrer kleinen Kate hausen musste; und noch viel weniger konnte er glauben, dass hier von nun an sein Zuhause sein sollte.

„Mein lieber Schwager Dietz vom Durgelstein!", rief der Ritter hinter der Tafel und kam mühsam auf die Beine. „Willkommen auf meiner Burg! Und ein herzliches Willkommen auch für deinen lieben Sohn, auf den ich schon so lange gewartet habe!"

Dann kam er auf seinen kurzen Beinen auf sie zugewatschelt, und, nein!, so hatte Trenk sich seinen Lehrherrn nun wirklich niemals vorgestellt! Denn der Ritter Hans vom Hohenlob sah fast genauso aus wie Schnöps der Runde, und das war für einen Ritter doch vielleicht ein bisschen merkwürdig. Er hatte genauso ein liebes, rotes Gesicht und genauso einen dicken, runden Bauch und genauso fröhliche, freundliche Augen. Da fühlte Trenk sich auf einen Schlag so erleichtert, dass er am liebsten gleich wieder gesungen hätte, denn ein kleines Lied ist ja, wie du weißt, nicht nur gut in den Augenblicken der Angst, sondern ganz unbedingt auch in den Augenblicken der Freude. Aber wenn er auch der Sohn eines leibeigenen Bauern war, wusste Trenk doch, was sich gehört. Und darum verkniff er sich das Singen und machte nur eine tiefe, tiefe Verbeugung.

„Guten Tag, mein lieber Herr Onkel", sagte Trenk.

17. Kapitel,

in dem erzählt wird, wie der Ritter vom Hohenlob seinen Neffen willkommen heißt

 Hans vom Hohenlob musterte ihn von oben bis unten und dann stahl sich ein glückliches Lächeln auf sein Gesicht.

„Potzblitz, du gefällst mir, Neffe!", rief er. „Bei allen Heiligen, aus dir mache ich einen tüchtigen Ritter, das sehe ich gleich! Gutes Ritterblut in deinen Adern, unverkennbar, unverkennbar!"

„Als Ritter geboren, als Ritter gestorben, Ritter ein Leben lang", sagte Dietz vom Durgelstein unbehaglich.

Trenk richtete sich langsam wieder auf, nahm die ausgestreckte Hand des Ritters vom Hohenlob und schüttelte sie heftig.

„Leider habe ich schon wieder deinen Namen vergessen!", sagte der Ritter ein wenig verlegen und krauste seine Stirn. „Aber den wirst du mir sicher gerne sagen, denn was Namen betrifft, bin ich sehr vergesslich!"

Und bevor er noch nachdenken konnte, war Trenk schon wieder das gleiche Missgeschick geschehen wie am Abend vorher.

„Trenk Tausendschlag, halte zu Gnaden, Herr Onkel", sagte er, und dann hätte er sich am liebsten auf die Zunge gebissen, denn jetzt musste der Betrug ja ganz bestimmt auffliegen. Eigentlich muss ein Onkel schließlich wissen, wie sein Neffe heißt, das war auch damals schon so.

Auch Dietz vom Durgelstein sah erschrocken aus, aber der Onkel schien sich gar nicht zu wundern. „Trenk, ja, richtig, Trenk, das war's!", sagte er. „Jetzt erinnere ich mich! Ein kurzer Name war's, ein guter Rittername, bei allen Heiligen!"

War es da nicht ein Glück, dass der verwöhnte Ritterlümmel Zink hieß und nicht vielleicht Siegfried oder Hartmut oder Lancelot? Das hätte man ja alles nicht so leicht mit Trenks Namen verwechseln können.

„Aber wieso *Tausendschlag*, mein lieber Schwager?", fragte der Ritteronkel. „Hat dein tapferer Sohn denn bereits einen Ehrennamen erworben, obwohl er doch noch kaum den Windeln entwachsen ist?"

Das fand Trenk nun doch ein wenig beleidigend.

„Jajaja, er ist sehr mutig", murmelte der Ritter. „Sehr, sehr mutig, fürwahr."

„Tausendschlag, Potzblitz!", rief der Ritter vom Hohenlob glücklich. „Schon Tausende geschlagen und noch so jung! So ein Page kommt mir gerade recht! Denn meine Tochter Thekla ist selbst ein halber Bengel und versteht nicht, warum nicht *sie* mein Erbe antreten soll. Aber wenn dieser Knabe schon jetzt den Namen Tausendschlag trägt, wird sie wohl endlich begreifen, dass er einen besseren Ritter abgibt als sie!"

Dann aber sah er Ferkelchen an, das Trenk die ganze Zeit fest an seinem Strick hielt. „Und könnt Ihr mir wohl Aufklärung geben, lieber Herr Schwager, warum Euer Sohn dieses Schwein in meinen Saal geführt hat?"

Da guckte der Ritter Dietz vom Durgelstein ein bisschen unbehaglich, denn er wusste natürlich, dass Schweine in den Wohngemächern einer Burg nichts zu suchen haben und in den Schlafgemächern noch viel weniger; aber in diesem Punkt war Trenk stur geblieben.

„Entweder Ferkelchen kommt mit oder ich gehe auch nicht!", hatte er gesagt, und dafür kannte ihn der Ritter Dietz inzwischen gut genug, um zu wissen, dass Trenk auch meinte, was er sagte.

„Nun, das ist Trenks – Ferkel", murmelte er deshalb. „Sein Lieblingstier, lieber Schwager, von dem er sich nun einmal nicht trennen will."

„Und außerdem kann es Kunststücke!", sagte Trenk und dachte

daran, wie Momme Mumm und Ferkelchen und er die Bürger auf dem Marktplatz an der Nase herumgeführt hatten.

„Nun, dann soll er es in Gottes Namen auch hierbehalten dürfen", sagte der Ritter Hans vom Hohenlob mit einem kleinen Seufzer. Dann winkte er zwei Bediensteten, die sofort begannen, die Tafel in die Mitte des Saales zu rücken und Stühle rundherum zu stellen.

„Jetzt soll es zur Begrüßung ein Festmahl geben!", rief er. „Küche, aufgetischt! Mein Neffe, der Page Trenk vom Tausendschlag, ist eingetroffen und das wollen wir feiern!"

In diesem Augenblick hörte man aus dem Hof ein fürchterliches Gejammer.

„Ich will das aber nicht, nein, nein, nein, ich will das aber nicht!", rief eine klägliche Stimme, und du kannst dir wohl schon denken, wem sie gehörte. „Ich bin ein Edelmann, ein Rittersohn bin ich, ich will das aber nicht!"

„Nanu?", sagte der Ritter Hans und zog erstaunt seine Stirn kraus. „Was ist denn das für ein Geschrei?" Und er ging zur Tür, um in den Burghof zu sehen.

Da glaubte Trenk zum zweiten Mal, dass aus ihrem schönen Plan nun wohl nichts werden würde; denn dass der Ritterlümmel Zink gerade dabei war, alles kaputt zu machen, das war ja schon klar.

Trotzdem ist es dann anders gekommen.

18. Kapitel,

in dem erzählt wird, wie Trenk das Ritterfräulein Thekla kennenlernt

„Was ist denn das für ein Lärm in meinem Hof?", rief der Ritter. „Wer schreit denn da immerzu, dass er ein Edelmann wäre?"

„Der Pferdeknecht Eures Schwagers, edler Herr Ritter", rief der Stallmeister von unten. „Wir haben ihm gesagt, wo er das Ross seines Herrn versorgen kann, aber er will und will nicht und behauptet nur immer, dass er ein Edelmann wäre."

„Nun, nun, nun", sagte der Ritter vom Hohenlob verwirrt. „Dann wird es wohl am besten sein, wenn du das Ross unseres Gastes selbst versorgst, Stallmeister, denn so ein Tier soll ja nicht darunter leiden, wenn es unter dem Gesinde Unklarheiten gibt." Dann drehte er sich zu seinem Schwager um. „Das ist doch dein Pferdeknecht, mein lieber Schwager?", fragte er. „Der Junge da unten, der immerzu zetert und schreit?"

Und Trenk dachte unglücklich, dass der Ritter vom Durgelstein nun Zink wohl zu Hilfe kommen und sagen würde, dass er in Wirklichkeit sein Sohn und also tatsächlich ein Edelmann wäre, und dann wäre es mit Trenks Lehrzeit auf der Burg wohl vorbei gewesen, bevor sie überhaupt begonnen hatte.

Aber das tat Dietz vom Durgelstein nicht. Schließlich wollte er ja auch nicht, dass ihr schöner Plan ins Wasser fiel. Darum nickte er nur, ohne aufzusehen. „Der arme Kerl ist manchmal sehr verwirrt!", murmelte er. „Der lange Weg hat ihn wohl zu sehr angestrengt."

Der Ritter vom Hohenlob nickte mitleidig. „Und gebt dem Pferdeknecht etwas zu essen und eine frische Strohmatte, damit er sich ausruhen kann!", rief er nach unten. „Dann wird es ihm morgen sicher schon wieder besser gehen."

Kannst du dir vorstellen, dass Trenk sich da fühlte, als ob ihm gerade Bleigewichte von den Schultern genommen worden wären? Und der Ritterlümmel tat ihm nun doch ein bisschen leid, obwohl er ihn ja eigentlich nicht besonders gut ausstehen konnte. Aber zu denken, dass er jetzt gleich ein Festmahl bekommen sollte, während Zink sich unten im Stall auf einer Strohmatte ausstreckte, das bescherte ihm doch fast ein schlechtes Gewissen.

Aber nur fast.

Inzwischen brummte der Saal von Dienern, die irdene Teller und Becher aus Zinn ordentlich auf der langen Tafel verteilten, und aus der Küche kam ein wunderbarer Bratenduft, und Trenk kniff sich vorsichtshalber einmal in seinen linken Arm, um sicherzugehen, dass er nicht vielleicht nur träumte.

„Aber bevor das Mahl beginnt", sagte der Burgherr vom Hohenlob jetzt zu Trenk, „will ich dich doch noch meiner Tochter vorstellen. Nimm es ihr nicht übel, wenn sie nicht sehr freundlich zu dir ist. Du weißt ja, sie wäre selbst gern Page geworden, das unverständige Kind."

Dann rief er: „Thekla! Thekla!", und nachdem sie eine ganze Weile gewartet hatten, kam endlich ein Mädchen durch die Tür, das war fast haargenau so groß wie Trenk oder vielleicht nur gerade ein winziges bisschen größer.

„Ihr habt mich gerufen, Herr Vater", sagte sie mürrisch.

Sie trug ein Kleid aus dem wunderschönsten Samt und eine Schärpe aus der glänzendsten Seide; aber das Kleid hatte einen großen Fleck auf dem Rock und die Schärpe hatte einen tiefen Riss, und im Gesicht war das Mädchen so schmutzig, wie Trenks Mutter Martha seine kleine Schwester Mia-Mina niemals hätte herumlaufen lassen.

„Thekla!", rief der Ritter erschüttert. „Wie siehst du denn schon wieder aus! Du solltest doch sticken üben und Harfe spielen! Wo bist du gewesen?"

„Im Pferdestall, gütigster Herr Vater!", sagte das Mädchen trotzig. „Irgendwer musste sich ja um das Pferd meines Onkels kümmern, wenn sein Idiot von Pferdeknecht das nicht kann!"

Und obwohl sie ja so schmutzig war und außerdem so unfreundlich und maulig, spürte Trenk verblüfft, wie ein Stich wie von tausend Messern durch sein Herz fuhr, denn bestimmt war dieses Mädchen das allerschönste, das er jemals gesehen hatte; und dass sie lieber lernen wollte, mit dem Schwert umzugehen als mit der Sticknadel, konnte er auch ein bisschen verstehen.

„Im Pferdestall, im Pferdestall!", rief ihr Vater verzweifelt. „Ach, Thekla, wann wird nur endlich ein richtiges Ritterfräulein aus dir?" Er seufzte und zeigte auf Trenk. „Dies ist dein lieber Vetter Trenk vom Tausendschlag", sagte er, „der von nun an bei uns leben und ein tüchtiger Ritter werden wird. Gib ihm die Hand."

„Ich denk ja gar nicht daran!", rief Thekla. Dann sah sie auf ihre Hände. „Meine Hände sind sowieso voller Pferdemist, das ist nichts für so einen feinen Herrn."

Stell dir vor, Trenk, ein feiner Herr! Na, wenn die gewusst hätte!

„Thekla, Thekla, du bringst deinen armen Vater noch zur Verzweiflung!", sagte Hans vom Hohenlob. Dann wandte er sich wieder Trenk zu. „Wie um Himmels willen soll ich dieses Mädchen wohl jemals verheiraten?", fragte er. „Ich weiß wirklich nicht, was ich falsch gemacht habe! Ihre Mutter ist bei ihrer Geburt gestorben, musst du wissen, aber sie hat eine wunderbare Hofdame, die ihr alles beizubringen versucht, was eine Edelfrau können muss. Aber das dumme Kind will ja nicht! Sie will ja nicht!"

In diesem Augenblick ertönte zum Glück ein Gong, und Köche und Küchenjungen und Mägde kamen mit großen Platten voller Schweinebraten und Rinderbraten und fettglänzenden knusprigen Hühnern in den Saal, und auf einer Platte lag sogar ein ganzer glasierter Schweinekopf zwischen niedlichen kleinen Karotten und sah aus, als ob er lächelte.

Darum setzten sie sich erst mal alle zum Essen.

19. Kapitel,

in dem erzählt wird, wie Trenk die Angreifer der Burg in die Flucht schlägt

So ein Festmahl hatte Trenk in seinem ganzen Leben noch nicht erlebt, und darum schlug er sich auch den Magen voll, bis nicht mal das kleinste Fitzelchen mehr hineingepasst hätte. Du musst ja bedenken, dass zu Hause jeden Abend ein lautes Magenknurren sein Schlaflied gewesen war und dass Mia-Mina und er sich fast täglich um die eine armselige Rübe in der Wassersuppe gestritten hatten. Darum konnte Trenk es gar nicht fassen, dass es jetzt mehr Fleisch und Suppe und Torte gab, als die Tafelrunde an diesem Abend selbst mit allergrößter Mühe herunterschlingen konnte. Am Schluss kam sogar noch der Oberkoch mit einer riesigen Burg aus Marzipan in den Saal, da durfte sich jeder abschneiden und verspeisen, was er wollte; und Trenk nahm sogar zweimal davon, nämlich zuerst einen Turm und danach die Zugbrücke.

Das war ein Geschmatze und Geschlucke und Gerülpse, wie du es dir zum Glück sicher gar nicht vorstellen kannst, denn auch bei den Rittern herrschten damals bei Tisch noch ziemlich raue Sitten, und dass man vielleicht doch besser die Tafel verließ, wenn man einen Donnerfurz lassen wollte, hatten sie noch nicht gelernt, und dass man statt mit den Fingern auch mit Messer und Gabel essen kann, wussten vielleicht gerade mal die Fürsten; der Ritter vom Hohenlob hatte jedenfalls nie davon gehört und Trenk sowieso nicht. Er genoss das Festmahl ganz ungemein, und es störte ihn nicht einmal, dass Thekla ihn von der gegenüberliegenden Seite der Tafel die ganze Zeit so böse anstarrte, dass jedem anderen vor Schreck das Fleisch und das Marzipan aus der Hand gefallen wären. Aber Trenk fühlte sich gerade so glücklich, dass er Thekla gar nicht beachtete, obwohl sie ihm schließlich einen Stich ins Herz versetzt hatte; und das Einzige, was ihm Kummer bereitete, war, dass er jetzt hier in Saus und Braus schwelgen durfte, und seine kleine Schwester Mia-Mina musste zu Hause weiter nach der Rübe in der Wassersuppe fischen.

Und weil er so sehr mit dem Essen beschäftigt war, bemerkte er zuerst auch gar nicht, dass plötzlich von einem der Türme laut das Horn ertönte und danach der Ruf „Alarm! Alarm!" und dass daraufhin die Stühle der anderen über den Boden scharrten. Denn als sie das Horn der Turmwache gehört hatten, hatten alle, die am Tisch versammelt waren, sofort nach ihren Schwertern gegriffen und waren aufgesprungen, weil so ein Alarm ja nur eins bedeuten konnte, nämlich dass die Burg von Feinden angegriffen wurde.

Aber als er sah, wie die gesamte Tafelrunde aus dem Saal rannte mit gezückten Schwertern in der Hand, ließ auch Trenk mit einem kleinen Bedauern das letzte Stück der Zugbrücke aus Marzipan einfach liegen und rannte ihnen nach, bis er zur geöffneten Saaltür kam. Da blieb er stehen und guckte in den Hof; und was er da sah, ließ ihm fast das Blut in den Adern gefrieren.

Auf dem Ostturm stand immer noch die Wache und blies in ihr Horn, bis von überall her laut grölend die Burgmannen mit ihren Speeren und Piken und Morgensternen und Langbögen in den Hof gestürmt kamen, um sich auf den Feind zu stürzen; und mitten unter ihnen standen auch der Ritter Hans vom Hohenlob und der Ritter Dietz vom Durgelstein und die anderen Gäste der Tafelrunde und starrten wie angewurzelt auf das Burgtor, gegen das jetzt mit aller Wucht von draußen ein Rammbock donnerte, so laut, dass Ferkelchen vor Angst zu quieken begann.

„Mach dir keine Sorgen, Ferkelchen, mach dir keine Sorgen", murmelte Trenk und dabei sah er sich die ganze Zeit suchend um, was ihm denn wohl als Waffe dienen könnte; denn ein Schwert hatte er ja noch nicht bekommen, aber dem Feind kampflos ergeben wollte er sich trotzdem nicht. Und wie er so guckte, sah er plötzlich, wie zuerst *eine* Hand auf der Mauerkrone erschien und sofort danach eine *zweite*, und leider gleich neben der Treppe, auf der Trenk noch immer oben an der Saaltür stand und überlegte.

Nun schwang sich auch noch ein Bein über die Mauer – und dann saß plötzlich ein Krieger im Kettenhemd nur zwei Schritte von Trenk entfernt zwischen den Zinnen. Da begriff Trenk mit einem großen Schrecken, dass die Angreifer kluge Leute waren, die das Burgtor nur deshalb mit dem Rammbock bearbeiteten, damit sich alle Verteidiger der Burg unten im Hof versammeln und sie dort erwarten sollten, während sie in Wirklichkeit gleichzeitig an einer ganz anderen Stelle über die Mauer kletterten, um gemein und überraschend von hinten anzugreifen.

So gerissen waren diese Feinde! Da half es auch nichts, dass Trenk so laut schrie wie am Spieß, um die Burgmannen und die Ritter unten im Hof zu warnen, denn die achteten nur auf das Geräusch des Rammbocks, und du kannst dir vorstellen, dass das um einiges lauter war als so eine Jungenstimme, auch wenn Trenk natürlich ziemlich brüllen konnte.

„Achtung! Achtung! Achtung!", brüllte Trenk, aber das Einzige, was passierte, war, dass jetzt der Krieger auf der Mauer auf ihn aufmerksam wurde und mit einem richtig bösen Grinsen sein Schwert aus der Scheide zog.

„Hohoho", rief der Krieger (du weißt ja, das riefen sie damals ständig), „hohoho!", und Trenk dachte schon, dass jetzt sein letztes Stündlein geschlagen hätte, dann wäre unsere Geschichte an dieser Stelle schon zu Ende gewesen; und er hoffte nur, dass der Ritter wenigstens seinem Ferkelchen nichts zuleide tun würde.

Aber du hast ja inzwischen schon mitgekriegt, dass genau dann, wenn es im Leben so richtig schlecht aussieht, oftmals die Rettung

kommt, und so war es auch dieses Mal. Denn gerade als Trenk dachte, dass er ja wenigstens die Zugbrücke aus Marzipan vorher noch hätte zu Ende essen können, wenn er denn schon sterben sollte, bemerkte er, wie von irgendwoher plötzlich blitzschnell ein winziges, winziges Geschoss angeflogen kam, das sah, soweit man das bei der Geschwindigkeit beurteilen konnte, einfach nur aus wie eine Erbse. Und die traf den Krieger an der Stirn, gerade als er sein Schwert mit beiden Armen angehoben hatte und zuhauen wollte. Ja, da hätte er wohl besser vorher seinen Helm aufgesetzt.

„Hoho – ho!", murmelte der Krieger und machte ein sehr erstauntes Gesicht, und dann purzelte er ganz zusammengekugelt rückwärts die Mauer herunter, und man kann nur hoffen, dass er weich gelandet ist, denn sonst hätte er sich bestimmt ziemlich wehgetan. Aber zum Glück war unten ja der Burggraben, und wenn er darin gelandet war, hatte er Glück gehabt. Jedenfalls, wenn er schwimmen konnte.

Mit einem Satz war Trenk an der Mauer, um seinem Gegner nachzusehen, wie er – tatsächlich! – mit einem lauten Platschen in das Wasser des Burggrabens tauchte. Aber noch etwas sah Trenk da, und oh, was für ein Glück es gewesen war, dass es dem fremden Krieger nicht gelungen war, ihn außer Gefecht zu setzen! Denn Trenk sah nicht nur den Krieger, wie er jetzt verzweifelt mit Armen und Beinen im Wasser zappelte: Er sah auch die Strickleiter, die die Angreifer mit einem Enterhaken über die Krone der Burgmauer geworfen hatten und auf der ihm jetzt schon eilig die nächsten Feinde entgegengeklettert kamen, das Schwert in der Hand.

Aber wenn Trenk auch der Sohn eines leibeigenen Bauern war, so war er doch kein Dummkopf, der abwartete, bis jemand kam, um ihm eins überzuziehen.

„Das habt ihr euch wohl so gedacht, ihr Saubeutel!", rief er, und mit diesen Worten löste er den Enterhaken von der Mauer. Da sackte die Strickleiter lautlos nach unten, und die drei oder vier oder fünf Krieger, die eben noch so siegesgewiss auf ihren Sprossen nach oben gestiegen waren, purzelten mit, und du kannst mir glauben, dass sie mindestens genauso überrascht guckten wie vorher der Krieger auf der Mauer, als die Erbse ihn getroffen hatte.

„Da habt ihr!", rief Trenk und drohte ihnen von oben mit der Faust, während sie jetzt unten ungefähr zu fünft im Burggraben paddelten. Ich glaube aber, sie hatten Glück und konnten schwimmen. Jedenfalls will ich das mal hoffen.

Als die anderen Krieger, die schon Schlange gestanden hatten, um als Nächste an der Strickleiter hochzuklettern, sahen, was passiert war, gab es ein fürchterliches Durcheinander und Geschrei, und sie nahmen ihre Beine in die Hand und gaben Fersengeld, bis schließlich von allen Angreifern nur noch der Rücken in einer Staubwolke zu sehen war.

Und als die Krieger, die vorne am Burgtor den Rammbock bedienten, merkten, dass ihre Kollegen flitzten, als wäre der Teufel hinter ihnen her, ließen sie den Rammbock Rammbock sein und gaben auch Fersengeld, denn so hieß das damals. Da lag die Burg wieder ruhig und friedlich unter einem goldenen Abendhimmel. Und Trenk dachte, dass das für seinen ersten Tag als Ritterlehrling gar nicht so schlecht gewesen war.

20. Kapitel,

in dem einfach nur das Festmahl fortgesetzt wird

„Nanu, nanu", sagte im Hof der Ritter Hans vom Hohenlob und kratzte sich am Hinterkopf. „Warum ist es denn jetzt auf einmal so still? Sollten die Angreifer so ganz ohne Kampf aufgegeben haben?" Dann sah er Trenk oben auf der Mauer.

„Trenk vom Tausendschlag!", rief er. „Mein lieber Neffe! Hast du vielleicht etwas gesehen?"

Aber bevor Trenk ihm noch antworten konnte, blies schon die Wache auf dem Ostturm auf ihrem Horn Entwarnung. „Der Feind ist mit Mann und Maus geflohen, Herr Ritter!", brüllte die Wache nach unten in den Burghof. „Man sieht nur noch eine Staubwolke auf der Ebene, so eilig haben sie es!"

„Das wundert mich, das wundert mich", sagte der Ritter vom Hohenlob verwirrt. „So leicht ist es doch sonst noch niemals gewesen!"

„Das war Euer Neffe, Herr Ritter!", rief die Wache vom Westturm zur Antwort, und man konnte die Bewunderung in der Stimme hören. „Er hat einfach die Enterleiter gelöst, dass die Feinde in den Burggraben gestürzt sind!"

„Na, da hoffe ich, dass sie mir meine Karpfen nicht erschreckt haben", sagte Hans vom Hohenlob, und jetzt stieg er gemeinsam mit dem Rest der Tafelrunde wieder die Treppe zum Saal nach oben, um das Festmahl in aller Ruhe fortzusetzen. „Und ist wahr, was meine Turmwache sagt? Hast du die Leiter gelöst, Trenk vom Tausendschlag?"

Da bekam Trenk einen ganz roten Kopf, weil alle ihn ansahen, und dann sagte er, ja, ja, ja, das hätte er schon getan, aber vorher hätte jemand mit einer Erbsenschleuder den Krieger niedergestreckt, der ihm gerade ans Leben wollte; und wäre das nicht passiert, hätte er auch nicht die Enterleiter kappen können. Trenk wollte schließlich nicht allein ein Lob einheimsen, das ihm gar nicht allein gebührte.

„Mit einer Erbsenschleuder!", lachte da der Ritter vom Hohenlob, und die anderen Gäste der Tafelrunde lachten mit. „Wer sollte das denn wohl gewesen sein, Trenk? Nur nicht so bescheiden, du hast uns gerettet! Meine Getreuen, gleich an seinem ersten Tag auf meiner Burg hat mein Neffe Trenk vom Tausendschlag ganz allein einen Angriff abgewehrt! Schwager, ich danke dir, dass du mir diesen wunderbaren Pagen geschickt hast!"

„Bitte, bitte", murmelte der Ritter Dietz vom Durgelstein verlegen. Er hatte nämlich gerade bemerkt, dass sein Sohn Zink sich im Staub unter dem Hühnerhaus zusammengerollt hatte und immer noch kleine schrille Angstschreie ausstieß, obwohl die Gefahr doch längst vorüber war. „Wenn ich mich mal kurz um meinen Pferdeknecht kümmern dürfte!"

„Natürlich, jederzeit!", rief der Ritter vom Hohenlob. „Trenk, du bist nicht nur ein Tauend*schlag*, du bist ein Tausend*sassa*, und für-

wahr, du sollst der kühnste und bekannteste Ritter im ganzen Lande werden, dafür werde ich sorgen, so wahr mein Name Hans vom Hohenlob ist!"

Und so ist es dann ja schließlich auch gekommen.

Währenddessen hatte Trenk sich die ganze Zeit umgesehen, um herauszufinden, von woher wohl die Erbse geflogen gekommen war und wer sie wohl geschleudert hatte; aber du weißt ja, wie das ist, in einem richtigen Getümmel kann man oft nicht finden, wonach man sucht.

„Und holt den Rammbock nach drinnen!", rief der Ritter vom Hohenlob. „Der Rammbock soll unsere Beute sein, Potzblitz! Hier wird nichts vergeudet."

Dann setzten sich alle wieder um die Tafel und der Ritter Hans winkte seiner Tochter.

„Sieh deinen Vetter hier an!", sagte er. „Er ganz allein hat die Angreifer in die Flucht geschlagen, was sagst du nun!"

„Kann das denn wahr sein!", rief Thekla und schlug die Hände zusammen. „Du bist aber wirklich ein tapferer Junge, lieber Vetter!"

Aber ihr Blick wollte Trenk gar nicht gefallen.

Der Ritter Hans nickte zufrieden. „Da siehst du, warum ich nicht *dich* zum Pagen nehmen konnte, Töchterchen", sagte er. „Ein rechter Ritter wird eben nur ein echter Junge."

Thekla schlug die Augen nieder. „Da hat der Herr Vater wohl recht", sagte sie mit ihrer lieblichsten Stimme, und dann griffen alle noch einmal kräftig zu, und Trenk aß den Rest von seiner Marzipanzugbrücke und dann nahm er sich sogar noch ein kleines Stück von der Marzipanmauer, weil er dachte, dass man nie sicher sein konnte, wann es das nächste Mal so einen leckeren Nachtisch geben würde. Und die Erwachsenen tranken noch einen ordentlichen Becher Wein und grölten ein paar Ritterlieder und feierten ihren Sieg. Nur Thekla guckte Trenk noch unzufriedener an als schon vorher die ganze Zeit.

Da war Trenk froh, als das Festmahl zu Ende war und alle Menschen auf der Burg sich zur Ruhe begaben.

21. Kapitel,

in dem Thekla Trenk einen großen Schrecken einjagt

Am nächsten Morgen setzte sich der Ritter Dietz vom Durgelstein auf sein Pferd, um nach Hause zu reiten, und Hans vom Hohenlob und Trenk und sogar Thekla mit dem mauligen Gesicht begleiteten ihn zum Tor. Währenddessen trottete Zink der Ritterlümmel in seinen Pferdeknechtkleidern die ganze Zeit hinter ihnen her und jammerte. Und als die eisernen Gitterstäbe des Burgtores unter dem lauten Knarren der Winde hochgekurbelt wurden und die Zugbrücke sich über den Graben senkte, stand Zink ungewaschen und morgenstrubbelig neben dem Pferd seines Vaters und quengelte die ganze Zeit, dass er nun aber auch nicht laufen, sondern mitreiten wolle.

„Ich will nicht laufen, nein, nein, nein!", schrie Zink. „Ich will das aber nicht, ich will das aber nicht!" Das kannte man ja schon, aber du weißt, dass sein Vater ihn unmöglich mit zu sich aufs Pferd nehmen konnte, weil ein Ritter das damals mit einem Pferdeknecht einfach nicht tat, und sonst wäre vielleicht doch noch alles aufgeflogen.

„Euer Pferdeknecht ist wohl immer noch nicht bei klaren Sinnen, mein lieber Schwager!", sagte der Ritter vom Hohenlob, während Thekla immerzu mit gerunzelter Stirn zwischen Trenk und Zink hin- und hersah. „Es ist wirklich ein Elend mit ihm."

„Das ist es, das ist es", murmelte Dietz vom Durgelstein und vielleicht meinte er das sogar ganz ernst.

Dann gab er seinem Pferd die Sporen, dass es im vollen Galopp über die hölzerne Zugbrücke donnerte, bis die Splitter spritzten. „Auf Wiedersehen, Trenk! Auf Wiedersehen, Herr Schwager!"

Dass Zink in seinem Rücken die ganze Zeit „Anhalten! Sofort anhalten!" schrie, kümmerte ihn gar nicht.

Ich glaube aber, dass er ihn hinter der nächsten Kurve und sobald sie von der Burg aus nicht mehr zu sehen waren, doch noch zu sich aufs Pferd genommen hat. Sonst hätte der Heimweg ja einfach viel zu lange gedauert.

„So, so, so, mein lieber Neffe", sagte der Ritter Hans vom Hohenlob, nachdem das Burgtor wieder verschlossen und die Zugbrücke hochgeklappt war. „Dann wollen wir mal keine Zeit vergeuden, gleich jetzt soll deine Ausbildung beginnen. Und du weißt ja, die beginnt für einen Pagen immer im Pferdestall."

„Jawohl, Herr Onkel", sagte Trenk.

Er hatte nämlich schon gehört, dass ein Rittersohn, wenn er mit sieben Jahren seine Ausbildung auf der Burg eines fremden Ritters begann, als Erstes lernen musste, wie man mit den Pferden umging, und das war Trenk gerade recht. Zu Hause im Dorf hatte er schon oft mit Pferden zu tun gehabt, wenn auch sein Vater Haug selbst natürlich kein Pferd besessen hatte. Und den Gedanken, von nun an täglich durch die Gegend reiten zu dürfen, fand Trenk gar nicht übel.

Der Stallmeister musterte ihn von oben bis unten und nickte zufrieden. „Das wird, das wird mit dir", sagte er. „Das sehe ich auf den ersten Blick."

Dann seufzte er ein bisschen und zeigte über den Burghof, wo Thekla noch immer mit einem ziemlich wütenden Gesicht neben dem Burgtor stand und auf ihren Nägeln kaute. „Wenn du jemanden kennenlernen willst, der wirklich etwas von Pferden versteht", sagte der Stallmeister vertraulich, „dann sprich mit der jungen Dame da! Es ist ein Elend, dass sie nicht als Knabe geboren ist. Einen besseren Ritter hätte es unter der Sonne nicht gegeben als unser Fräulein Thekla."

Da war Trenk aber sehr überrascht, denn so hatte er noch niemals jemanden über ein Mädchen reden hören.

„Als Erstes ausmisten", sagte der Stallmeister. „So sind die Regeln", und er verschwand über den Burghof im Küchengebäude.

Und Trenk legte los. Es war ja nicht das erste Mal in seinem Leben, dass er ausmistete, musst du bedenken, und vor den Pferden hatte er sowieso keine Angst. Darum dauerte es auch gar nicht lange, bis der Stall wieder blitzte und blinkte, so gut das bei Pferdeställen eben geht, und als Trenk sich gerade ein bisschen reckte und streckte und sich dabei fragte, was er nun wohl als Nächstes tun sollte, da sah er auf einmal Thekla in der Stalltür lehnen, die sah aus, als hätte sie ihn schon die ganze Zeit beobachtet.

Du weißt ja, dass es Trenk einen Stich durchs Herz gegeben hatte, als er sie zum ersten Mal sah, und auch jetzt fühlte sich sein Magen und überhaupt fast alles in seinem Innern auf einen Schlag wieder ganz merkwürdig an, und zu allem Elend wurde er auch noch so rot wie ein reifer Novemberapfel.

„Hallo!", sagte Trenk und seine Stimme zitterte ein bisschen. („Hallo" haben sie damals natürlich noch nicht gesagt, darum sagte Trenk das Wort, das damals „hallo" bedeutete. Leider weiß ich nicht, welches das war.)

Thekla antwortete ihm nicht. Sie hatte die Augen zusammengekniffen und musterte Trenk böse von oben bis unten. „Trenk vom Tausendschlag!", sagte sie, und es klang, als hätte sie „Du blöder Idiot!" gesagt. „Tatsächlich, Trenk vom Tausendschlag!" Sie trug ein sauberes Kleid ganz ohne Riss in der Schärpe und auch ihr Gesicht war noch kein bisschen schmutzig. Wahrscheinlich war sie einfach noch nicht lange genug auf den Beinen.

„Euer Vetter, liebe Base", sagte Trenk, und seine Stimme zitterte immer noch, so schön fand er Thekla und so sehr wünschte er sich, dass sie wenigstens ein kleines bisschen freundlicher zu ihm sein sollte.

Aber daraus wurde nichts.

„Du willst mein Vetter sein, für wie dumm hältst du mich denn?", sagte Thekla und kratzte mit der Spitze ihres seidenen Schuhs über den blitzblank gefegten Stallboden. „Meinen Vater kannst du vielleicht täuschen, aber versuch das ja nicht bei mir!"

Du kannst dir vorstellen, was für einen Schrecken Trenk da bekam! Darum fiel ihm auch kein einziges Wort ein, das er hätte antworten können.

„Mein Vetter heißt Zink!", sagte Thekla und jetzt starrte sie Trenk direkt ins Gesicht. „Zink vom Durgelstein und nicht Trenk vom Tausendschlag! Und wann immer wir Kunde von ihm erhalten haben, hieß es, er wäre ein bedauernswert ängstlicher Junge! Wie soll ich da glauben, dass ausgerechnet du dieser Vetter bist?"

Na, das war ja immerhin ein Kompliment, wenn du das bemerkt haben solltest, aber glücklich war Trenk trotzdem nicht.

„Da müsst ihr irgendwas durcheinandergekriegt haben", murmelte er. „Ich bin Trenk vom Tausendschlag, der Sohn des Ritters vom Durgelstein! Was kann ich denn tun, um es dir zu beweisen?"

„Nur sonderbar, dass der jämmerliche Pferdeknecht die ganze Zeit behauptet hat, *er* wäre Zink vom Durgelstein!", sagte Thekla, und sie konnte wirklich sehr spöttisch die Lippen schürzen, und dabei sah sie sogar noch schöner aus als vorher. „Selbst im Schlaf hat er immerzu gerufen, dass er Zink, der Rittersohn, wäre und nicht gegen den Drachen kämpfen wolle, nein, nein, nein! Versuch nicht, mich reinzulegen, Trenk vom Tausendschlag, wer auch immer du in Wirklichkeit sein magst."

Da wusste Trenk, dass er verloren hatte, denn wenn Thekla das auch ihrem Vater erzählte, war ja schon klar, dass der auch misstrauisch werden würde. Und dann wäre die Ausbildung zum Ritter wohl doch noch zu Ende, bevor sie überhaupt richtig angefangen hatte.

„Sag, was ich tun soll, damit du mich nicht verrätst", sagte Trenk entschlossen.

„Ich bin ja gerade dabei", sagte Thekla.

22. Kapitel,

in dem Trenk und Thekla ein Abkommen schließen

Thekla setzte sich auf die Treppe zum großen Saal, und dann rückte sie noch mal ein bisschen zur Seite, damit Trenk neben sie passte.

„Als Erstes sagst du mir, wer du wirklich bist!", sagte Thekla. „Das ist die Bedingung."

Da erzählte Trenk ihr die ganze Geschichte: wie der gemeine Ritter Wertolt der Wüterich seinen Vater Haug hatte holen lassen, um ihn auszupeitschen, und wie Trenk sich daraufhin aufgemacht hatte in die Stadt, um seiner Familie zu helfen, und wie Momme Mumm und Ferkelchen und er die Bürger an der Nase herumgeführt hatten; und schließlich, wie er dem Ritter Dietz vom Durgelstein und seinem Sohn Zink begegnet war, als Zink gerade die Marktstände umgerannt hatte und nicht dafür zahlen wollte, und wie Trenk dafür gesorgt hatte, dass das dann doch noch geschehen war.

Thekla guckte zufrieden. „Das hast du gut gemacht", sagte sie. „Dieser Rüpel von Zink ist nichts als ein Feigling und eine Memme."

Da wurde Trenk wieder ganz rot im Gesicht, so sehr freute er sich, und er erzählte noch schnell, wie er Zink ein zweites Mal eingefangen hatte und wie der Ritter Dietz vom Durgelstein und er dann den Plan geschmiedet hatten, dass er Zinks Platz einnehmen sollte.

„Und darum bin ich also hier", sagte Trenk, und jetzt traute er sich zum ersten Mal, Thekla in die Augen zu sehen. „Nun kannst du mich verraten, wenn du willst."

Thekla nickte freundlich. „Jawohl, das kann ich", sagte sie zufrieden. „Aber das will ich nicht, denk mal an. Glaubst du, ich will hier jahrelang den grässlichen, feigen Zink Zeterling ertragen? Wenn ich schon nicht selbst Page meines Vaters werden kann, dann bist du mir immer noch lieber."

Wenn Trenk nicht schon längst so rot gewesen wäre wie ein reifer Novemberapfel, dann wäre er es jetzt geworden.

„Und es macht dir nichts aus, dass ich gar kein Rittersohn bin, sondern nur der Sohn eines Bauern?", fragte er. „Leibeigen geboren, leibeigen gestorben, leibeigen ein Leben lang."

„Leibeigen ein Leben lang, ja Pustekuchen", sagte Thekla. „Wer *tüchtig* ist wie ein Ritter, soll auch ein Ritter *sein*. Aber wenn du nicht willst, dass ich dich verrate, habe ich auch eine Bedingung."

„Und welche ist das?", fragte Trenk ängstlich. Denn es konnte ja sein, dass Thekla jetzt etwas von ihm verlangte, was er nie im Leben erfüllen konnte: dass er ihr Ferkelchen zum Geschenk machte, zum Beispiel, oder einen Goldklumpen oder womöglich sogar den Kopf des gefährlichen Drachen.

„Dass du mich auch nicht verrätst", sagte Thekla, und mit einem Griff zog sie etwas unter ihrem Gürtel hervor und zielte, und im nächsten Moment ging drüben auf der anderen Seite des Burghofes ein Rahmtopf in Scherben und der gute Rahm sickerte langsam in die staubige Erde.

Na, so was konnte auch nur jemand tun, der immer genug zu essen gehabt hatte!

„Nicht!", schrie Trenk. „Der gute Rahm!"

Aber dann starrte er Thekla an, die gerade blitzschnell ihre Schleuder wieder unter der Schärpe verschwinden ließ. „Dann bist du das gewesen, die den Krieger auf der Mauer gestern mit der Schleuder getroffen hat, gerade als er sein Schwert gezogen hatte!" Und wenn du verstehen willst, wie verblüfft Trenk war, dann musst du bedenken, dass ja damals jeder glaubte, dass Mädchen nichts anderes könnten als sticken und Harfe spielen und Suppe kochen, und bis eben gerade hatte Trenk das auch noch geglaubt.

„Genau", sagte Thekla. „Ich treffe mit meiner Schleuder die Fliege an der Wand auf hundert Fuß. Wenn mein Vater mir nicht die Waffen eines Ritters erlaubt, muss ich eben die Waffen des Volkes nehmen."

„Dann hast du mir ja das Leben gerettet!", flüsterte Trenk. „Ohne dich läge ich jetzt mausetot unter der Erde!"

„Genau", sagte Thekla und strich zärtlich über ihre Schärpe, unter der jetzt bestimmt niemand mehr eine Schleuder vermutet hätte. „Da siehst du. Und als Nächstes will ich lernen, wie man mit der Lanze gegen den Feind im Turnier reitet und wie man sich mit dem Schwert schlägt und was es sonst noch alles für einen Ritter zu lernen gibt. Und du wirst es mir beibringen."

„Ich?", fragte Trenk ungläubig.

„Du", sagte Thekla. „Immer wenn du etwas Neues gelernt hast, wirst du es gleich hinterher mir beibringen. Dafür verrate ich meinem Vater nicht, dass du in Wirklichkeit Trenk, der Bauernbengel, bist. Das ist unser Geheimnis."

Da fühlte Trenk sich auf einmal so glücklich, dass er Thekla am liebsten einen dicken Kuss gegeben hätte, aber das ging natürlich nicht.

„Ich bin einverstanden", sagte er stattdessen nur, und dann besiegelten die beiden ihr Abkommen mit einem Handschlag. Und noch lange, nachdem Thekla mit einem lieblichen Lächeln die Treppe hoch und im Saal verschwunden war, um in der Kemenate zur Abwechslung mal wirklich ein bisschen zu sticken und Harfe zu spielen, war Trenk im Gesicht so rot wie ein reifer Novemberapfel.

23. Kapitel,

in dem Thekla Trenk ein Geheimnis verrät

Nun fragst du dich vielleicht, was Trenk in der nächsten Zeit denn alles lernen musste, und ich sage dir, das war eine ganze Menge. Ritter wurde man schließlich nicht so einfach von heute auf morgen, das war ja ein ziemlich schwieriger Beruf; darum dauerte die Lehrzeit auch viele Jahre lang, ungefähr genauso lange, wie du einmal zur Schule gehen wirst. Erst mit zwanzig Jahren war aus dem Pagen zuerst ein Knappe und dann ein richtiger Ritter geworden, und es gab ein großes Fest, das hieß Schwertleite, und alles war sehr feierlich und der junge Ritter bekam sein eigenes Schwert, dem durfte er dann sogar einen Namen geben.

Aber so weit war es bei Trenk noch lange nicht, denn wenn du schon gut rechnen kannst, dann hast du bestimmt gemerkt, dass so eine Ritterlehre zwölf oder sogar dreizehn Jahre dauerte, und Trenk hatte schließlich gerade erst angefangen.

Darum saß er jetzt jeden Morgen mit dem Burgkaplan in einer Ecke des großen Saales und lernte Latein und Lesen und Schreiben, und vor allem lernte er gutes Betragen; denn ein Ritter musste ja immer höflich sein und sich an der richtigen Stelle verneigen und wissen, wie er sich benehmen sollte, besonders den Damen gegenüber. Da sehnte Trenk sich manchmal ein bisschen nach seinem Dorf zurück und danach, wie er dort Unkraut gezupft und Krähen verscheucht und die Ziege gehütet hatte, denn so ganz besonders aufregend konnte er die Stunden mit dem Herrn Kaplan nun mal nicht finden. Aber was sein musste, musste eben sein.

Danach übergab der Kaplan Trenk dann jeden Tag dem Stallmeister und da ging es ihm schon besser. Beim Stallmeister lernte er nämlich, wie man ein Pferd aufzäumt und sattelt und ihm die Hufe auskratzt und was man sonst noch so alles über Pferde wissen muss, und ein bisschen reiten durfte er auch schon, aber nur im Burghof.

Vor allem aber ging Trenk jetzt jeden Tag in den Wald. Du erinnerst dich sicher, dass die Wälder damals finster und gefährlich und voller wilder Tiere waren, und ein Junge, der einmal ein mutiger Ritter werden wollte, musste darum ganz unbedingt zuerst lernen, ohne Angst durch den Wald zu streifen; denn später, wenn er es einmal geschafft hatte und fertig war mit seiner Lehrzeit, musste er ja im Wald nicht nur auf die Jagd gehen: Auch wenn er zur nächsten Burg reiten wollte oder zur übernächsten oder sogar bis ins Heilige Land, was damals sehr in Mode war (und wo das liegt, erkläre ich dir später), dann musste er viele Tage und Nächte im Wald verbringen, und stell dir mal einen Ritter vor, der dann immer vor Angst geschlottert hätte wie der feige Zink Zeterling! Das wäre ja sehr unpraktisch gewesen, und darum musste also jeder Page zuallererst lernen, im Wald keine Angst zu haben und sich zurechtzufinden.

„Aber Ferkelchen muss mit!", sagte Trenk energisch, und Hans vom Hohenlob seufzte ein wenig und sagte, nun, nun, nun, das Schwein hätte ja bisher noch niemandem geschadet und darum solle Trenk es in Gottes Namen mit sich führen; auch wenn man nur hoffen könne, dass dann nicht zufällig gerade ein Ritter aus der Nachbarschaft vorbeikäme, das könnte doch sehr peinlich werden, vor allem, wenn es der Ritter Wertolt der Wüterich wäre.

„Denn der ist sowieso mein schrecklichster Gegner und Neider", sagte Hans vom Hohenlob und seufzte, „und versucht schon seit Langem, mich bloßzustellen und lächerlich zu machen! Wenn du also Hufgetrappel hörst, mein lieber Neffe, dann sieh zu, dass du dein Schwein in den Büschen versteckst, wir wollen doch nicht, dass das ganze Land über uns lacht."

„Wertolt der Wüterich?", fragte Trenk aufgeregt, denn das war ja, wenn du dich erinnerst, der gemeine Ritter und Grundherr seines Vaters. „Den kennt der Herr Onkel?"

„Natürlich kenne ich ihn, auch wenn es mir lieber wäre, ich hätte seinen Namen nie gehört!", sagte Hans vom Hohenlob. „Schließlich ist er mein Nachbar auf der überüberübernächsten Burg! Und leider sind wir zerstritten von Kindesbeinen an, denn glaub mir, umsonst heißt niemand der Wüterich. Wann immer etwas nicht nach seiner Nase geht, schlägt er zu, dass die Fetzen fliegen; und du weißt ja, ich bin eher ein friedliebender Mensch und habe gern meine Ruhe. Aber woher kennst denn *du* Wertolt den Wüterich, Neffe Trenk?"

„Ich hab von ihm gehört", sagte Trenk ausweichend und wickelte sich den Ferkelstrick fester um die Hand. „Und der Herr Onkel kann gewiss sein, dass auch ich möglichst wenig mit ihm zu tun haben will."

„Na, dann hoffen wir mal das Beste", sagte Hans vom Hohenlob und winkte seinem nicht ganz echten Neffen nach, als der mit Ferkelchen vergnügt aus dem Burgtor und über die Zugbrücke lief. Eigentlich freute Trenk sich nämlich sehr auf die Stunden im Wald, weil es ihm auf der Burg auf die Dauer doch ein wenig eng wurde.

Aber kaum hatte er den Fuß des Burgbergs erreicht und den schmalen Pfad betreten, der ihn mitten hinein in den finsteren Wald führen sollte, da bekam er einen gewaltigen Schrecken. Denn: „Buhh!", schrie plötzlich eine helle Stimme und dann sprang auch schon jemand hinter einer kräftigen Buche hervor. „Hab ich dich erschreckt?"

„Thekla!", sagte Trenk. „Was machst du denn hier!", und er hatte das Gefühl, langsam würde es schon zur Gewohnheit, dass im Wald plötzlich Mädchen aus dem Gebüsch sprangen, denk mal daran, wie er Momme Mumm begegnet war.

„Wenn *du* in den Wald musst, um ein tüchtiger Ritter zu werden, will auch *ich* in den Wald, um ein tüchtiger Ritter zu werden", sagte Thekla. Ihr samtenes Kleid hatte auf dem Rock schon wieder einen großen Fleck, und in ihrer seidenen Schärpe war ein Riss, aber sie war trotzdem ganz bestimmt die Schönste von allen. „Wenn du nicht willst, dass ich dich verrate, musst du mich schon mitnehmen."

Und das wollte Trenk ja sowieso furchtbar gerne. Sein Gesicht war schon wieder so rot wie ein Apfel.

„Und hast du gar keine Angst?",
fragte er, denn er dachte an seine
kleine Schwester Mia-Mina. Die
wäre bestimmt niemals ganz alleine in den Wald gegangen. „Vor
den wilden Tieren oder dem gefährlichen Drachen?"

„Drachen, ja Pustekuchen!", sagte Thekla. „An Drachen glauben sowieso nur kleine Kinder und große Dummköpfe!"

„Ich glaube an den Drachen", sagte Trenk. „Schließlich wird er seit langer Zeit überall gesehen!"

„Gesehen, ja Pustekuchen", sagte Thekla. „Niemand, mit dem man spricht, hat ihn wirklich jemals gesehen."

„Und er frisst Jungfrauen!", sagte Trenk, weil er dachte, dass das einem Mädchen doch wohl am meisten Angst einflößen musste.

Aber allmählich glaubte er, dass Thekla gar keine Angst kannte. „Jungfrauen, ja Pustekuchen!", sagte sie wieder. „Wollen wir nun unsere ganze Zeit damit vergeuden, uns über den Drachen zu streiten, Trenk Tausendschlag? Du glaubst an den Drachen, ich glaub nicht an den Drachen, was macht das für einen Unterschied, solange er nur nicht plötzlich auftaucht und uns fressen will?"

Und das war ja nun auch wieder wahr.

„Wie bist du denn überhaupt hergekommen?", fragte Trenk sie darum jetzt. Denn das war doch schließlich auch fast ein Wunder. „Bestimmt haben die Torwachen dich doch nicht über die Zugbrücke gelassen! Oder kannst du dich etwa unsichtbar machen?"

Die Frage stellte er natürlich nur aus Quatsch und Thekla winkte auch gleich ganz ärgerlich ab.

„Komm mit", flüsterte sie und gab ihm ein Zeichen, damit er ihr nachkommen sollte. Dann führte sie ihn noch ein paar Schritte tiefer in den Wald, dorthin, wo sein Dickicht so düster und dunkel und undurchdringlich schien, dass Trenk sicher war, hier hätte noch niemals ein Mensch seinen Fuß hingesetzt. „Was ich dir jetzt zeige, Trenk vom Tausendschlag, ist ein Geheimnis, das du auf ewig für dich behalten musst bei Strafe des Todes! Schwöre, dass du niemals, niemals irgendwem davon berichten wirst."

Da hob Trenk seine rechte Hand. „Ich schwöre bei Strafe des Todes, dass ich niemals, niemals irgendwem davon berichten werde", sagte er.

„Dann ist es in Ordnung", sagte Thekla und beugte sich über einen Eibenbusch.

24. Kapitel,

in dem Ferkelchen in eine Falle gerät

 Fünf Minuten später saßen Trenk und Thekla immer noch neben dem Eibenbusch, aber seine Zweige sahen jetzt ein klein wenig zerstrubbelt aus.

„Aber das ist ja ein Geheimgang!", flüsterte Trenk. „Hinter dem Busch! Ein Geheimgang hoch auf die Burg!"

Thekla nickte. „Ein Tunnel", sagte sie. „Das ist es. Ein Tunnel, von dem nur die wenigsten Burgmannen wissen und der oben in der Burg unter dem Lagerraum endet. Und den brauchen wir dringend! Was soll denn sonst wohl passieren, wenn unsere Burg irgendwann von Feinden belagert wird, sag mal?"

Du musst nämlich wissen, dass damals manchmal Ritter, die keine eigene Burg besaßen, mit ihrem ganzen Kriegerheer eine fremde Burg belagerten, die ihnen nicht gehörte, um sie für sich zu erobern; und das konnte manches Mal viele Monate dauern. Sie bauten sich mit all ihren Kriegern und all ihren Waffen dann einfach rund um den Burggraben herum auf, sodass niemand die Burg verlassen oder in die Burg hineinkommen konnte, und sie dachten gar nicht daran anzugreifen. Sie warteten einfach nur ab.

Denn eines Tages ging ja den Bewohnern der Burg ganz bestimmt das Essen aus oder sogar das Wasser, und dann mussten sie sich dem Feind ergeben, etwas anderes blieb ihnen gar nicht übrig, wenn sie nicht verhungern wollten. Dann hatten die Belagerer – schwups! – die Burg mit Mann und Maus erobert, ohne auch nur ein einziges Mal eine Lanze zu erheben oder einen Speer zu schleudern, und das war doch eigentlich klug und keine schlechte Idee.

Aber klug waren auch manche Ritter oben auf ihren Burgen, und sie ließen Tunnel graben von der Burg durch das Erdreich bis hinunter ins Tal, und so konnten die Küchenmägde dann während der Belagerung die ganze Zeit heimlich Fleisch und Fisch und Korn und Kohl aus den Dörfern im Tal heranschaffen, ohne dass die Belagerer sie bemerkten, und die Feinde kratzten sich erstaunt am Kopf und fragten sich, wieso sie von oben noch immer kein Magenknurren laut wie Donnergrollen hörten und wieso die Bewohner der Burg es denn verflixt noch mal so lange ohne Essen aushielten.

So einen Geheimtunnel hatte also auch der Ritter Hans vom Hohenlob anlegen lassen, denn er war immer schon der Meinung gewesen, wenn man einen Kampf durch List und ohne Blutvergießen für sich entscheiden könnte, wäre das der schönste Sieg.

„So kann ich nach draußen, wann immer ich will", sagte Thekla zufrieden, „und so kann ich zurück, wann ich will. Und niemand merkt etwas davon."

„Ich verrate nichts!", flüsterte Trenk aufgeregt. Und auf Ferkelchen war ja sowieso Verlass.

Dann machten die beiden sich durch das Unterholz auf den Weg zum Bach, denn an diesem ersten Tag im Wald sollte es Trenks Aufgabe sein, ganz allein durch das Unterholz den Weg dorthin zu finden, ohne sich von einem Bären oder einem Wolf oder sogar dem gefährlichen Drachen fressen zu lassen; und zum Beweis dafür, dass er wirklich sein Ziel erreicht hatte, sollte er eine Handvoll Bachkiesel mit auf die Burg zurückbringen.

Die Sonne schien nur spärlich durch die Wipfel der Bäume, aber dafür sahen ihre wenigen Strahlen auch aus wie fein gesponnene Silberfäden, und wo sie auf den Boden trafen, schnupperte Ferkelchen ganz aufgeregt daran und konnte gar nicht glauben, dass etwas, das so lecker aussah, nichts zu fressen war.

„Nun musst du es aber doch langsam begriffen haben!", sagte Trenk ärgerlich, denn allmählich hatte er keine Lust mehr, hinter seinem schnuppernden Schwein herzurennen, während Thekla sich längst zielstrebig auf den Weg zum Bach gemacht hatte.

„Ferkelchen! Lass das! Aaaaahhhhhh!"

Nun fragst du dich bestimmt, warum Trenk auf einmal so laut schrie. Ich sage dir, dazu hatte er wirklich allen Grund! Denn direkt vor seinen erschrockenen Augen brach plötzlich der Boden ein und eine tiefe, tiefe Grube tat sich auf, in der Ferkelchen mit einem letzten schrillen Quieken verschwand. Trenk schaffte es nur gerade noch, den Ferkelstrick loszulassen und einen Satz rückwärts zu machen, sonst wäre er wohl auch mit in die Tiefe gedonnert.

„Ferkelchen!", schrie Trenk. „Mein Ferkelchen!" Und dann robbte er ganz vorsichtig auf dem Bauch bis an den Rand der Grube und sah hinab, und die Grube war wirklich sehr, sehr tief und sehr, sehr düster und unten quiekte Ferkelchen wie am Spieß.

Aber wenigstens begriff Trenk nun, was passiert war. In den Wäldern durften damals nämlich nur die Herren Ritter und ihr Gefolge auf die

Jagd gehen, und das taten sie auch mit großer Begeisterung; denn so ein zarter Reh- oder Hirschbraten und ab und zu einmal eine kräftige Wildsau waren doch eine schöne Abwechslung auf ihrem Speisezettel. Für die armen Bauern aber, die das Fleisch ja doch vielleicht viel dringender in ihren Wassersuppen hätten gebrauchen können, waren die Wälder verboten, und außerdem hätten sie ja sowieso nicht die nötigen Waffen gehabt, um so ein wildes Tier zu erlegen.

Manchmal allerdings konnten die Bauern sich leider trotzdem nicht an das Verbot ihres Herrn halten; denn wenn der Hunger zu groß wurde und ihre Kinder allzu lange wie das Vieh nur Gras und Baumrinde essen mussten, dann pfiffen sie darauf, was erlaubt und was verboten war, und schlichen sich heimlich in den Wald und gruben ein tiefes Loch, das bedeckten sie mit dünnen Zweigen und Tannennadeln, bis es genauso aussah wie der Waldboden drum herum. Und wenn dann ein Reh oder ein Hirsch oder ab und zu einmal eine kräftige Wildsau auf ihrem Morgenspaziergang an die Stelle kamen und nicht genug aufpassten, *plumps!*, schon waren sie in die Tiefe gestürzt, und bei den Bauern gab es am nächsten Tag ein fürstliches Festmahl, das kannst du aber glauben.

All das wusste Trenk natürlich genau, denn sein Vater Haug hatte auch schon öfter in den Wäldern des Wertolt Wüterich gewildert, und leider war er dabei fast jedes Mal erwischt worden und hatte den Ochsenziemer zu schmecken bekommen.

Darum war Trenk auch gar nicht böse auf diejenigen, die die Grube gegraben hatten, denn er dachte ja, es wäre der Hunger gewesen, der sie dazu getrieben hatte; aber Ferkelchen sollten sie trotzdem nicht über ihrem Feuer braten.

„Ferkelchen, ach, Ferkelchen, wie hole ich dich denn da bloß wieder raus?", flüsterte Trenk und noch immer beugte er sich weit über die Grube. „Ich glaube, ich muss Thekla zu Hilfe rufen!"

Aber zum Glück kam er nicht mehr dazu. Und warum das ein Glück war, wirst du gleich merken.

25. Kapitel,

in dem Trenk von Räubern gefangen genommen wird

Gerade hatte Trenk seinen Mund weit, weit aufgerissen, um nach Thekla zu rufen, damit sie ihm helfen sollte, Ferkelchen aus der Grube zu befreien, als jemand ihm von hinten einen ekligen stinkenden Lappen tief in den Rachen schob; und dazu legte sich ein Arm um seinen Hals und zog ihn von der Grube weg.

„Hohoho!", rief eine dunkle Stimme. „Ein Ritterbürschchen in Samt und Seide! Männer, kommt her, wir haben gute Beute gemacht!"

„Grrr!", schrie Trenk und strampelte mit den Beinen. „Grrr!" Denn ungefähr so klingt es, wenn man mit einem Knebel im Mund zu schreien versucht, und sehr laut ist es auch nicht, das kannst du dir ja vorstellen.

„Und in der Grube auch noch ein Schwein dazu!", schrie der Mann jetzt wieder, und weil er Trenk dabei blitzschnell die Hände hinter dem Rücken zusammenband, konnte der sein Gesicht nicht sehen; aber er war trotzdem überzeugt, dass er jetzt zum ersten Mal in seinem Leben einem gefährlichen Räuber und Banditen begegnete, und da wusste er, dass die Wälder also wirklich so schrecklich gruselig und gefährlich waren, wie alle Welt immer behauptete, und dass er sich darum auch nicht schämen musste, wenn er dort immer ein wenig Angst gehabt hatte.

„Männer, holt das Schwein aus der Grube!", rief der Räuber und schubste Trenk mit seinem Knie vorwärts durch den Wald bis zu der Stelle, an der die Räuber ihr Räuberlager hatten. „Das gibt heute Abend einen köstlichen Braten, hohoho!"

Da waren es also gar keine Bauern gewesen, die die Grube im Unterholz gegraben hatten, sondern ganz gemeine, gefährliche Räuber! Und arm waren sie auch nicht, das sah Trenk auf den ersten Blick, als er zu ihrem Lager kam. Denn dort kullerten die Goldstücke und Dukaten, die die Räuber geraubt hatten, nur so über den moosigen Boden zwischen abgenagten Hühnerknochen und zerknüllten Tüchern aus Seide und Brokat. So besonders ordentlich waren die Räuber offenbar nicht, das kann ich dir sagen, und Trenk hatte überhaupt noch nie so ein grausliches Durcheinander gesehen.

In der Mitte des Räuberlagers brannte ein fröhliches kleines Feuer, und daneben saß ein bärtiger Mann in einer braunen Joppe und drehte etwas am Spieß, das duftete lecker wie ein Wildschweinbraten und das sah lecker aus wie ein Wildschweinbraten. Aber als der Räuber Trenk nun auf die Lichtung führte, ließ der Bärtige den Spieß einen Augenblick los und sah auf, denn natürlich wollte er wissen, wer da kam.

„Aber, aber!", sagte er und guckte enttäuscht. „Das ist ja gar kein Braten aus der Grube, Herr Hauptmann! Was sollen wir denn mit so einem mageren Bürschchen anfangen! Eine Sau wäre mir hundertmal lieber!"

„Es ist ein Ritterbürschchen, Bambori!", rief da der erste Räuber wieder, der also der Räuberhauptmann war. „Und ein Schwein haben wir außerdem noch dazu gefangen! Aber dieser Bengel hier ist die beste Beute, die wir seit Langem gemacht haben! Denn glaub mir, wenn wir von seinen Leuten Lösegeld für ihn verlangen, werden wir endlich selbst reich wie die Ritter!"

„Reich wie die Ritter, Herr Hauptmann?", fragte der bärtige Räuber am Feuer. „Und wir müssen dazu niemanden mehr überfallen?"

„Bambori!", brüllte der Räuberhauptmann. „Du wirst ja jeden Tag dümmer! Als Dummkopf geboren, als Dummkopf gestorben, ein Dummkopf ein Leben lang! Was meinst du denn wohl, was der Ritter vom Hohenlob uns für dieses Bürschchen zahlen wird, damit wir es wieder herausgeben, he? Tausend Dukaten oder noch mehr, aber weiter kann ich nicht zählen, hohoho!"

„Tausend Dukaten!", flüsterte Bambori, der gerade mal bis zehn zählen konnte, weil er leider nicht mehr Finger besaß, und dann griff er schnell wieder nach dem Spieß und drehte, denn sein Braten fing schon an, ein wenig verschmurgelt zu riechen.

„Hohoho!", brüllte der Räuberhauptmann und zerrte Trenk zu einer dicken, großen Eiche. Da band er ihm die Hände am Stamm fest und die Füße auch, und sehr bequem war das nicht, das kannst du dir ja vorstellen. Wegrennen konnte Trenk so jedenfalls auf keinen Fall. „Meine Männer alle, wo seid ihr denn? Kommt her und seht, was wir in unserer Falle gefangen haben!"

Da kamen die Räuber von überall her aus dem Wald angeströmt, und da wurde es Trenk doch allmählich ein wenig ängstlich zumute; denn es waren wirklich eine ganze Menge Räuber, so ungefähr zehn oder zwanzig, und alle sahen sie aus, als hätten sie sich noch nie in ihrem Leben gewaschen und ihre Kleider auch nicht, die Dreckspatzen, aber deshalb konnten sie ja trotzdem vielleicht ganz gefährlich sein. Und zwei von ihnen hatten Ferkelchen aus der Grube geholt und zerrten es jetzt triumphierend an seinem Strick zum Feuer.

„Hohoho!", brüllten sie dabei genau wie ihr Chef. „Ein Schwein, ein Schwein, wir haben ein Schwein gefangen, Herr Hauptmann! Sollen wir ihm die Kehle aufschlitzen?"

Da bekam Trenk so einen Schrecken, dass er fast in Ohnmacht gefallen wäre, und Ferkelchen quiekte so fürchterlich, dass man glauben konnte, es hätte jedes Wort verstanden.

Aber der Räuberhauptmann winkte ärgerlich ab.

„Was seid ihr denn für dumme Räuber, hohoho!", rief er. „Seht ihr denn nicht, dass Bambori gerade einen Braten über dem Feuer dreht? Brauchen wir zwei Braten an einem Tag, ihr dummen Kerle, he? Dieses Schwein aus der Grube sparen wir uns auf für morgen, da füllen wir ihm den Bauch mit Kastanien und süßen, leckeren Äpfeln, und dann gibt es wieder einen Festschmaus, hoho!"

Da nickten die zehn oder zwanzig schmutzigen Räuber und setzten sich in einem Kreis um das Feuer, denn inzwischen war der Wildschweinbraten gar. Und Trenk fühlte sich vor Erleichterung ganz zitterig und Ferkelchen hatte auch aufgehört zu quieken. Vielleicht

hatte es ja verstanden, dass es eine Gnadenfrist bekommen hatte und jetzt noch nicht gleich auf den Spieß musste.

Am Feuer aber stürzten die Räuber sich auf den knusprigen Braten und verschlangen schmatzend das saftige Fleisch und schluckten gurgelnd kräftiges Bier aus hölzernen Krügen, und keiner kümmerte sich mehr um Trenk, dem allmählich wirklich das Wasser im Munde zusammenlief, denn er hatte ja nun auch schon seit dem Frühstück nichts mehr gegessen. Und er hoffte, dass ihm vielleicht einer der Räuber ein Stück abgeben würde; schließlich wollten sie für ihn ja beim Ritter vom Hohenlob Lösegeld erpressen, und dazu musste er doch wohl noch am Leben und nicht verhungert sein. Aber die Räuber waren viel zu gierig und schlugen ihre Zähne in den Braten, dass das Fett ihnen in die Kinnbärte tropfte, und wischten sich ihre klebrigen Münder mit ihren dreckigen Hemdzipfeln ab und prügelten sich um die besten Stücke und dachten an nichts anderes als daran, sich ihren Bauch so richtig vollzuschlagen.

Und das war Trenks Glück.

26. Kapitel,

in dem Thekla Trenk schon wieder rettet

 Denn während Trenk noch so dasaß und grübelte, ob er die Räuber vielleicht einfach um einen kleinen Happen bitten sollte oder ob sie schon noch von alleine auf diesen Gedanken kommen würden (es sah aber eigentlich nicht so aus), geschah etwas Merkwürdiges.

Erinnerst du dich noch, was Trenk zu Ferkelchen in der Grube gesagt hatte, gerade als der Räuberhauptmann gekommen war und ihn geschnappt hatte?

„Ich glaube, ich muss Thekla zu Hilfe rufen", hatte er gesagt, aber dazu war er ja nicht mehr gekommen, weil er plötzlich den alten Lappen in seinem Mund geschmeckt hatte, und zum Glück, wie du gleich merken wirst.

Wenn er nach Thekla gerufen hätte, dann hätte der Räuberhauptmann schließlich gewusst, dass irgendwo im Wald auch noch ein Ritterfräulein verborgen war, und bestimmt hätte er dann seine Männer ausgeschickt, um nach ihr zu suchen, und wer weiß, ob sie sie dann nicht aufgestöbert hätten, auch wenn Thekla ja natürlich ziemlich pfiffig war. Aber zehn oder zwanzig Räuber sind eben doch zehn oder zwanzig Räuber.

Darum war Trenk jetzt ganz froh, dass es nicht so gekommen war; und während am Feuer die Räuber die Wildsau abnagten bis auf das letzte Knöchelchen, dachte er, dass Thekla jetzt ganz bestimmt nach ihm suchen würde; und vielleicht konnte das seine Rettung sein. Denn wenn sie durch den Geheimgang zurückkroch zur Burg und ihrem Vater Bescheid sagte und all den vielen Burgmannen, dann ...

Plopp! machte es da plötzlich drüben am Feuer, und *plumps!*, und als Trenk erschrocken genauer hinsah, erkannte er verblüfft, was dort gerade passierte.

Denn *plopp!* machte es jetzt wieder und Trenk sah, wie von irgendwoher blitzschnell ein winziges, winziges Geschoss angeflogen kam, das sah, soweit man das bei der Geschwindigkeit beurteilen konnte, einfach nur aus wie eine Erbse. Die traf den Räuber Bambori an der Stirn und der guckte verblüfft und hatte noch nicht einmal mehr Zeit, das knusprige Wildsauohr in den Mund zu stopfen, um das er sich gerade noch mit einem anderen Räuber geprügelt hatte; denn *plumps!* machte er und kippte langsam zu Boden.

„Thekla!", flüsterte Trenk. „Die tapfere Thekla!" Denn dass das *Plopp!* von den Erbsen aus Theklas Schleuder kam, die jetzt die Räuber einen nach dem anderen niederstreckten, das begriff er gleich.

Was er nicht so gut begriff, war, warum die anderen Räuber einfach immer so weiterfutterten, als wäre nichts geschehen; aber du musst ja bedenken, dass sie alle so fürchterlich gierig waren und deshalb nichts, aber auch gar nichts um sich herum bemerkten; und ein wenig schläfrig waren sie von dem vielen Essen und dem kräftigen Bier vielleicht auch schon. Und vielleicht glaubten sie darum ja auch, dass Bambori und alle, die nach ihm plötzlich mit einem leisen *Plopp!* und einem langsamen *Plumps!* auf den Boden sanken, sich einfach nur ausgestreckt hatten, um ein kleines Verdauungsnickerchen zu machen.

Zum Schluss blieb nur der Räuberhauptmann übrig, und der hatte gerade noch Zeit, auf einmal doch ganz erstaunt hochzugucken und zu sagen: „Männer! Hohoho! Habt ihr euch alle schlafen gelegt?", da traf auch ihn ein Geschoss aus Theklas Schleuder, und mit einem *Plopp!* und einem *Plumps!* sank auch er auf den weichen Waldboden, genau wie all seine Männer vor ihm.

„Thekla!", schrie Trenk da, und „Trenk!", brüllte Thekla, und dann war sie auch schon bei ihm und schnitt ihm mit zwei schnellen Schnitten seine Fesseln durch, und Ferkelchen band sie auch los. Das Messer hatte sie übrigens einem der Räuber aus dem Gürtel gezogen, denn dass sie selbst keine Waffen tragen durfte, das weißt du ja.

„Du hast uns gerettet!", rief Trenk bewundernd, aber Thekla nickte nur ungeduldig.

„Gerettet, ja Pustekuchen!", sagte sie. „Lass uns rennen, bevor sie wieder aufwachen, denn dann haben sie bestimmt alle eine ziemliche Beule am Kopf und sind nicht gut auf uns zu sprechen! Darum lass uns flitzen, Trenk vom Tausendschlag!"

Aber auf so einen Gedanken konnte nur kommen, wer in seinem Leben immer genug zu beißen und auch sonst von allem im Überfluss besessen hatte; Trenk jedenfalls bückte sich zuerst noch hier und da, um all die vielen Goldstücke einzusammeln, die zwischen den fettigen Knochen herumkullerten, und du wirst noch merken, dass das nicht sehr klug von ihm war. Denn vielleicht, ganz vielleicht konnte so ja der erste der Räuber schon langsam wieder aufwachen und ihnen nachschleichen und … Na, warte mal ab.

„Das haben sie ja sowieso alles geraubt!", sagte Trenk und stopfte die Dukaten in einen Lederbeutel, den der Räuberhauptmann vor dem Essen neben sich auf den Boden geworfen hatte. „Das gehört ja sowieso alles gar nicht ihnen! Und ich weiß etwas Besseres, als die schönen Dukaten diesen rüpeligen Räubern zu überlassen!" Und damit band er sich den Beutel an seinen Gürtel.

„Ha?", fragte Thekla. „Was weißt du denn?"

Aber weil sie so schnell rennen mussten, erklärte Trenk es ihr jetzt noch nicht.

„Geh du jetzt hoch auf dem Weg", sagte Thekla, als sie so weit vom Lager der Räuber entfernt waren, dass sie sich wieder sicher fühlten, die dummen

Kinder. „Und ich krieche
zurück durch den Tunnel. Und
wehe, du verrätst mich bei meinem Vater,
Trenk vom Tausendschlag, wehe! Dann verrate ich
auch, dass du in Wirklichkeit nichts als ein Bauernbengel bist."

„Ich verrate dich nicht, Thekla, Ehrenwort!", sagte Trenk und sah
ihr verzaubert nach, wie sie sich auf den Weg zum Eibengebüsch mit
seinem geheimen Eingang machte; denn obwohl sie heute vielleicht
sogar noch schmutziger war als an den Tagen zuvor, fand er sie so
schön, dass er es kaum noch aushalten konnte.

Und darum bemerkte er auch nicht, dass im Unterholz
hinter ihnen die ganze Zeit leise Schritte sie
begleitet hatten und dass es darum vielleicht nicht ganz so klug war, wenn
Thekla jetzt ihren Geheimweg durch
den Tunnel antrat; denn dann
konnte doch jeder den geheimen
Eingang entdecken. Man sagt
ja, Liebe macht blind; und
manchmal kann das richtig
gefährlich sein.

27. Kapitel,

in dem Trenk leider den Ritter Hans beschwindelt, aber ein Versprechen muss man halten

Als Trenk über den Burgberg die Zugbrücke erreichte, begann es allmählich dämmerig zu werden, und als er unter dem Knarren des Burgtores den Burghof betrat, stand da schon der Ritter vom Hohenlob und erwartete ihn.

„Trenk, mein Neffe!", rief er und schlang seine kurzen dicken Arme um den Jungen und drückte ihn an seinen runden Bauch. „Da bist du ja endlich! Wir alle hier waren schon in großer Sorge! Hast du die Kieselsteine mitgebracht?"

Da schlug Trenk sich mit der flachen Hand gegen die Stirn, dass es klatschte, denn das hatte er nun in all dem Durcheinander doch tatsächlich vergessen.

„Leider nicht, Herr Onkel!", sagte er. „Bis zum Bach bin ich gar nicht gekommen! Aber Dukaten hab ich dafür mitgebracht", und dann band er sich den Lederbeutel vom Gürtel und zeigte dem Ritter, was er erbeutet hatte.

„Potzblitz!", rief der Ritter vom Hohenlob und biss kräftig auf ein Goldstück. „Die sind echt, mein Freund, fürwahr, fürwahr! Nun musst du mir aber erzählen, wo du in meinen Wäldern so viel Gold gefunden hast!"

Da berichtete Trenk, wie Ferkelchen in die Grube gestürzt war und wie der Räuberhauptmann ihn daraufhin gepackt und gefesselt und zum Lagerplatz der Räuber geschleppt hatte und wie er dann dort an einen Baum gebunden worden war.

„Weil sie Lösegeld erpressen wollten, viele tausend Goldstücke und Dukaten, die Schufte!", sagte Trenk. „Von Euch, Herr Onkel."

„Potzblitz!", sagte der Ritter. „Wie viele Räuber waren es denn?"

„So zehn oder zwanzig", sagte Trenk und ärgerte sich, dass er nicht genau nachgezählt hatte.

„Zehn oder zwanzig, kann man es glauben!", rief Hans vom Hohenlob. „Und wie bist du einer so großen Übermacht entkommen?"

Da stand Trenk einen Augenblick ganz nachdenklich da und kraulte Ferkelchen zwischen den Ohren. Denn die Wahrheit durfte er ja nicht erzählen, das hatte er Thekla versprochen, und darum musste er sich zuerst noch eine gute Geschichte ausdenken.

„Die Räuber waren so dumm!", sagte Trenk schließlich. „Als sie nämlich ihren Wildschweinbraten gegessen und ihr Bier getrunken hatten und so satt waren, dass sie mit ihren prallen Bäuchen alle um das Feuer herumlagen und schnarchten, hab ich mich losgemacht und bin auf leisen Sohlen davongeschlichen."

„Losgemacht, Potzblitz!", rief der Ritter vom Hohenlob. „Davongeschlichen, fürwahr! Hab ich's nicht gewusst, dass du der gerissenste Page bist, der mir je untergekommen ist!"

Da wurde Trenk ein kleines bisschen rot, denn eigentlich war ja gar nicht er so gerissen gewesen, sondern Thekla, aber das durfte er schließlich nicht verraten.

„Aber wie bist du denn auch noch an die Goldstücke gekommen?", fragte der Ritter. „Das ist ja ein extrafeines Bubenstück!"

„Ich hab sie zwischen den Hühnerknochen und den Wildschweinknochen und all dem anderen Ferkelkram auf dem Lagerplatz eingesammelt", sagte Trenk. „Es wäre doch schade um sie gewesen."

„Potzblitz!", brüllte der Ritter vom Hohenlob. „Es wäre doch schade um sie gewesen! Habt ihr das gehört, meine Leute alle? Zwischen den schlafenden Räubern herumgekrochen ist er und hat die Dukaten eingesammelt! Wer von euch mutiger ist als dieser Neffe, der soll sich melden!"

Es meldete sich aber keiner. Dafür öffnete sich die Tür, und Thekla kam in den Saal, und du weißt ja noch, wie schmutzig sie war.

„Thekla!", seufzte ihr Vater. „Wie siehst du denn wieder aus! So wird nie ein ordentliches Ritterfräulein aus dir, und einen Ritter finden, der dich heiraten will, werde ich auch nicht! Wo bist du gewesen?"

Aber du glaubst ja wohl nicht, dass Thekla ihrem Vater auf diese Frage ehrlich geantwortet hätte.

Stattdessen gab sie ihm einen lauten Kuss auf die Wange. „Ich habe gestickt und Harfe gespielt, Herr Vater", sagte sie. „Und morgen werde ich Suppe kochen."

Dann zwinkerte sie Trenk hinter dem Rücken ihres Vaters zu.

„Nichts als Kummer, nichts als Kummer!", sagte Hans vom Hohenlob und betrachtete unglücklich das Kleid seiner Tochter. „Aber wenigstens dein Vetter Trenk vom Tausendschlag macht mir täglich mehr Freude. Denk dir nur, heute hat er sich mutterseelenallein von einer Räuberbande befreit und sogar noch ihr ganzes Gold erbeutet!"

„Kann das denn wahr sein!", rief Thekla und schlug die Hände zusammen. „Du bist aber wirklich ein tapferer Junge, lieber Vetter!"

Ihr Vater nickte zufrieden. „Da siehst du, warum ich nicht *dich*

zum Pagen nehmen konnte, Töchterchen", sagte er. „Ein rechter Ritter wird eben nur ein echter Junge."

Thekla schlug die Augen nieder. „Da hat der Herr Vater wohl recht", sagte sie mit ihrer lieblichsten Stimme, aber Trenk konnte doch genau sehen, dass sie hinter dem Vorhang ihrer langen Haare kicherte, und hören konnte er es sogar auch ein bisschen.

„Nun, mein lieber Neffe, und was willst du mit deiner Beute machen?", fragte der Ritter Hans. „*Du* hast die Goldstücke erbeutet, *du* darfst entscheiden."

Und darüber hatte Trenk zum Glück schon auf dem ganzen Rückweg nachgedacht.

„Ich dachte mir, wir könnten die Dukaten an Eure armen Bauern unten im Dorf verteilen, Herr Onkel", sagte er. „Denn wem die Räuber sie geraubt haben und wem sie wirklich gehören, werden wir wohl niemals mehr herausfinden können. Und Ihr, lieber Herr Onkel, habt doch eigentlich Dukaten genug."

„Bei allen heiligen Heiligen!", rief der Ritter Hans vom Hohenlob und nun nahm er Trenks Kopf zwischen seine Hände und gab ihm einen Kuss auf die Stirn. „So wollen wir es machen! Du hast nicht nur ein *tapferes* Herz, du hast auch ein *gutes* Herz, Trenk vom Tausendschlag! Dein Ruhm wird über die Erde schallen von einem Ende zum anderen!"

Da wurde Trenk fast so rot, als hätte Thekla etwas Nettes zu ihm gesagt.

„Aber die Kiesel hast du mir natürlich nicht gebracht", sagte der Ritter Hans da plötzlich wieder streng. „Wie es deine Aufgabe gewesen wäre. Das wollen wir doch über all dem Lob nicht vergessen. Das muss dann wohl morgen erledigt werden."

„Das erledige ich dann auch morgen, Herr Onkel", sagte Trenk.

„Während ich wieder sticke und Harfe spiele und Suppe koche", sagte Thekla, und ihr Vater konnte gar nicht verstehen, warum sie dabei einen richtigen Lachanfall bekam.

28. Kapitel,

in dem ein Pilger die Burg besucht

 Am nächsten Morgen machte Trenk sich mit Ferkelchen wieder auf in den Wald. Nun kannte er ja alles schon ein bisschen, und außerdem wusste er, dass ihn im Tal Thekla erwarten würde; darum freute er sich sehr auf den Tag, der vor ihm lag. Und Angst vor den Räubern hatte er auch keine mehr, denn noch am Abend vorher hatte Hans vom Hohenlob alle seine Burgmannen zu der Stelle unter den Bäumen geschickt, an der die Räuber Trenk gefangen gehalten hatten, und außer den Resten eines Feuers und ein paar Knöchelchen und anderem Unrat hatten sie dort von dem Lager nichts mehr gefunden.

Das war ja auch kein Wunder, denn selbst die allerdümmsten Räuber waren doch wohl nicht *so* furchtbar dumm abzuwarten, bis jemand sie gefangen nahm, wenn ihr Lager erst einmal entdeckt worden war. Darum waren auch der Räuberhauptmann und Bambori und die anderen zehn oder zwanzig Räuber gleich blitzschnell verschwunden, nachdem sie mit einer Beule am Kopf wieder aufgewacht waren, aber wohin, das soll hier noch nicht verraten werden.

Jedenfalls hatte Trenk ganz recht, wenn er sich keine Sorgen mehr machte, dass die Räuber ihn ein zweites Mal schnappen könnten, und nachdem er Thekla beim Eibengebüsch getroffen hatte, machten sie sich gemeinsam auf den Weg zum Bach. Dort sammelten sie die Kieselsteine für den Ritter vom Hohenlob ein, und weil das zu zweit natürlich schneller geht als allein, hatten sie danach noch ziemlich viel Zeit, um einfach so zum Spaß auf die Bäume zu steigen und zu gucken, wer am höchsten klettern konnte (beide gleich) und wer sich von der höchsten Stelle zu springen traute (auch beide gleich)

und wer mit der Schleuder die meisten Wildkirschen von einem Wildkirschenbaum holte (natürlich Thekla). Darum übte Trenk dann noch ein bisschen, wie man mit der Schleuder zielt, und als das schon ganz gut ging und außerdem langsam die Sonne hinter den Wipfeln verschwand, machten sie sich auf den Weg zurück zur Burg: Trenk wieder auf dem Weg über den Berg und Thekla durch den Tunnel.

Als Trenk an diesem Tag durch das Burgtor kam, erwartete der Ritter Hans ihn nicht; dafür schlug ihm aus dem Küchenhaus ein Duft entgegen, dass ihm das Wasser im Mund zusammenlief, und als er oben in den Saal trat, war auch schon die Tafel gedeckt und der Ritter Hans saß an ihrem Ende neben einem Mann im weißen Kapuzenmantel, von dem war unter der Kapuze nichts weiter zu sehen als sein schwarzer Bart.

„Trenk, mein lieber Neffe!", rief Hans vom Hohenlob. „Ich sehe, heute bringst du mir wirklich die verlangten Kiesel! Darf ich dich unserem Gast vorstellen, mein guter Junge? Mach deine Verbeugung, denn unser Gast hier ist ein heiliger Mann! Wie du siehst, ist er ein Pilger, und da wollen wir ihm doch ein Nachtlager geben und eine kräftige Stärkung, wie die Sitte es verlangt!"

Bevor ich dir erzähle, wie Trenk auf den Mann zuging und wie er ihm die Hand schüttelte und versuchte, ihm in die Augen zu sehen, die aber, wie es sich für einen frommen Mann gehörte, niedergeschlagen und wie sein ganzes Gesicht unter der Kapuze verborgen waren, erkläre ich doch vielleicht besser erst mal, was ein Pilger überhaupt war, denn vielleicht hast du das Wort ja noch nie gehört.

Pilger gab es damals ziemlich viele, das waren fromme Menschen, die an eine weit, weit entfernte heilige Stätte zogen, um Gott um etwas zu bitten, und manchmal auch nur, um zu beten; und wenn sie auf ihrem Weg an ein Burgtor klopften, dann musste der Burgherr sie einlassen und ihnen zu essen geben und ein Lager für die Nacht, denn fromm sollte ja eigentlich auch er sein. Das Tor einfach geschlossen zu lassen und zu sagen „Tut mir leid, wir können gerade keinen Gast gebrauchen" kam nicht in Frage, wenn ein Pilger davorstand.

„Und wohin ist unser frommer Gast unterwegs?", fragte Trenk, der ja vor gar nicht so langer Zeit noch selbst allein auf der Wanderschaft gewesen war und darum ein klein wenig Mitleid mit dem einsamen Pilger hatte; denn Trenk hatte doch immerhin wenigstens Ferkelchen bei sich gehabt, das übrigens im Augenblick gerade ganz ohne Grund erbärmlich quiekte und wegzurennen versuchte, aber der arme Mann an der Tafel seines Onkels schien mutterseelenallein.

„Ins Heilige Land, ins Heilige Land!", sagte der Pilger und seine tiefe Stimme verfing sich in seinem Bart. „Dem Herrn sei Lob und Preis!"

„Amen", sagte Trenk, und er wusste gar nicht, warum er auf einmal so ein merkwürdiges Gefühl hatte.

Und während du darüber nachdenkst, was vielleicht der Grund dafür sein könnte, erzähle ich schnell, was das Heilige Land überhaupt war. Heute sagen wir Israel dazu, das hast du vielleicht schon mal in den Nachrichten gehört, und es liegt ziemlich weit weg, ganz am anderen Ende vom Mittelmeer, und das ist ja auch schon nicht so ganz in der Nähe. Das Heilige Land hieß Heiliges Land, weil Jesus dort durch die Gegend gezogen war, und überhaupt waren viele der Geschichten, die in der Bibel erzählt werden, dort passiert; und zu der Zeit, von der dieses Buch handelt, stritten sich gerade viele, viele Menschen darum, wer dort herrschen sollte, denn es war nicht nur das Heilige Land für die Christen, sondern auch für die Juden und für die Moslems, und wer das nun alles ist, kann ich dir an dieser Stelle wirklich nicht mehr erklären, sonst verpassen wir, wie die Geschichte weitergeht.

Gerade als Trenk „Amen" sagte, öffnete sich nämlich die Tür zum Saal und Thekla kam herein, und heute (du erinnerst dich, sie war ja ständig auf Bäume geklettert und so weiter) sah ihr Kleid noch viel fürchterlicher aus als am Tag zuvor.

„Thekla, Thekla!", rief ihr Vater verzweifelt. „Wie siehst du denn wieder aus! So wird nie ein ordentliches Ritterfräulein aus dir, und einen Ritter finden, der dich heiraten will, werde ich auch nicht! Wo bist du gewesen?"

Aber du glaubst ja wohl nicht, dass Thekla ihrem Vater *heute* auf diese Frage geantwortet hätte.

Stattdessen gab sie ihm einen lauten Kuss auf die Wange. „Ich habe gestickt und Harfe gespielt, Herr Vater", sagte sie. „Und morgen werde ich Suppe kochen."

Und dabei zwinkerte sie Trenk hinter dem Rücken ihres Vaters zu.

„Nun, das hilft jetzt alles nichts!", sagte der Ritter Hans. „Schämen solltest du dich für deinen Aufzug, aber ich weiß ja, das wirst du nicht tun! Darum begrüße wenigstens unseren Gast, wie es sich gehört, denn er ist ein frommer Pilger und auf dem Weg ins Heilige Land."

Da warf Thekla dem Pilger einen schnellen Blick zu und dann machte sie einen tiefen, tiefen Knicks, wie sich das für ein Mädchen damals gehörte.

„Gott zum Gruß, frommer Herr Pilger!", sagte sie. „Mögt Ihr Euch wohlfühlen auf unserer Burg."

„Danke sehr, danke sehr!", murmelte der Pilger, und auch für Thekla schob er nicht die Kapuze zurück.

In diesem Augenblick ertönte zum Glück ein Gong, und Köche und Küchenjungen und Mägde kamen mit großen Platten voller Schweinebraten und Rinderbraten und fettglänzenden knusprigen Hühnern in den Saal, und auf einer Platte lag sogar ein ganzer glasierter Schweinekopf zwischen niedlichen kleinen Karotten und sah aus, als ob er lächelte.

Darum setzten sie sich erst mal alle zum Essen.

29. Kapitel,

in dem Trenk dem Pilger auf die Schliche kommt

An diesem Abend aß Trenk vielleicht nicht mehr ganz so viel wie bei seinem ersten Festmahl auf der Burg; denn nun wusste er ja, dass er jeden Tag satt werden würde, und darum brauchte er sich den Magen auch nicht mehr auf Vorrat vollzustopfen. Aber als schließlich zum Nachtisch wieder eine Burg aus Marzipan auf den Tisch kam (besonders einfallsreich war der Koch nicht, wie du merkst), griff er doch ganz kräftig zu, und Thekla, die ihm gegenübersaß, tat das auch. Und darum, wer den Turm mit der Fahne essen durfte, hätten sie sich sogar fast ein bisschen gestritten.

Während der ganzen Mahlzeit hatten der Ritter und sein frommer Gast sich unablässig unterhalten, aber jetzt erhob der Pilger sich würdevoll von der Tafel.

„Habt Dank für dieses köstliche Mahl, Ritter vom Hohenlob!", sagte er. „Nun möchte ich in die Kapelle gehen, um auch meinem Herrn und Gott zu danken. Verzeiht, wenn ich Euch darum verlasse."

„Selbstverständlich, selbstverständlich!", rief der Ritter Hans. „Aber wisst Ihr denn auch, wo die Kapelle zu finden ist, frommer Herr?"

Vielleicht wusstest du nicht, dass damals jede Burg eine Kapelle besaß, in die der Ritter mit seiner Familie zum Gottesdienst ging; und zu Weihnachten und an anderen Feiertagen kamen manchmal sogar Gaukler und führten dort Geschichten aus der Bibel auf.

Der Ritter vom Hohenlob war noch dazu sehr stolz auf seine Kapelle, denn gerade erst hatte er sie ausmalen lassen mit Ranken und Blüten und Szenen aus der Bibel, und er war überzeugt, dass der

Pilger, der ja auf seiner Pilgerfahrt sicher schon Station auf vielen, vielen Burgen gemacht hatte, noch niemals so eine schöne Kapelle gesehen hätte.

„Soll ich Euch begleiten, frommer Herr?", fragte er darum, denn er wollte doch zu gerne hören, wie der Pilger seine Kapelle lobte und pries; aber der schüttelte nur heftig den Kopf. „Mein Herz sehnt sich danach, nun eine Weile allein zu sein!", sagte er. „Mit meinem Gott allein, Herr Ritter."

Na, dagegen konnte man ja schlecht etwas sagen, und darum blieb Hans vom Hohenlob also an der langen Tafel sitzen und nahm sich noch ein Stückchen Marzipan.

Nur Trenk stand plötzlich auch auf, denn ihn plagte auf einmal ein Bedürfnis, das ich hier nicht weiter erklären möchte. Du weißt sicher sowieso schon, was ich meine, und ich sage dir, dass ihn dieses Bedürfnis gerade in diesem Moment plagte, war für alle auf der Burg das allergrößte Glück.

„Wo willst du denn hin?", fragte Thekla und griff schnell nach der Zugbrücke aus Marzipan, denn die hatte Trenk ihr ja beim letzten Mal weggeschnappt.

„Zum Erker!", flüsterte Trenk. „Aber lass mir was übrig!" Denn dass Thekla ihm die Zugbrücke wegaß, gefiel ihm gar nicht.

Vielleicht kannst du dir schon denken, was der Erker war, zu dem sich Trenk jetzt eilig auf den Weg machte. Eine richtige Toilette gab es damals auf den Burgen ja noch nicht, schließlich war nicht nur Amerika noch nicht entdeckt, auch von Wasserspülung hatte man noch niemals gehört; und deshalb waren an die Burgen von außen kleine Erker angebaut, die ragten weit hinaus über den Burggraben, und in den Erkern gab es eine Bank aus Stein mit einem großen Loch in der Mitte, auf die konnte man sich setzen, wenn man wie Trenk du-weißt-schon-was erledigen wollte. Und das Ergebnis landete dann einfach unten im Burggraben. Darum war der Burggraben auch kein besonders schöner Ort, um darin zu schwimmen, und jetzt denk bloß mal an die armen Angreifer vom ersten Abend, wie sie alle von der Strickleiter gepurzelt waren.

Na gut, und jetzt war also gerade Trenk auf dem Weg zum Erker. Er flitzte aus der Saaltür und die Treppe hinunter in den Hof, der in der Dunkelheit von Fackeln erhellt war; und in ihrem flackernden Licht sah er – na? – gerade noch den Pilger, wie der mit eiligen Schritten den Hof überquerte; aber nicht zur Kapelle lief er, wie er doch gesagt hatte, sondern schnurstracks auf den Lagerraum auf der entgegengesetzten Seite des Burghofs zu, und das war ja nun genau die falsche Richtung.

„Frommer Herr!", wollte Trenk gerade rufen, denn er war schließlich ein wohlerzogener Junge, und darum fand er es auch ganz selbstverständlich, dem Gast den richtigen Weg zur Kapelle zu zeigen; aber dann durchzuckte ihn ein Gedanke wie ein Blitz, und da hielt er lieber den Mund und holte einmal tief Luft, und zum Erker lief er auch nicht, sondern verbarg sich stattdessen hinter einem Karren, den irgendein Diener einfach pflichtvergessen mitten im Hof hatte stehen lassen.

Der Pilger ging währenddessen weiter zielstrebig auf den Lagerraum zu, und als er die Tür erreicht hatte, sah er sich verstohlen in alle Richtungen um, ob ihn wohl auch niemand beobachtete; dann verschwand er mit schnellen Schritten hinter der Tür.

Da erinnerte Trenk sich mit einem Schlag daran, was Thekla ihm am Vortag über den Geheimgang erzählt hatte. Der endete ja genau dort im Lagerraum! Also war es wohl kein Wunder, dass Trenk sich zu fragen begann, ob es denn ein Zufall sein konnte, dass der fromme Gast nun statt in der Kapelle im Lagerraum verschwand. Darum beschloss er sofort, ihn heimlich auszuspionieren. Leise, ganz leise öffnete er die Tür zu dem dämmerigen Raum, in dem nur unter der Decke ein paar Fledermäuse aufgeregt hin und her flatterten, und leise, ganz leise kniete er sich hinter ein Fass mit Salzheringen, das zum Glück gleich neben dem Eingang stand. Von dort hatte er einen wunderbaren Blick über den ganzen Raum.

Und da sah er es dann, und nun war er sich sicher, dass der fromme Herr sich ganz bestimmt nicht nur im Weg geirrt hatte. Denn der hatte jetzt seine Kapuze abgenommen, und auch wenn es ja ziemlich düster war im Lagerraum, reichte das wenige Licht doch aus, dass Trenk ihn erkannte: Und da war es – du hast es dir vielleicht schon selbst gedacht – niemand anders als der Räuberhauptmann aus dem Wald!

Nein, so was! Der fromme Pilger war also in Wirklichkeit gar kein frommer Pilger! Und Trenk musste noch nicht einmal besonders lange nachdenken, um zu verstehen, was passiert war.

Am Tag vorher, als Thekla Trenk von den Räubern befreit hatte, musste irgendeiner von ihnen aufgewacht sein, noch während Trenk um das Feuer herumkroch und die Goldstücke einsammelte. Dann war er Trenk und Thekla auf ihrem Weg zurück zur Burg nachgeschlichen, und so hatte er den Eingang zum Geheimtunnel gefunden. Nein! Ausgerechnet! Eine einfachere Möglichkeit, die Burg zu überfallen, als heimlich durch den Tunnel zu kriechen, konnte es doch gar nicht geben!

Aber irgendwer musste den Räubern natürlich von drinnen die Eingangsklappe öffnen, auf der Beutel mit Mehl und mit Graupen und mit Grieß gestapelt waren, um sie zu verbergen; denn es war ja ein *geheimer* Eingang, und darum sollte man ihn auch oben auf der Burg nicht so leicht finden können.

Darum hatte der Räuberhauptmann sich also als frommer Pilger verkleidet, weil er natürlich wusste, dass der Ritter Hans vom Hohenlob ihn dann für die Nacht bei sich auf der Burg aufnehmen musste; und nun war er gerade dabei, die Säcke von der Klappe zu schaffen, um Bambori und seine anderen zehn oder zwanzig Männer heimlich in die Burg zu lassen.

Was sollte Trenk da bloß tun?

Natürlich konnte er „Alarm! Alarm!" brüllen, aber die Burgmannen waren alle schon längst schlafen gegangen, das wusste er genau; wer sollte ihn da also hören? Nur die Wachen auf den Türmen waren hoffentlich noch wach, aber bis die unten im Lager angekommen waren, wären die Räuber bestimmt alle längst in der Burg, und Trenk wäre der Erste, den sie sich bei der Gelegenheit schnappen würden.

„Hilfe!", flüsterte Trenk, obwohl er natürlich nicht glaubte, dass irgendwer ihm daraufhin zu Hilfe kommen würde. Wer hätte das denn wohl auch sein sollen.

Aber „Hilfe ist schon da!" flüsterte trotzdem eine Stimme neben ihm.

Und du kannst dir gar nicht vorstellen, wie froh Trenk war, als er neben sich hinter dem Salzheringsfass plötzlich seine nicht ganz echte Cousine Thekla erblickte.

30. Kapitel,

in dem die Räuber zur Strecke gebracht werden

„Thekla!", flüsterte Trenk, und: „Pssst!", flüsterte Thekla.

Auf der anderen Seite des Lagerraums hatte der Räuberhauptmann jetzt auch den letzten Sack zur Seite gewuchtet, und mit einem lauten Schnaufer beugte er sich über den Boden, um die Klappe an ihrem Ring nach oben zu ziehen.

„Kommt raus, Männer!", rief der Räuberhauptmann leise. „Aber macht kein Geräusch dabei! Wir wollen unseren freundlichen Gastgeber doch überraschen!"

Dann trat er zur Seite, damit seine Männer einer nach dem anderen aus dem Tunnel in den Lagerraum klettern konnten.

Aber noch bevor der erste Kopf über dem Tunnelausgang erschien, hörte Trenk schon wieder das *Plopp!*, das er inzwischen so gut kannte, und dann sank der Räuberhauptmann tatsächlich mit einem erstaunten Gesicht zu Boden, ohne auch nur noch einen Ton sagen zu können. Und Trenk dachte, dass er jetzt wohl zwei Beulen an der Stirn hätte und dass die bestimmt aussahen wie zwei Teufelshörner und dass das für einen Räuberhauptmann doch eigentlich auch ganz gut passte.

Kaum war der Räuberhauptmann neben der Klappe zu Boden gesunken, da erschien in der Öffnung schon der erste Kopf. „Herr Hauptmann?", flüsterte Bambori und richtete sich auf. Aber kaum hatte er den ersten Schritt zur Seite getan, um Platz für die folgenden Räuber zu machen, da hörte Trenk wieder das *Plopp!*, und danach hörte er das *Plumps!*, und dann landete auch Bambori neben seinem Chef auf dem Boden, und danach hörte das *Plopp!* überhaupt gar nicht mehr auf, denn wann immer ein Kopf in der Öffnung erschien, traf ihn eine Erbse aus Theklas Schleuder, und bevor er die Männer hinter sich noch warnen konnte, sank er, *plumps!*, auf den Boden. So ging es *plopp!* und *plumps!* und *plopp!* und *plumps!*, bis auch der letzte Räuber auf dem Boden des Lagerraums lag und schlief, und weil Trenk dieses Mal endlich mitgezählt hatte, wusste er jetzt auch, dass es nicht zehn oder zwanzig, sondern fünfzehn Räuber waren, und das liegt ja genau in der Mitte.

„Du hast sie alle schachmatt gesetzt!", rief Trenk. „Thekla! Du hast es schon wieder getan!"

„Psst, sage ich doch!", zischte Thekla

und steckte ihm die Schleuder zu. „Schachmatt, ja Pustekuchen! Langsam gehen mir die Erbsen aus. Da, damit du beweisen kannst, dass du es warst! Sieh zu, dass genügend Burgmannen hier sind, bevor die Banditen alle wieder aufwachen!"

Dann verschwand sie blitzschnell über den Hof, denn ihr Vater hätte es ja bestimmt nicht schön gefunden, wenn er herausgekriegt hätte, dass seine Tochter gerade fünfzehn Räuber zur Strecke gebracht hatte; und Trenk rief jetzt wirklich endlich: „Alarm, Alarm!" Und ich kann dir sagen, dass es tatsächlich ein Glück war, dass er es vorhin gar nicht erst versucht hatte; denn es dauerte doch ziemlich lange, bis die erste Turmwache ein wenig schlaftrunken in der Türöffnung erschien, und noch länger, bis die zweite Turmwache in der Türöffnung erschien, und bis die Burgmannen schließlich von ihren Strohsäcken auftauchten, waren die Räuber schon fast wieder aufgewacht. Aber da war inzwischen auch der Ritter Hans bei ihnen angekommen.

„Trenk, mein Neffe", rief er und sah erschüttert auf die Räuberbande, die aneinander gefesselt an den Mehlsäcken lehnte, „du hast die Burg schon wieder gerettet, Potzblitz!"

„Ja, so ist es wohl", murmelte Trenk und umklammerte die Schleuder. „Der Pilger war gar kein Pilger, Herr Onkel, sondern der Hauptmann der Räuberbande, die mich gestern im Wald überfallen hat."

„Mein tapferer Junge!", rief der Ritter Hans. „Und du hast ihn erkannt und ihm und seinen Spießgesellen das Handwerk gelegt! Bravo, Trenk vom Tausendschlag! Bravo!"

Trenk guckte auf den Boden, denn ein kleines bisschen schämte er sich doch, dass er immerzu für Dinge gelobt wurde, die er gar nicht getan hatte.

„Am ersten Abend die heimtückischen Angreifer zur Strecke gebracht!", sagte der Ritter. „Am zweiten Tag den gefährlichen Räubern entkommen! Am dritten Tag die Räuber geschnappt! Du bist ja schon jetzt ein wahrer Ritter, heldenhafter als mancher, der längst sein Schwert erhalten hat!"

„Och", murmelte Trenk.

„Nun, dann wollen wir mal meiner Tochter Thekla von deinem Fang berichten!", sagte der Ritter. „Die sitzt bestimmt immer noch friedlich im Speisesaal und ahnt nichts und isst Marzipan. Gott sei Dank! Sie wäre bestimmt vor Schreck in Ohnmacht gefallen, wenn sie mitbekommen hätte, wer unser frommer Gast in Wirklichkeit ist. Aber die Herren Räuber hier werden jetzt nach unten in unser Verlies geschafft, um für ihre Sünden zu büßen!"

Da dachte Trenk daran, wie oft sein Vater Haug Tausendschlag beim gemeinen Ritter Wertolt dem Wüterich die Nacht im Verlies hatte zubringen müssen und was er davon berichtet hatte, nämlich dass es schlotterkalt dort war und feucht und dass einem im Schlaf und im Wachen die Mäuse über die Füße krabbelten, und wenn man Pech hatte, sogar die Ratten. Und außerdem dachte er, dass die Räuber ihnen eigentlich ja noch gar nicht wirklich etwas getan hatten: Für ihn hatten sie kein Lösegeld gefordert und Ferkelchen hatten sie nicht geschlachtet und die Burg hatten sie auch noch nicht ausgeraubt.

„Vielleicht könnten die Räuber ja auch einfach hier im Lagerraum schlafen, Herr Onkel", sagte Trenk darum. „Hier ist es nicht ganz so kalt, und entkommen können sie uns ja auch hier nicht, denn Eure tapferen Burgmannen bewachen sie doch rund um die Sonnenuhr."

„Hm, hm", sagte der Ritter Hans und kratzte sich am Kinn. „Na gut, na gut. Es hätte mich zwar eigentlich gefreut, endlich mal wieder jemanden in meinem Verlies einzusperren, denn schon seit Jahren steht es leer und ist ganz und gar nutzlos! Aber ich weiß ja, dass du ein gutes Herz hast, lieber Neffe, und da du es warst, der sie zur Strecke gebracht hat, sollst du auch über ihr Schicksal entscheiden dürfen. Burgmannen, bewacht die Räuber hier zwischen den Mehlsäcken und gebt ihnen meinetwegen auch einen Salzhering, aber passt auf, dass euch keiner von ihnen entwischt!"

„Hoch, Trenk vom Tausendschlag!", rief da der Räuber Bambori, denn er war schon alt und kriegte bei schlechtem Wetter leicht ein Zipperlein in den Gliedern, das hätte ihn in dem kalten Verlies bestimmt sehr gezwickt. Darum war er Trenk auch ganz besonders dankbar.

„Sei still, du dummer Räuber!", schrie der Räuberhauptmann. Aber ein kleines bisschen erleichtert sah doch auch er aus.

Im Speisesaal saß Thekla an der Tafel mit gefalteten Händen und erwartete ihren Vater und ihren Vetter schon.

„Denk dir nur, meine Tochter!", rief der Ritter Hans. „Dein Vetter Trenk hat uns schon wieder gerettet! Er hat eine ganze Räuberbande allein zur Strecke gebracht, die durch unseren Geheimgang gekrochen gekommen ist!"

„Kann das denn wahr sein!", rief Thekla und schlug die Hände zusammen. „Du bist aber wirklich ein tapferer Junge, lieber Vetter!"

Ihr Vater nickte zufrieden. „Da siehst du, warum ich nicht *dich* zum Pagen nehmen konnte, Töchterchen", sagte er. „Ein rechter Ritter wird eben nur ein echter Junge."

Thekla schlug die Augen nieder. „Da hat der Herr Vater wohl recht", sagte sie mit ihrer lieblichsten Stimme, aber Trenk konnte doch genau sehen, dass sie hinter dem Vorhang ihrer langen Haare kicherte, und hören konnte er es sogar auch ein bisschen. „Die Zugbrücke hab ich übrigens gegessen."

„Meinetwegen", sagte Trenk großzügig.

„Und morgen werde ich Suppe kochen", sagte Thekla und lächelte ihren Vater lieblich an.

„Und ich werde morgen zu Gericht sitzen über die Räuber", sagte der Ritter Hans vom Hohenlob. „Ach, Trenk, mein Junge, seitdem du hier bei uns bist, ist wirklich jeden Tag etwas los."

„Och", murmelte Trenk wieder, und dann legten sie sich alle ganz zufrieden schlafen.

31. Kapitel,

in dem erzählt wird, wie Hans vom Hohenlob Gericht hält und wie Trenk ihm hilft

Am nächsten Morgen wurden gleich nach dem Frühstück im großen Saal die Stühle an die Wand geschoben und der Tisch in die Mitte gerückt, damit der Ritter Hans dort über die Räuber zu Gericht sitzen konnte. Neben ihm stand der Schreiber mit seiner Gänsefeder und Trenk durfte an diesem Morgen ausnahmsweise den Unterricht beim Herrn Kaplan ausfallen lassen.

„Denn dass du lernst, wie ein anständiger Ritter über Schurken und Verbrecher zu Gericht sitzt, ist ja wohl wichtiger als eine Stunde Unterricht in Lesen und Schreiben und gutem Betragen", sagte der Ritter Hans, und das fand Trenk ganz unbedingt auch. Nur der Herr Burgkaplan guckte ein wenig verbittert, weil er an diesem Morgen mit Trenk eine Stunde lang eine hübsche Handschrift mit vielen Schnörkeln hatte üben wollen, und daraus konnte ja nun nichts werden. Und Thekla guckte auch ziemlich unzufrieden, weil ihr Vater ihr nämlich nicht erlauben wollte, bei der Gerichtsverhandlung dabei zu sein.

„Das ist nichts für kleine Mädchen, mein Töchterchen", sagte er. „Dein Vetter Trenk wird eines Tages einmal selbst über Schurken und Verbrecher zu Gericht sitzen müssen, darum ist es nur recht und billig, wenn er lernt, wie man das macht; aber ein Ritterfräulein hat andere Aufgaben, darum geh du nur ruhig sticken und Harfe spielen."

„Pöhhh!", schrie Thekla, und so soll man mit seinem Vater natürlich nicht reden, aber du wirst bestimmt begreifen, dass sie ärgerlich war.

„Und außerdem", sagte Hans vom Hohenlob streng, „ist es nur recht und billig, dass unser Trenk hier mir dabei zusieht, wie ich über die Räuber zu Gericht sitze, denn schließlich war er es ja, der sie zur Strecke gebracht hat. Das wirst du doch verstehen, Thekla, mein Kind."

„Versteh ich gar nicht!", schrie Thekla und verschwand mit dem allermauligsten Gesicht in ihrer Kemenate, und Suppe kochte sie an diesem Morgen darum schon gar nicht. Die Erbsen für die Suppe sammelte sie stattdessen alle in ihrem kleinen seidenen Beutelchen, damit sie wieder genug Munition hatte, falls sie in den nächsten Tagen noch einmal ein paar Räubern und Ganoven begegnen sollte, denn das konnte man ja nie wissen.

Im Saal hatten währenddessen die Burgmannen alle fünfzehn Räuber vor ihren Herrn Ritter geführt. Da standen sie nun aufgereiht vor der langen Tafel und sahen auf einmal sehr jämmerlich aus, wie sie mit gesenkten Häuptern und mit Ketten an Händen und Füßen von einem Fuß auf den anderen traten, aber verfroren waren sie

wenigstens kein bisschen und auch ihre Mägen knurrten nicht; denn in der Nacht im Lagerraum hatten die Wachen ihnen so viele von den Salzheringen gegeben, dass zumindest Bambori sicher war, dass er nie in seinem ganzen Leben wieder Fisch essen wollte.

„So, so, so!", sagte der Ritter Hans vom Hohenlob und erhob sich feierlich. Er wollte schließlich, dass die Räuber zu ihm aufsehen sollten. Aber weil er so klein und moppelig war, sahen sie trotzdem noch auf ihn herab, das ließ sich nun mal nicht ändern. „Ihr wolltet also meine Burg berauben, Potzblitz! Und vorgestern wolltet ihr sogar meinen Neffen Trenk als Geisel nehmen und ein Lösegeld für ihn erpressen! Was habt ihr euch dabei gedacht, fürwahr?"

Der Räuberhauptmann guckte trotzig auf den Boden und kniff die Lippen zusammen, aber Bambori nahm sich ein Herz und räusperte sich. „Guckt mal, Herr Ritter, es ist doch so!", sagte er. „Glaubt Ihr, man ist als Räuber geboren, als Räuber gestorben, Räuber ein Leben lang? Wir waren auch mal niedliche kleine Bengel allesamt und unsere Mütter haben uns in ihre Säume schnäuzen lassen! Aber wenn wir

nicht immerzu rauben und brandschatzen und rauben und brandschatzen, haben wir doch nichts zu essen! Wir sind ja keine reichen Ritter, die eine Burg besitzen und ein Schwert, und ein Handwerk haben wir auch nicht gelernt, und Land gehört uns auch keins. Was sollen wir denn da tun, wenn wir nicht verhungern wollen, edler Herr Ritter? Ich würde lieber heute als morgen aufhören zu rauben und zu brandschatzen, aber dann knurrt mir morgen mein Magen und übermorgen bin ich nur noch so dünn wie ein Strich, und überübermorgen …", er schluchzte auf, „… bin ich verhungert!"

Die anderen Räuber nickten zu seinen Worten wild mit ihren zotteligen Köpfen und nur der Räuberhauptmann guckte immer noch trotzig.

„Na, das ist ja ein starkes Stück", murmelte der Ritter Hans vom Hohenlob. „So hab ich noch nie darüber nachgedacht! Eigentlich müsste ich euch jetzt die Hände abhacken lassen, das wisst ihr wohl, denn das ist schließlich die Strafe, die bei uns im Land auf Raub und Diebstahl steht. Aber wenn ihr wirklich nur geraubt habt, weil ihr nicht verhungern wolltet …" Und er sah seinen Neffen Trenk an, als ob er fragen wollte, was der wohl dazu meinte.

„Ja, wenn sie wirklich nur rauben, weil sie sonst Hunger haben", sagte Trenk nachdenklich, „dann wäre es vielleicht klüger, man gäbe ihnen eine rechtschaffene Arbeit, mit der sie sich in Zukunft ihr Brot ehrlich verdienen können, Herr Onkel! Denn wenn Ihr ihnen die Hände abhacken lasst, können sie sich hinterher ja erst recht nicht mehr selber versorgen und müssen betteln oder stehlen gehen."

„Potzblitz!", sagte der Ritter Hans und strich sich über seinen Bart. „Da hast du recht, Trenk vom Tausendschlag, fürwahr! Das ist wieder einmal klug gesprochen. Aber was können wir denn bloß tun, damit sie mit dem Rauben und Stehlen aufhören?"

Da sah der Räuberhauptmann zum ersten Mal vom Boden auf. „Mich könntet Ihr zu einem Eurer Burgmannen machen, zum Beispiel!", sagte er ein bisschen verlegen. „Dazu hätte ich nämlich große Lust und gut kämpfen kann ich auch."

„Ich auch!", rief da gleich der zweite Räuber, und: „Ich genauso!", rief der dritte und dann riefen sie alle durcheinander: „Und ich! Und ich! Und ich!", und zuletzt waren es vierzehn Räuber, die schrien, sie würden bestimmt die allerbesten und allertreuesten Burgmannen sein und jeden Angreifer mit lautem Geschrei und ihren Lanzen und Speeren in die Flucht schlagen. Nur Bambori guckte ein wenig traurig.

„Potzblitz!", sagte der Ritter Hans wieder. „Da nimmt die Geschichte ja nun eine sehr merkwürdige Wendung, aber fürwahr, gute Burgmannen kann ich immer gebrauchen, und dass ihr kämpfen könnt, will ich euch wohl glauben; und wenn ihr mir die Treue schwören wollt, können wir es ja mal versuchen, was meinst du dazu, Trenk?"

„Wenn sie Euch die Treue schwören wollen, Herr Onkel, dann solltet Ihr es wirklich mit ihnen versuchen!", sagte Trenk. „Aber wenn sie danach auch nur noch ein einziges Mal das kleinste bisschen stehlen, auch wenn es nur ein schrumpeliger Apfel oder eine kümmerliche alte Rübe ist, sollen sie doch ihre Strafe bekommen. Habt ihr das gehört, ihr Räuber? Jetzt kriegt ihr eine faire Chance, aber wehe, wenn ihr sie nicht nutzt!"

Da legten die Räuber jeder seine Hand auf die Bibel und versprachen, dass sie gute Burgmannen sein und niemals in ihrem Leben wieder rauben oder stehlen wollten, und damit war die Sache abgemacht. Nur Bambori guckte immer noch auf den Boden.

„Und du?", fragte der Ritter Hans. „Du hast nicht auf die Bibel geschworen! Willst du also doch lieber die Hände abgehackt kriegen?"

„Nein, nein, nein, Herr Ritter!", rief Bambori erschrocken. „Aber ich bin leider schon viel zu alt und klapperig zum Kämpfen, und wenn es feucht und kalt ist, kriege ich auch leicht das Zipperlein in den Gliedern! Darum kann ich Euch kein guter Gefolgsmann sein, so leid es mir tut."

„Hm, hm, hm!", sagte der Ritter Hans und guckte ein wenig hilflos. „Was können wir denn da nur tun?"

„Was hast du denn dann bei den Räubern gemacht, Bambori, wenn du doch nicht kämpfen und niemanden überfallen und ausrauben konntest und immerzu nur das Zipperlein hattest?", fragte Trenk. „Sag mal."

„Bei den Räubern habe ich gekocht, junger Herr", sagte Bambori. „Was wir im Wald in unseren Fallen gefangen haben, habe ich für alle gekocht."

„Dann könntest du doch auch hier unser Koch sein!", rief Trenk begeistert. „Wenn der Herr Onkel jetzt vierzehn neue Burgmannen hat, braucht er gewiss auch einen neuen Koch dazu, denn es muss ja so viel mehr Essen gekocht werden!"

„Potzblitz, Trenk, du bist ja ein wahrer Schlaukopf!", rief da der Ritter Hans vom Hohenlob. „Was sagst du dazu, Räuber Bambori?"

„Ich könnte mir nichts Schöneres wünschen!", rief Bambori mit leuchtenden Augen. „Und der Herr Ritter wird staunen, was für leckere Gerichte in Zukunft auf seinen Tisch kommen werden!"

Und das stimmte übrigens wirklich. Du kannst dir gar nicht vorstellen, wie gut der Räuber Bambori kochen konnte, vor allem Nachtisch. Von jetzt an kam jeden Tag eine andere Süßspeise auf den Tisch, von denen war eine leckerer als die andere; und es gab nicht mehr immerzu nur Marzipanburgen, das wäre ja sonst auch wirklich allmählich langweilig geworden.

Auch die anderen Räuber lebten sich schnell ein auf der Burg und trugen ihre Lanzen und Speere mit Stolz, und immer, wenn einer von ihnen an Trenk vorbeiging, verbeugte er sich höflich oder kniff verschmitzt ein Auge zu oder winkte fröhlich mit der Hand, und sie alle sahen kein bisschen mehr finster und gefährlich aus, sondern freundlich und vergnügt und außerdem tapfer, und im Laufe der Zeit wurden sie sogar die allerbesten Burgmannen, die der Ritter Hans je gehabt hatte.

„Trenk, mein Junge, langsam weiß ich gar nicht mehr, was ich ohne dich machen sollte!", sagte der Ritter darum. „Thekla, was sagst du dazu?"

„Pöhh!", sagte Thekla wieder.

Und das kann man ja wirklich verstehen.

3. Teil

Wie Trenk ins Turnier zieht

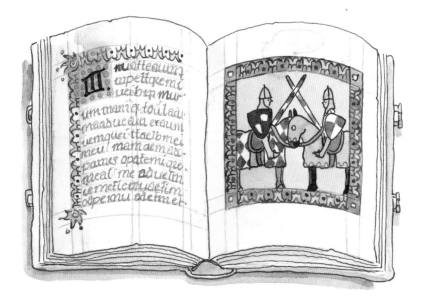

32. Kapitel,

in dem erzählt wird, wie der Ritter Hans fast allein Gefangene macht

Nachdem Trenk dem Ritter Hans dabei geholfen hatte, über die Räuber zu Gericht zu sitzen, machte er sich wie jeden Tag mit Ferkelchen auf den Weg durch das Burgtor und über die Zugbrücke den Burgberg hinunter, um im Wald zu lernen, was ein Page im Wald lernen muss; und gerade als er wie an jedem Tag zwischen den Eichen und Buchen verschwinden wollte, hörte er hinter sich plötzlich lautes Hufgetrappel. Trenk konnte sich gerade noch durch einen Sprung zur Seite retten und Ferkelchen auch; so wild und schnell galoppierte der Reiter in Rüstung und Helm an ihnen vorbei und den Berg hinauf zur Burg, dass er sie fast umgeritten hätte.

„Platz da! Platz da!", brüllte er dabei die ganze Zeit und peitschte sein Pferd und gab ihm die Sporen, obwohl dem armen Tier schon der Schaum aus dem Maul troff.

„So ein Tierquäler!", sagte Trenk böse und klopfte seinem aufgeregten Schwein beruhigend die Stelle, wo bei anderen Tieren der Hals sitzt, aber dann machte er sich keine Gedanken mehr darüber, wer der fremde Ritter wohl sein mochte und was er auf der Burg seines Onkels wollte, denn hinter dem Eibengebüsch, unter dem der Geheimgang zur Burg seinen Ausgang hatte, stand schon Thekla und erwartete ihn.

„Keine Manieren!", sagte sie und zog blitzschnell ihre Schleuder unter der Schärpe hervor. Vielleicht überlegte sie, ob sie dem Reiter eine Erbse hinterherschicken sollte. „Der hätte dich fast umgeritten! Beim nächsten Mal will ich übrigens auch mit zu Gericht sitzen, über die Räuber, die ich zur Strecke gebracht habe", sagte sie dann. „Langsam hab ich die Nase voll vom Sticken."

Dann übten die beiden eine Weile, wie man im Wald keine Angst hat, auch wenn plötzlich jemand hinter einem Baum hervorgesprungen kommt und ganz laut und gefährlich „Buhhh!" schreit, und danach hatten sie noch ziemlich viel Zeit, um einfach so zum Spaß auf die Bäume zu steigen und zu gucken, wer am höchsten klettern konnte (beide gleich) und wer sich von der höchsten Stelle zu springen traute (auch beide gleich) und wer mit der Schleuder die meisten Wildkirschen von einem Wildkirschenbaum holte (natürlich immer noch Thekla, aber Trenk wurde schon besser). Darum übte Trenk dann noch ein bisschen, wie man mit der Schleuder zielt, und als das schon ganz gut ging und außerdem langsam die Sonne hinter den Wipfeln verschwand, machten sie sich zuerst auf die Suche nach Ferkelchen und dann auf den Weg zurück zur Burg: Trenk wieder über den Berg und Thekla durch den geheimen Tunnel, und Thekla sagte, dass sie nun aber ganz schön neugierig wäre, wer denn wohl der unhöfliche Reiter gewesen war, der Trenk am Morgen fast umgeritten hatte, und ob er sich noch immer auf der Burg befände.

Das tat er aber nicht. Stattdessen empfing der Ritter Hans seinen Neffen im Saal mit einem sehr nachdenklichen Gesicht.

„Trenk, mein Junge", sagte er. „Heute ist ein sonderbarer Tag, ich weiß gar nicht zu sagen, ob gut oder schlecht. Denn stell dir vor, heute ist die Nachricht vom Ritter Wertolt dem Wüterich gekommen, dass er ein Turnier veranstalten will und alle Ritter weit und breit dazu auffordert, daran teilzunehmen. Und das, wo ich doch so ungern kämpfen mag!"

„War der rüpelige Reiter vorhin sein Bote?", fragte Trenk und wunderte sich kein bisschen. Vom Ritter Wertolt erwartete man schließlich nichts Gutes. „Der die Nachricht überbracht hat?"

„So ist es, so ist es", sagte der Ritter Hans. „Und was soll ich jetzt denn nur tun? Nicht am Turnier teilnehmen geht nicht, denn dann mache ich mich zum Gespött des ganzen Landes; aber teilnehmen geht auch nicht, denn ich habe meine Rüstung zuletzt vor vielen,

vielen Jahren getragen, und ich glaube nicht, dass sie mir noch passt, und rostig ist sie außerdem."

„Ach, du je!", sagte Trenk. „Ja, das ist wirklich ein Problem, Herr Onkel. Aber warum überlegt Ihr denn dann überhaupt noch, ob dieser Tag gut ist oder schlecht? Er ist doch wohl schlecht, will ich meinen!"

„Ja, ja, ja!", sagte der Ritter Hans und seine Augen leuchteten auf. „Aber auch: Nein, nein, nein! Denn der berittene Bote war ja nicht der Einzige, der heute Morgen durch unser Burgtor gekommen ist! Denk dir nur, mein lieber Neffe: Kaum war er endlich verschwunden, da mussten wir die Zugbrücke schon wieder herunterlassen, und was glaubst du wohl, wer da zu Fuß und auf hinterlistig heimtückische Weise versucht hat, uns zu überlisten und sich auf meiner schönen Burg einzuschleichen? Vier finstere, gefährliche Räuber!"

„Schon wieder?", fragte Trenk verblüfft.

Sein Onkel nickte begeistert. „Man sollte es nicht glauben!", sagte er und jetzt sah er richtig selbstgefällig aus. „Aber ich bin wachsam gewesen, fürwahr."

„Aber Räuber sind doch auch nicht gut, sondern schlecht!", sagte Trenk verwirrt und dabei sah er, wie die Tür geöffnet wurde und Thekla sich leise in den Saal stahl. „Was ist an Räubern denn gut, Herr Onkel?"

„Dass ich nicht auf sie hereingefallen bin!", rief Hans vom Hohenlob und klatschte vergnügt in seine kleinen dicken Hände. „Dass ich mich diesmal nicht habe täuschen lassen! Dass ich sie sofort und fast eigenhändig gefangen genommen und in den Kerker geworfen habe, und da sitzen sie jetzt immer noch und dürfen über ihre Sünden nachdenken. Du weißt ja, ich wollte meinen Kerker schon lange gerne einmal wieder benutzen."

„Ach!", sagte Trenk. Ein bisschen merkwürdig fand er es schon, dass sich in dieser Gegend gleichzeitig sogar *zwei* gefährliche Räuberbanden herumtreiben sollten und dass, kaum hatten sie die eine überwältigt, schon gleich die nächste auf der Burg auftauchte. „Wie haben die Räuber denn versucht, Euch zu überlisten, Herr Onkel?"

„Ha!", rief der Ritter vom Hohenlob. „Jetzt wirst du gleich staunen, wie klug ich bin, nicht auf sie hereinzufallen! Stell dir vor, sie haben nämlich behauptet, sie wären vier Gaukler und nur gekommen, um uns auf unserer Burg ihre Kunststücke vorzuführen! Aber da müssen sie sich schon einen Dümmeren suchen, Potzblitz, dem sie diese Geschichte erzählen wollen! Gestern Pilger, heute Gaukler, ich weiß Bescheid!"

„Gaukler?", fragte Trenk verblüfft, und ganz langsam spürte er in seinem Bauch ein merkwürdiges Gefühl. „Sie haben gesagt, sie wären *Gaukler*?"

„Gaukler, fürwahr!", rief der Ritter Hans und nickte. „Der eine ist ein kugelrunder kleiner Herr mit einem roten Gesicht, und der zweite ist ein zaunlattendürrer Riese mit feuerrotem Haar und einem vergnügten Mund, und der dritte ist einfach ein ganz normaler Mann mit einem Ziegenbärtchen, der ein kleines bisschen missmutig aussieht. Und der vierte …"

„… ist ein Junge in Mädchenkleidern und mit einer Zopfperücke auf dem Kopf!", brüllte Trenk und stürmte schon die Treppe nach unten und in den finsteren Keller. „Momme Mumm! Schnöps! Fuchs! Herr Prinzipal!" Und damit war er auch schon verschwunden.

„Aber wieso, weshalb, warum?", murmelte der Ritter Hans und strich sich verwirrt über seinen Bart. „Warum, weshalb, wieso?"

Dann lief auch er, so schnell es seine kurzen Beine erlaubten, die Treppe hinunter in den Keller.

33. Kapitel,

in dem erzählt wird, wie Trenk
alte Freunde wiedertrifft

„Momme Mumm!", schrie Trenk, während er die letzten drei Stufen mit einem einzigen wilden Satz nach unten sprang. „Schnöps! Fuchs! Herr Prinzipal!"

Dann riss er dem verblüfften Wachmann, dem der Ritter Hans befohlen hatte, die Kerkertür zu bewachen, damit die gefährlichen Räuber nicht entkommen konnten, einfach das riesige Schlüsselbund aus der rechten Hand. Das war überhaupt gar nicht schwierig, denn mit dem Zeigefinger der anderen Hand bohrte sich der Wachmann gerade ganz gedankenverloren in der Nase. Das ist ja nun vielleicht nicht schön, aber du kannst dir sicher vorstellen, wie langweilig es ist, den ganzen Tag immer nur eine verschlossene Kerkertür zu bewachen, da muss man sich doch ein wenig Abwechslung verschaffen dürfen, wenn keiner zuguckt.

„Momme Mumm!", schrie Trenk wieder, während er den Schlüssel im Schloss drehte. „Schnöps! Fuchs! Herr Prinzipal!" Dann lag er seinem Freund Momme Mumm auch schon in den Armen.

Das war vielleicht eine Wiedersehensfreude! Natürlich freut man sich immer, wenn man unerwartet guten Freunden begegnet, das ist ja klar; aber wenn man in einem finsteren, feuchten Kerker sitzt und schon anfängt zu vermodern und dann kommt der gute Freund und öffnet die Tür, dann freut man sich noch einmal so sehr.

„Trenk Tausendschlag!", rief Momme Mumm und schlug Trenk so heftig auf den Rücken, dass der in den Knien einknickte. „Hab ich's doch gewusst, dass unsere Wege sich wieder kreuzen würden! Aber was tust du denn hier, wenn ich fragen darf? Und noch dazu in diesen Kleidern?"

Da kam endlich auch der Ritter Hans von der Anstrengung schnaufend vor der Kerkertür an. „Potzblitz, Trenk, mein lieber Neffe!", rief er. „Was tust du denn da? Du lässt ja die gefährlichen Räuber und Banditen entkommen!"

Da kniff Trenk Momme Mumm einmal ganz fest in die Hand, das sollte bedeuten, dass Momme Mumm jetzt um Himmels willen nicht fragen sollte, wieso der Herr Ritter Trenk denn bloß seinen Neffen nannte; und dann sagte er: „Es war sicherlich klug von Euch, lieber Herr Onkel, vorsichtig zu sein und diese Männer erst einmal einzusperren; aber nun kann ich Euch doch beruhigen: Denn diese vier Gaukler hier sind wirklich vier Gaukler und keine gefährlichen Räuber und Banditen, und noch dazu sind sie gute Freunde von mir."

„Potzblitz!", murmelte der Ritter Hans und kratzte sich am Kopf. „Keine Räuber? Keine Banditen? Gute Freunde von dir?"

„Sie haben", sagte Trenk und kniff Momme Mumm wieder warnend in die Hand, dass der langsam schon ganz böse guckte, „ihre Kunst schon oft auf der Burg meines Vaters Dietz vom Durgelstein vorgeführt, und großartigere Künstler werdet Ihr im ganzen Land nicht finden! Stimmt's, Momme Mumm? Schnöps? Fuchs? Herr Prinzipal?"

„Nichts könnte wahrer sein!", sagte der Herr Prinzipal und trat vor, aber nicht ohne vorher einen anerkennenden Blick auf Trenk zu werfen. Du musst dir vorstellen, er hatte ja keine Ahnung, wie Trenk denn wohl auf die Burg gekommen war und warum er plötzlich wie ein Ritterjunge aussah. „Dietz vom Durgelstein! Und Euch, edler Ritter vom Hohenlob, würden wir unsere Kunst auch recht gerne einmal vorführen."

In diesem Augenblick kam Ferkelchen den Kellergang entlanggaloppiert und stürzte sich auf Momme Mumm und schrubbelte seinen borstigen kleinen Rücken quiekend an Mommes Beinen.

„Potzblitz, fürwahr!", rief der Ritter vom Hohenlob. „Das Schwein kennt euch auch! Dann muss ich meinem Neffen wohl glauben, dass ihr keine gefährlichen Räuber und Banditen seid.

Darum kommt in Gottes Namen mit uns nach oben in den Festsaal zum Festmahl, denn das wollen wir uns gönnen."

„Au ja!", sagte Momme Mumm.

Der Wachmann starrte ihnen nach, wie sie alle gemeinsam die Treppe nach oben verschwanden, und du wunderst dich sicher nicht, wenn ich dir sage, dass dabei sein linker Zeigefinger tief, tief in seiner Nase steckte.

34. Kapitel,

in dem die Gaukler ihre Kunst vorführen

Kaum hatten sie sich alle gemeinsam zu Tisch gesetzt, da ertönte auch schon der Gong, und Köche und Küchenjungen und Mägde kamen mit großen Platten voller Schweinebraten und Rinderbraten und fettglänzenden knusprigen Hühnern in den Saal, und auf einer Platte lag sogar ein ganzer glasierter Schweinekopf zwischen niedlichen kleinen Karotten und sah aus, als ob er lächelte.

„Da hast du es ja gut getroffen, Trenk, mein kleiner Freund!", sagte Momme Mumm, während er sich schon das dritte Stück Schweinebraten in den Mund stopfte. Natürlich saßen die beiden Freunde nebeneinander, schließlich hatten sie sich ja viel zu erzählen. „Gibt es hier jeden Tag so einen Schmaus?"

Trenk nickte. Er war ja inzwischen daran gewöhnt, dass er jeden Tag satt wurde, darum musste er das Fleisch nicht so wild und gierig herunterschlingen wie Momme Mumm, sondern konnte ein bisschen gesitteter sein. „Und zum Nachtisch gibt es eine Burg aus Marzipan", sagte er.

Dann erzählte er Momme Mumm leise die ganze Geschichte: wie er den Ritter vom Durgelstein mit seinem Feigling von Sohn getroffen hatte; wie sie gemeinsam zur Burg geritten waren und er sich als Rittersohn ausgegeben hatte; wie er gleich am ersten Abend die feindlichen Angreifer in den Burggraben geschmissen und in die Flucht geschlagen hatte, am zweiten Tag den Räubern entkommen war und sie am dritten zusammen mit Thekla gefasst hatte.

Und wie er jetzt täglich in den Wald ging, um zu üben, keine Angst zu haben, erzählte er auch. Und natürlich von Thekla und ihrer Schleuder.

„Das ist ja eine ganz unglaubliche Geschichte!", murmelte Momme Mumm. „Aber du hast dein Glück verdient, Trenk, denn du bist ein tapferer und hilfsbereiter Junge, und denen steht das Schicksal bei, sagt der Herr Prinzipal! Und jetzt werden wir dem Herrn Ritter wohl unsere Kunst vorführen, wie ich sehe", sagte er dann seufzend, denn sein Magen war doch gerade sehr, sehr voll, und er hätte lieber noch eine kleine Weile gemütlich am Tisch gesessen und sich mit seinem Freund Trenk einfach nur unterhalten. Aber der Herr Prinzipal wollte nun endlich loslegen, und der war schließlich der Chef.

Da wurden wieder der Tisch und die Stühle an die Wand geschoben, und Ferkelchen fraß noch schnell mit lautem Schmatzen vom Boden alle Krümel, die der Tafelgesellschaft heruntergefallen waren.

Aber dann waren die Gaukler bereit für ihre Vorführung, und oh, wie Trenk da staunte! Denn er hatte ja auch selbst noch nicht erlebt, welche Kunststücke seine Freunde, die Gaukler, mit Leichtigkeit und Grazie ihrem Publikum präsentierten, und jetzt klatschte er sich fast die Hände wund vor Begeisterung.

„Zugabe!", schrie Trenk.

Fuchs der Rote war ein Schlangenmensch und konnte seine langen Arme und Beine so miteinander verknoten, dass Thekla vor Schreck die Luft anhielt und Trenk Angst hatte, Fuchs würde sich niemals wieder auseinandersortiert kriegen; der Herr Prinzipal sang mit schmelzender Stimme die allerschönsten Lieder zur Laute, bis dem Ritter Hans vor Rührung die Tränen über das Gesicht liefen und er seine kleine Knollennase

mit lautem Getröte schnäuzen
und immer wieder schnäuzen
musste, und Momme
Mumm jonglierte lachend
mit Bällen und Tüchern
und Äpfeln und schließlich
sogar mit den Schwertern und
Kampfäxten und Morgen-
sternen, die im Saal an den
Wänden hingen, ohne dass
ihm auch nur ein einziges Mal
etwas davon zu Boden gefallen wäre.

Am wunderbarsten von allen aber war der runde Schnöps.

„Zugabe!", brüllte der Ritter Hans, nachdem Schnöps sich zum dritten Mal eine Maus aus dem Ärmel geholt hatte; und als Schnöps mit flinken Fingern zuerst Thekla und dann Trenk und schließlich auch dem Ritter selbst ein Ei aus dem Ohr zauberte, musste Hans vom Hohenlob so sehr lachen, dass er davon einen Schluckauf bekam.

Da zersägte Schnöps noch einfach so und als ob das gar nichts wäre, vor aller Augen die Jungfrau Momme Mumm und setzte ihn anschließend mit einem Schnipsen seines Zauberstabes wieder zusammen; aber als er dann anbot, auch Thekla zu zersägen und wieder zusammenzusetzen, sagte der Ritter Hans, für diesen Abend wäre es nun wohl genug Zauberei gewesen.

„Ihr wart – großartig, meine Herren –
Gaukler!", rief er und musste zwischendurch zweimal eine kleine Pause
machen, weil ihn der Schluckauf immer
noch plagte. „Kein Wunder, dass mein
Schwager Dietz vom Durgelstein eure
Kunst so sehr schätzt! Ihr werdet auch
von mir reich belohnt werden!

Aber vorher wollen wir noch alle gemeinsam ein Becherchen von meinem allerbesten Wein trinken, und die Kinder bekommen Apfelsaft."

„Du auch, Momme Mumm!", sagte der Herr Prinzipal streng zu seiner Jungfrau. „Apfelsaft, solange dir noch kein Bart wächst."

„Mag ich ja sowieso lieber", sagte Momme Mumm, und Trenk dachte, dass er ohnehin nicht verstehen konnte, wieso irgendwer lieber sauren Wein als süßen Apfelsaft trinken mochte.

Dann stießen sie alle mit ihren Bechern an und riefen: „Zum Wohl!", und gerade als der Herr Prinzipal von den Reisen der Gaukler von einer Burg zur anderen erzählte und vom Rauch über den Wäldern, der von dem gefährlichen Drachen kam, seufzte der Ritter Hans plötzlich auf.

„Verzeiht, dass ich Euch unterbreche, guter Freund!", sagte er, und da merkten sie alle, dass sein Schluckauf nun Gott sei Dank vergangen war. „Aber über all Eurer wunderbaren Kunst habe ich ja ganz meinen Kummer vergessen! Denn heute war ein Bote des Ritters Wertolt der Wüterich bei mir."

„Wertolt der Wüterich!", rief der Herr Prinzipal und schlug seine Hände zusammen. „Na, das kann ja nichts Gutes bedeuten, wenn ich das sagen darf, Herr Ritter! Dieser Wertolt ist der bösartigste …"

„… geizigste …", unterbrach ihn der rote Fuchs.

„… und überhaupt widerwärtigste Ritter unter der Sonne!", rief Schnöps der Runde.

„Worauf ihr wetten könnt!", sagte Trenk und dachte an seinen armen Vater Haug und wie oft der im Kerker des Wüterichs gesessen und den Ochsenziemer zu schmecken bekommen hatte.

„Zu essen hat es auf seiner Burg für uns immer nur eine magere Wassersuppe gegeben, wenn wir bei ihm unsere Kunst gezeigt haben!", rief Momme Mumm. „Mit einer alten verschrumpelten Rübe drin! Aber er selbst hat den Braten heruntergeschlungen, dass ihm das Fett vom Kinn getropft ist."

„Und gezahlt hat er auch nur mit verspakten alten Kupfermünzen!", rief Fuchs dazwischen.

„Weshalb wir um seine Burg auch schon seit Jahren einen großen Bogen machen, das könnt Ihr uns glauben", sagte der Herr Prinzipal. „Wer Wertolt den Wüterich kennt, sehnt sich nicht danach, ihm jemals wieder zu begegnen."

„Amen", sagte Trenk.

„Das mag ja alles sein, das mag ja alles sein", sagte der Ritter Hans kummervoll. „Aber nun stellt euch vor, heute ist die Nachricht vom Ritter Wertolt gekommen, dass er ein Turnier veranstalten will und alle Ritter weit und breit dazu auffordert, daran teilzunehmen. Also auch mich! Also auch mich!" Er stöhnte und schlug die Hände vor sein Gesicht. „Und das, wo ich doch so ungern kämpfen mag! Was soll ich denn jetzt nur tun? Nicht am Turnier teilnehmen geht nicht, denn dann mache ich mich zum Gespött des ganzen Landes; aber teilnehmen geht auch nicht, denn ich habe meine Rüstung zuletzt vor vielen, vielen Jahren getragen, und ich glaube nicht, dass sie mir noch passt, und rostig ist sie außerdem."

„Das wollen wir sehen!", sagte der Herr Prinzipal. „Her mit der Rüstung! Vielleicht fällt uns ja gemeinsam eine Lösung ein!"

Und weil du diese Geschichte ja nun schon eine ganze Weile liest, kannst du dir sicher denken, dass es haargenau so auch kam.

35. Kapitel,

in dem Schnöps beschließt, ins Turnier zu ziehen

Hans vom Hohenlob klatschte in die Hände und winkte den Bediensteten, und kaum hatten die Erwachsenen einen weiteren Becher Wein getrunken und die Kinder einen weiteren Becher Apfelsaft, da kamen die Diener auch schon zurück, das waren zwei Kerle, jeder groß wie ein Schrank, und die schleppten gemeinsam die Rüstung. Aber oh, wie sah sie aus! Der Staub lag fingerdick auf dem eisernen Kettenwerk der Ärmel, und nachdem Trenk und Thekla und auch Momme Mumm mit so viel Kraft, wie sie nur aufbringen konnten, gepustet und geprustet hatten, dass der Staub danach wie ein sanfter grauer Schleier in der Luft schwebte, kam endlich auch der Brustpanzer zum Vorschein, und der war so zerbeult und zerkratzt und rostig, dass jeder sehen konnte, ein großer Kämpfer war der Ritter Hans in den letzten Jahren sicher nicht gewesen.

„Ach du je, ach du je!", sagte der darum jetzt auch unglücklich. „Da werden die Küchenmädchen polieren müssen, was das Zeug hält! Ich kann doch in so einer rostigen Rüstung nicht auf dem Turnier erscheinen!"

„Verzeiht mir, wenn ich das so offen sage, Herr Ritter", sagte der Herr Prinzipal, „aber ich glaube, Ihr könnt in dieser Rüstung überhaupt nicht mehr auf einem Turnier erscheinen! Sie ist Euch ja längst viel zu klein! Ihr habt Euch wohl, mit Verlaub gesagt, einen stattlichen Bauch wachsen lassen, seit Ihr sie zum letzten Mal getragen habt."

Da sah der Ritter Hans an sich herunter und nickte bekümmert. „Einen stattlichen Bauch, einen stolzen Bauch, einen Bauch, eines Ritters würdig!", sagte er. „Aber in die Rüstung passt der nicht mehr, fürwahr." Er seufzte. „Und ohne Rüstung zu kämpfen, meine Herren Gaukler, ganz ohne Rüstung zu kämpfen …" Er zögerte.

„Das ist viel zu gefährlich, Herr Vater!", rief Thekla. „Ein Ritter ohne Rüstung hat im Turnier schon verloren, bevor er auch nur sein Ross bestiegen hat, und ich will nicht, dass der grässliche Ritter Wertolt der Wüterich Euch mit seiner Lanze aufspießt und mit seinem Schwert in Stücke haut, bis Ihr ganz mausetot seid! Ein Vater darf nämlich niemals ohne Rüstung ins Turnier gehen, weil ihn seine Tochter doch noch braucht."

„Ein wahres Wort, ein wahres Wort!", sagte der Herr Prinzipal. „Eure Tochter hat recht, Herr Ritter. Ohne Rüstung dürft Ihr nie und nimmer kämpfen."

„*Ich* könnte es ja für Euch machen, Herr Onkel!", sagte Trenk und sah sehnsuchtsvoll auf das Kettenhemd und den Helm, auch wenn sie ja in keinem wirklich guten Zustand waren. Denn ein Page, das hast du vielleicht schon verstanden, besaß selbst noch keine Rüstung und ein Knappe auch noch nicht, denn erst wenn ihm zur Schwertleite sein Schwert übergeben wurde, bekam der junge Ritter auch die Rüstung. Darum hätte Trenk allzu gerne Helm und Harnisch des Ritters Hans angelegt und auf dem Turnier darin gekämpft, aber er wusste natürlich, dass daraus nichts werden konnte.

„Du magerer Hänfling!", rief auch gleich der Ritter Hans. „An dir wird die Rüstung schlottern, dass alle ihre Platten rasseln, und das Kettenhemd wird auf dem Boden schleifen und die Beinschützer werden dir bis zum Nabel reichen! Glaubst du, irgendwer würde dann glauben, dass ich es bin, der in dieser Rüstung steckt? Ich, der Ritter Hans vom Hohenlob?"

Trenk schüttelte traurig den Kopf, aber er verstand schon, dass man, um sich auf dem Turnier für den Ritter Hans auszugeben, auch aussehen musste wie der Ritter Hans, und kaum hatte er das gedacht, war ihm auch schon etwas eingefallen, und vielleicht kannst du dir sogar schon denken, was es war.

„Schnöps der Runde!", flüsterte Trenk. Denn Schnöps hatte ja genauso einen runden Kullerbauch wie der Ritter Hans und genauso kurze dicke Arme hatte er auch, und überhaupt hätte man glauben können, der eine wäre der andere, hätten sie nur die gleichen Kleider getragen.

„Und warum soll *ich* es nicht versuchen, holdrio?", fragte haargenau in diesem Augenblick Schnöps tatsächlich selbst. „Dass wir einander ähneln wie ein Zwilling dem anderen, wird niemand bestreiten können, Herr Ritter!"

„Potzblitz!", rief der Ritter Hans und lachte vergnügt. „Dir ist wohl der Wein zu Kopfe gestiegen, guter Freund Schnöps! Wenn *mir* meine Rüstung nicht mehr passt, wie sollte sie *dir* da wohl passen? Und ohne Rüstung bist du auf dem Turnier verloren!"

Aber Schnöps der Runde winkte ungeduldig ab. „Eine Rüstung braucht einer wie ich nicht für den Kampf, holdrio!", sagte er. „Im Gegenteil, die wäre nur hinderlich! Nur Euren Helm, den hätte ich gern, werter Herr Ritter. Denn sonst erkennt Wertolt der Wüterich vielleicht doch, dass ich nicht Ihr bin, und Ihr seid nicht ich."

„Potzblitz, du bist sehr mutig, Schnöps der Runde!", sagte der Ritter Hans. „Aber du hast natürlich auch keine Tochter, die ihren Vater braucht. Nur, hast du denn überhaupt schon jemals gekämpft? Hast du schon jemals ein Schwert geführt? Denn ohne Schwert bist du auf dem Turnier verloren!"

Aber Schnöps der Runde winkte wieder nur ungeduldig ab. „Ein Schwert brauche ich nicht für meinen Kampf, holdrio!", sagte er. „Im Gegenteil, das wäre nur hinderlich! Also abgemacht? Ich kämpfe für Euch?"

Aber der Ritter Hans war immer noch nicht überzeugt. „Langsam glaube ich, dir ist es ernst, Schnöps Zauberer!", sagte er. „Aber bist du denn überhaupt schon jemals geritten? Weißt du ein Pferd zu lenken im Kampf? Denn ohne Ross bist du auf dem Turnier verloren!"

Da lachte Schnöps der Runde und schenkte sich einfach selbst noch einmal einen Becher Wein nach. Das war natürlich nicht sehr höflich, aber in diesem Augenblick gab es Wichtigeres zu bedenken als Anstand und Etikette, und darum nahm es ihm auch niemand übel.

„Ein Ross brauche ich nicht
für meinen Kampf, holdrio!",
sagte er. „Im Gegenteil, das
wäre nur hinderlich! Nun ver-
traut mir doch einfach, Herr
Ritter! Habe ich Euch etwa
nicht eine Maus aus dem Ärmel gezaubert und ein Ei aus
dem Ohr? Und sollte ich da
nicht auch Wertolt den Wüterich besiegen können, den
bösartigsten …"

„... geizigsten ...“, rief der rote Fuchs.

„... und überhaupt widerwärtigsten Ritter unter der Sonne?“, fragte Schnöps. „Na? Na, Herr Ritter, na?“

Hans vom Hohenlob guckte ein wenig nachdenklich, weil er nicht genau verstand, was eine Maus im Ärmel und ein Ei im Ohr mit dem Sieg im Turnier zu tun haben sollten, und dann nahm er sich auch noch einen Becher Wein.

„Nun denn, wenn du so überzeugt davon bist, dass du im Turnier unerkannt in meine Rolle schlüpfen willst!“, sagte er und hob den Becher. „Dann soll es auch so sein, fürwahr! Eine andere Wahl habe ich ja schließlich nicht! Nicht am Turnier teilnehmen geht nicht, denn dann mache ich mich zum Gespött des ganzen Landes; aber teilnehmen geht auch nicht, weil meine Rüstung nicht passt.“ Er seufzte.

„Und ich will dein Knappe sein, Schnöps, und dir die Waffen reichen!“, rief Fuchs der Rote vergnügt. „Denn wir zwei haben schon manches Abenteuer gemeinsam bestanden, da werden wir wohl auch dieses bestehen.“

Aber da unterbrach ihn Trenk. „Nein, nein, das geht nicht, mein lieber Fuchs!“, rief er. „Wenn ich schon nicht für meinen Onkel kämpfen darf, dann will ich doch wenigstens sein Knappe sein im Kampf!“

„*Mein* Knappe, Trenk Tausendschlag!“, sagte Schnöps. „Abrakadabra und holdrio.“

Der Ritter Hans hob seinen Becher. „So sei es“, sagte er und prostete den anderen zu. „Denn dann ist doch wenigstens einer aus meiner Familie bei meinem Kampf dabei, fürwahr.“

Da hoben sie alle ihre Becher und stießen darauf an, dass Schnöps den grässlichen Wertolt im Turnier besiegen würde. Und wenn Trenk sich auch überhaupt nicht vorstellen konnte, wie das dem kleinen dicken Herrn gelingen sollte, war er doch trotzdem ganz fröhlich und voller Zuversicht, weil er nämlich an die Gerechtigkeit im Leben glaubte, und darum war es ja klar, dass Wertolt der Wüterich endlich mal eins auf die Mütze kriegen musste.

36. Kapitel,

in dem niemand weiß, was ein Hölzernes Ross auf dem Turnier zu suchen hat

In den nächsten Tagen machten die Gaukler sich auf der Burg ein lustiges Leben, und immer wenn der Ritter Hans seinen neuen Freund Schnöps den Runden anflehte, er möge doch wenigstens ein kleines bisschen für das Turnier üben, wie man mit dem Schwert kämpft, zum Beispiel, oder wie man sich hoch zu Ross im Sattel hält, ohne zu fallen, lachte Schnöps ihn nur aus. Und Fuchs der Rote und der Herr Prinzipal lachten mit und Momme Mumm sowieso.

Darum hatte der Ritter Hans auch ein ziemlich mulmiges Gefühl, als er schließlich mit seinem ganzen Tross aufbrach, um auf der großen Ebene unterhalb der Burg des Ritters Wertolt das Turnier zu erleben. Aber ein noch mulmigeres Gefühl hatte Trenk, und ich will dir auch erzählen, warum.

Beim Frühstück war ihm nämlich plötzlich eingefallen, dass er sich jetzt ja nicht nur aufmachte zur Burg des Ritters Wertolt, sondern dass es auch zurückgehen sollte in seine Heimat, aus der er erst vor gar nicht so langer Zeit aufgebrochen war; und er dachte, dass er dort vielleicht seinen Vater Haug wiedersehen würde und seine Mutter Martha und seine kleine Schwester Mia-Mina, und bei dem Gedanken daran schlug sein Herz laut vor Freude, das kannst du dir ja vorstellen. Aber wenn sie ihn nun erkannten und in die Arme schlossen und riefen: „Trenk, du Lausebengel, da bist du ja wieder! Wo bist du denn um Himmels willen die ganze Zeit gewesen?" – na, dann wäre es wohl aus gewesen mit seinem Leben als Page beim Ritter Hans vom Hohenlob, denn dann hätte der doch erfahren, dass Trenk gar kein Rittersohn war!

„Und darum bleibe ich wohl lieber hier auf der Burg beim Herrn Burgkaplan und lerne Lesen und Schreiben und gutes Betragen", sagte Trenk düster zu Thekla, als auf dem Hof schon die Packpferde beladen wurden. Auch das Hölzerne Ross stand mitten dazwischen, und was das war und warum Trenk ganz verwundert guckte, als er es sah, erkläre ich dir gleich. „Denn wenn mich auf dem Turnier einer von meinen alten Freunden erkennt, dann ist es aus mit dem lustigen Leben hier bei euch auf der Burg, und ein Haus für meine Familie bauen und sie vor dem gemeinen Ritter Wertolt dem Wüterich retten, das kann ich dann auch nicht mehr."

„Ach was, wie sollten sie dich wohl erkennen auf dem Turnier!", sagte Thekla. „Niemand würde glauben, dass der stolze Page in Samt und Seide derselbe Junge ist wie der hungrige Bauernbengel im zerfetzten Hemd und mit bloßen Füßen, der ausgezogen ist, in der Stadt die Freiheit zu suchen! Kleider machen Leute, Trenk, und wer würde dich in deinem neuen Wams wohl für den Sohn eines Leibeigenen halten!"

„Wenn du das meinst, Thekla", sagte Trenk zweifelnd, „will ich es glauben. Aber mein Herz klopft trotzdem laut vor Sorge, und guck mal, wie meine Hände zittern."

„Ach was, vertrau mir einfach, Trenk Tausendschlag", sagte Thekla. „Keiner wird dich erkennen, und jetzt kannst du helfen, das Hölzerne Ross flottzumachen."

Das tat Trenk auch, und darum ist nun wohl der Augenblick gekommen, dir zu erklären, was so ein Hölzernes Ross überhaupt war.

Du weißt ja, dass jeder Page lernen musste, zu reiten wie der Teufel; und das musste er natürlich auf einem richtigen Pferd tun, denn sonst hätte es ja wenig Sinn gehabt. Da lernte er, wie man im Sattel sitzen und wie man mit den Beinen das Pferd antreiben und mit den Händen die Zügel halten muss, und wenn er das ein kleines bisschen konnte, durfte er schon den Burghof verlassen und draußen vor der Burg ordentlich weiterüben, Trab und Galopp und über Baumstämme springen und was weiß ich noch alles.

Und hoch zu Ross kämpfen lernen musste ein Page auch: die Lanze führen und das Schwert; den Speer schleudern, dass er aus einem Apfel Apfelmus macht, und was es sonst noch so alles gibt. Aber nun stell dir mal vor, ein Junge, der noch nicht einmal richtig reiten konnte, hätte all diese schwierigen Sachen gleich auf dem Rücken eines großen Pferdes üben sollen! Da wäre er ja bestimmt ganz schnell runtergefallen, und sein Pferd erschreckt hätte er aus Versehen vielleicht außerdem, denn Pferde sind schreckhafte Tiere (genau wie Schweine übrigens, das weißt du ja schon von Ferkelchen), und das wird in unserer Geschichte gleich noch ziemlich wichtig, darum kannst du es dir am besten schon mal merken.

Deshalb saßen die Pagen also immer auf einem Pferd aus Holz, wenn sie lernten, die Waffen zu führen; das hatte vorne keinen Kopf und hinten keinen Schweif, und unter seinen hölzernen Beinen hatte es Räder. So wurde es von den Stallburschen an einem Seil vorwärtsgezogen, und wenn der Ritterlehrling dann übte, die Lanze zu führen und das Schwert oder den Speer zu schleudern, dass er aus einem Apfel Apfelmus macht, und was es sonst noch so alles gibt, dann blieb sein Pferd aus Holz die ganze Zeit ruhig und still und friedlich.

„Wofür brauchen wir denn das Hölzerne Ross?", fragte Trenk den

Stallburschen, während er das Zugseil an einem Ring an der Vorderseite des Pferdes festband. „Was soll denn das Hölzerne Ross auf dem Turnier?"

„Der Herr Schnöps hat es so verlangt", sagte der Stallbursche und guckte ebenso verwirrt wie Trenk. „Noch nie habe ich ein Hölzernes Ross auf einem Turnier gesehen!"

„Ich auch nicht!", sagte Trenk, aber das sollte natürlich nicht viel bedeuten, denn er hatte ja überhaupt noch nie ein Turnier erlebt.

„Und ein Schwein hab ich auch noch nie auf einem Turnier gesehen, Potzblitz!", sagte da eine Stimme hinter Trenk, und das war der Ritter Hans, der sah seinen Neffen bittend an. „Könntest du dein Ferkel nicht vielleicht wenigstens dieses eine Mal auf der Burg zurücklassen, Trenk Tausendschlag? Der Ritter Wertolt wird sich auf die Schenkel klopfen vor Lachen, wenn er uns auf seiner Burg einziehen sieht mit dem Hölzernen Ross und einem Ferkel am Strick."

„Das ist mir ganz egal!", sagte Trenk und wickelte den Ferkelstrick fester um seine Hand. „Wo ich hingehe, da geht Ferkelchen mit, und basta."

Und so zogen sie endlich zum Tor hinaus und über die Zugbrücke und den Berg hinab und machten sich auf den Weg, um den grässlichen Ritter Wertolt den Wüterich zu besiegen.

37. Kapitel,

in dem das Turnier beginnt

Ich weiß nicht, ob du schon einmal längere Zeit verreist warst, zu Besuch bei deiner Oma, zum Beispiel; dann weißt du ja vielleicht, wie es sich anfühlt, wenn man danach nach Hause zurückkommt und alles wiedersieht, die Straße, in der man jeden Tag spielt, und die Freunde und die Nachbarn und das Haus, in dem man wohnt. Du erinnerst dich sicher, das ist so ein ganz sonderbares, glückliches Gefühl, und plötzlich weiß man, dass es eigentlich nirgendwo auf der Welt schöner ist als zu Hause, und freut sich ziemlich, wieder da zu sein.

Und haargenau so fühlte sich auch Trenk, als er nun im Tross des Ritters Hans vom Hohenlob über die armselige Straße seines Heimatdorfes zog, an den kümmerlichen Katen vorbei, zwischen denen seine früheren Freunde barfuß ihre Ziegen hüteten und dem fremden Ritterjungen keinen einzigen Blick schenkten. Auf einmal zog sich ihm das Herz zusammen, als er dachte, dass ja eigentlich *hier* sein Zuhause war, und nun lebte er so weit weg auf der Burg Hohenlob und würde vielleicht niemals, niemals wieder in der kleinen Kate seines Vaters wohnen. Du musst zugeben, so ein Gedanke war doch ein bisschen komisch, denn beim Ritter Hans ging es ihm ja eigentlich viel, viel besser, als es ihm in seinem kleinen Dorf jemals gegangen war, aber so ist das nun mal mit dem Zuhause.

Als sie dann aber gemeinsam den Burgberg hochzogen zur Burg des Ritters Wertolt, der Ritter Hans und sein ganzer Tross, die Gaukler und auch Thekla, da dachte Trenk doch nur noch daran, wie gemein dieser Wüterich Wertolt immer zu seinem Vater Haug gewesen war und was er wohl sagen würde, wenn er wüsste, dass ausgerechnet der Sohn seines leibeigenen Bauern Tausendschlag unter den Rittern war, die sich gerade in seiner Burg versammelten, um sich zum Turnier anzumelden.

Und zu diesem Zweck versammelten sich ziemlich viele, meine Güte! Von nah und fern und überall her waren die Ritter gekommen, die sich jetzt im Burghof drängelten, und ihren ganzen Tross hatten sie auch alle mitgebracht; aber ein Hölzernes Ross hatte sonst niemand dabei und ein Ferkel auch nicht, und darum drehte sich auch alles nach dem Ritter Hans und seinen Mannen um, als sie durch das große Tor kamen, und dann ging das Gegröle und Gelächter los, das kann man sich gar nicht vorstellen. Nicht nur der Ritter Wertolt schlug sich auf die Schenkel, als er Ferkelchen sah, auch die anderen Ritter zeigten mit dem ausgestreckten Finger und wischten sich hinter ihren hochgeklappten Visieren die Lachtränen ab.

„Guter Freund Hans!", rief der Ritter Tjork vom Tiefenthal, der den Ritter vom Hohenlob manchmal zum Würfelspiel besuchte und eigentlich ein ganz netter Kerl war. „Erklärt mir doch, was Euer Schwein hier soll! Und das Hölzerne Ross noch dazu!"

Aber der Ritter Hans war ja nicht umsonst sein Leben lang ein Ritter gewesen, und darum wusste er sich natürlich in jeder Situation würdevoll zu benehmen.

„Das werdet Ihr schon noch sehen, guter Freund Tjork!", sagte er darum freundlich. „Und sonst? Wie geht's? Wie steht's?"

Und schon unterhielten die beiden sich nett über ihre Burgen und ihre Schwerter und ihre Burgmannen und den gefährlichen Drachen und ich weiß nicht, worüber sonst noch alles, und Ferkelchen und das Hölzerne Ross waren für diesen Tag erst mal vergessen.

Aber am nächsten Morgen versammelten sich ja alle auf dem Turnierplatz unter der Burg, und da ging das Gelächter gleich wieder los und schlimmer als am Tag zuvor. Denn hier waren nicht nur alle Ritter zum Kampf versammelt; auf der wunderschön geschmückten Tribüne saßen auch all die vielen Ritterfräulein, um ihnen zuzujubeln und zu applaudieren, und auch die Leibeigenen durften an so einem Tag ihre Arbeit Arbeit sein lassen und zusehen, wie die edlen

Herren sich schlugen und mit ihren Lanzen aus dem Sattel stießen. Und sie lachten vielleicht sogar am lautesten, als sie das Ferkel und das Hölzerne Ross sahen.

„Lass sie nur lachen, junger Freund!", sagte Schnöps, weil er merkte, dass Trenk sich in Grund und Boden schämte. „Wer zuletzt lacht, lacht am besten."

Aber wie es wohl gehen sollte, dass der Ritter Hans und seine Leute zuletzt lachten, das wusste Trenk wirklich nicht. Denn die anderen Ritter trugen alle so stattliche Rüstungen und saßen auf so edlen Rössern und führten so blitzende Schwerter, dass er sich nicht denken konnte, wie der kleine, dicke Schnöps sie wohl besiegen wollte, und das auch noch ohne Harnisch und Kettenhemd.

Darum war Trenk auch ganz froh, als das Turnier endlich losging. Von der Tribüne ertönte das Horn des Herolds, um zu verkünden, dass jetzt überall Ruhe herrschen sollte, und danach erhob sich feierlich der Herr Fürst, der geladen war, um dem Turnier beizuwohnen und den Siegern ihren Preis zu überreichen. Ein Fürst war, wie du ja vielleicht weißt, noch viel wichtiger und vornehmer als ein Ritter, weil er nämlich der Chef des ganzen Landes war, und ihm mussten sogar die Ritter gehorchen. Darum waren auch alle sofort still.

„Meine lieben Freunde!", rief der Herr Fürst. „Edle Damen, tapfere Ritter und wer sonst noch alles anwesend ist! Ich erkläre das Turnier hiermit für eröffnet!"

Na, das war vielleicht nicht ganz so feierlich, wie es sich mancher gewünscht hätte, und ganz bestimmt keine richtige Rede, aber du musst ja bedenken, dass damals nicht nur Amerika noch nicht entdeckt war, sondern dass es auch noch keine Mikrofone und Lautsprecher gab, und darum musste man schon ziemlich laut brüllen, wenn man sich auf so einem großen Turnierplatz

Gehör verschaffen wollte.
Und dazu hatte der Fürst
einfach keine Lust.

Darum las er die lange Liste der Teil-
nehmer und die Turnierregeln auch nicht
selber vor, sondern ließ einen Kerl vortreten, das
war der Herold. Der war rund wie ein Fass und hatte
eine Stimme wie eine Trompete, und darum war er ja für
diese Aufgabe auch ganz unbedingt geeignet.

Da winkte Trenk von seinem Platz zwischen den versammelten
Rittern noch einmal schnell Thekla zu, die auf der Tribüne bei den
Fräulein saß und maulte; und er packte den Ferkelstrick fester, denn
jetzt wollte er kein Wort verpassen.

„So lautet die erste Regel, dies hat unser Herr Fürst so bestimmt!",
rief der Herold. „Nur Ritter von edlem Geblüt dürfen teilnehmen an
diesem Turnier! Fordert ein Ritter einen anderen zum Kampf, so
muss dieser die Forderung annehmen, oder der Kampf gilt für ihn
als verloren."

Na, das war sowieso jedem bekannt, und darum hatte der Ritter
Hans ja auch so große Angst vor dem Turnier gehabt. Jetzt stand
er mit ängstlichen Augen in den Gewändern des Gauklers Schnöps
weit von der Tribüne mit den edlen Gästen entfernt mitten zwischen
den Bauern und Bauersfrauen und Bauernkindern; denn seinen Platz
unter den Rittern zwischen den Zelten hatte ja der runde Schnöps

eingenommen, der paradierte als Ritter Hans verkleidet mit seinem Helm auf dem Kopf vergnügt herum zwischen all den echten Rittern und sah aus, als ob er sich schon auf seinen Kampf freute.

„Zweite Regel, dies hat unser Herr Fürst so bestimmt!", schrie der Herold. „Gekämpft wird mit Lanze und Schwert, dies sind die Waffen der Edlen!"

Lanze und Schwert, das war bei Turnieren damals so üblich, musst du wissen, und darum hielten auch die Knappen auf dem Sammelplatz längst alle die Lanzen und Schwerter ihrer Ritter bereit, um sie ihnen zu reichen, sobald sie zum Kampf ihre Pferde bestiegen. Trenk trug natürlich in der Hand, mit der er nicht den Ferkelstrick halten musste, die Lanze und das Schwert für seinen Freund Schnöps; aber er versuchte doch, sie möglichst gut hinter seinem Rücken zu verbergen (was bei so einer langen Lanze gar nicht so einfach ist), denn von der Lanze war ein Stück abgesplittert und das Schwert war rostig und stumpf und verbogen, und ein bisschen schämte Trenk sich doch, dass sein Herr keine besseren Waffen besaß.

„Dritte Regel, dies hat unser Herr Fürst so bestimmt!", schrie der Herold. „Geht ein Ritter zu Boden und steht nicht wieder auf, so hat er den Kampf verloren! Verloren hat den Kampf auch, wer vor seinem Ende feige vom Kampfplatz flieht! Dem Sieger aber gehören Ross, Rüstung und Waffen des Besiegten! Und diese Regeln sollen gelten für jeden, der sich dem Kampfe stellt, dies hat unser Herr Fürst so bestimmt!"

„Amen", murmelte Trenk und schielte zur Seite, wo ein paar Ritter in ihren geschmückten Rüstungen miteinander tuschelten.

„Das ist alles?", rief jetzt auch richtig einer von ihnen.

„Das ist alles", rief der Herold.

„Das ist wenig!", sagte der Ritter, der gefragt hatte, zu seinem Nachbarn. „Nichts davon, dass der Kampf hoch zu Ross ausgetragen werden muss! Nichts davon, dass eine Rüstung getragen werden muss!" Und er warf einen verächtlichen Blick auf den runden Schnöps, der noch immer vergnügt mit Helm und ohne Rüstung, nur im samtenen Wams des Ritters Hans, zwischen den Rittern herumwanderte. Ein bisschen spannte das Wams über seinem Kugelbauch. Der runde Schnöps war nämlich vielleicht sogar noch ein kleines bisschen runder als der Ritter Hans.

„Nun, wenn einer den Mut hat, ohne Rüstung anzutreten", sagte ein anderer Ritter versöhnlich, „warum sollte er dann nicht auch ohne Rüstung kämpfen dürfen?"

Da nickten auch einige der übrigen Ritter ihre Zustimmung, aber dann wandten sie sich doch alle wieder der Tribüne zu, auf der der Herr Fürst sich gerade wieder erhoben hatte.

„Und nun bestimme ich, wer das Turnier beginnen darf!", rief er und der Herold blies noch einmal kurz in sein Horn, damit auch wirklich alle zuhörten.

„Unser Gastgeber, der edle Ritter Wertolt, soll sich einen Gegner wählen, der seiner würdig ist! Wertolt, tritt vor!"

Bisher hatte Wertolt der Wüterich ein wenig zappelig und ungeduldig neben dem Herrn Fürsten auf dem Ehrenplatz ganz vorne auf der Tribüne gesessen, weil er ja schließlich der Gastgeber war; aber jetzt sprang er auf und stolzierte in seiner glänzenden Rüstung würdevoll auf den Turnierplatz. Seine Rüstung war mit seinem Wappen geschmückt, das war rot wie die Glut und darauf wand sich im Todeskampf ein goldener Löwe, dem ein kühner Ritter gerade sein Schwert ins Herz gebohrt hatte. Das sollte natürlich der Ritter Wertolt sein, verstehst du, aber der Löwe sah eigentlich mehr aus wie eine Mischung aus Hund und Kuh und gar nicht so gefährlich; denn damals war ja nicht nur Amerika noch nicht entdeckt, auch von Afrika wussten die Menschen nicht so fürchterlich viel und von den Tieren dort schon gar nicht.

Auf dem Kampfplatz angekommen, verneigte Wertolt sich vor seinem Landesherrn. Man konnte richtig sehen, wie stolz er auf seine blitzblanke neue Rüstung war und darauf, dass er das Turnier eröffnen und als Allererster kämpfen sollte, und wie überzeugt davon, dass er seinen Gegner in Grund und Boden stampfen würde. Aber da hatte er sich gründlich, gründlich getäuscht, und ich finde, das geschieht ihm endlich mal recht.

38. Kapitel,

in dem Wertolt der Wüterich den Ritter Hans zum Kampf auffordert

„Edler Herr Fürst!", rief Wertolt jetzt und winkte gleichzeitig seinem Knappen, damit der ihm sein Streitross und seine Waffen bringen sollte. „Auf keinen Würdigeren hätte Eure Wahl fallen können als auf mich! Meine Gegner sollen zittern allesamt, denn vor ihnen steht Wertolt der Edle, der Tapferste der Ritter, der Stärkste der Ritter, der Beste der Ritter, um allen hier zu zeigen, wie ein echter Ritter, ein heldenhafter Ritter, ein kühner Ritter ohne Fehl und Tadel seinen Gegner besiegt!"

Du hast vielleicht gemerkt, dass er „Wertolt der Edle" sagte und nicht „Wertolt der Wüterich". Vielleicht wusste er selbst nicht einmal, dass er überall so genannt wurde! Jedenfalls war er ein ziemlich eingebildeter Kerl, das konnte man merken.

„Und darum fällt meine Wahl auf …", sagte Wertolt und sah sich suchend unter den Rittern zwischen den Zelten um. Aber man konnte schon den Eindruck haben, dass er eigentlich längst ganz genau wusste, wer sein Gegner sein sollte, und ihn nur noch nicht entdeckt hatte. „Meine Wahl fällt auf …"

Genau in diesem Moment stapfte Schnöps hinter einem Zelt hervor und betrachtete durch sein hochgeklapptes Visier interessiert den Kampfplatz.

„Meine Wahl fällt auf meinen Nachbarn auf der überüberübernächsten Burg: Meine Wahl fällt auf den Ritter Hans vom Hohenlob!", rief Wertolt der Wüterich. „Er soll mein Gegner sein im ersten Kampf!"

Ob Schnöps überrascht war, dass es für ihn so schnell schon zum

Kampf kommen sollte, konnte man nicht sehen, denn er trug ja längst den Helm auf dem Kopf und der verdeckte sein Gesicht; aber dass die Zuschauer verwundert waren, sah und hörte man genau. Es ging nämlich ein lautes Murmeln durch ihre Reihen, und die Burgfräulein hielten sich ihre Fächer vor die Gesichter und flüsterten sich in ihrem Schutz etwas zu, und das war bestimmt für den Ritter Wertolt nichts besonders Schmeichelhaftes.

Denn du verstehst wohl, dass jeder, der den Ritter Hans mit seinem runden Bauch und seinem Schwein und dem Hölzernen Pferd und dem zerbeulten, rostigen Helm gesehen hatte, glauben musste, er wäre ein schwacher und lächerlicher Gegner, den selbst ein Kind schlagen konnte; und darum war es ja nicht so besonders mutig und ehrenhaft von Wertolt dem Wüterich, sich ausgerechnet diesen schwächsten Gegner von allen auszusuchen. Daher war das Geraune und Geflüstere und Gezische unter den Edlen auf der Tribüne und auch unter den Bauern auf den hinteren Plätzen ja nicht weiter verwunderlich.

Nur der Herr Fürst ließ sich seine Überraschung nicht anmerken.

„Hans vom Hohenlob, nun denn!", rief er. „Der zweite Kämpfer sei der edle Ritter Hans vom Hohenlob! Nehmt Ihr die Herausforderung an, Ritter Hans?"

Da krabbelte Schnöps unter der Umzäunung durch, die den Kampfplatz umgab, und watschelte auf seinen kurzen Beinen vergnügt auf die Tribüne zu.

„Natürlich nehme ich die Herausforderung an, Herr Fürst!", rief er und rieb sich die Hände. „Ich freue mich ja schon seit Tagen auf diesen Kampf!"

Ein paar Zuschauer lachten, als sie das hörten, aber es gab doch auch einige, die den tapferen kleinen Kerl bewunderten und ihm ganz fest die Daumen drückten. Denn den gemeinen Ritter Wertolt mochte eigentlich niemand so richtig, nicht mal seine eigenen Leute.

„So sollen die Knappen jetzt Rösser und Waffen bringen!", rief der Fürst, aber dann beugte er sich ein wenig vor und fragte den runden Schnöps leise: „Und wo ist Eure Rüstung, Ritter Hans? Wollt Ihr nicht noch Eure Rüstung anlegen?"

Noch bevor Schnöps darauf antworten konnte, hatte der Ritter Wertolt sich schon vorgedrängelt. Ja, genau so einer war das. „Was für eine Rüstung sollte dem denn wohl passen mit seinem dicken Bauch?", schrie er, damit es auch bloß alle hören konnten. „Soll er doch ohne Rüstung kämpfen! Die Regeln sagen nichts davon, dass die Kämpfer eine Rüstung tragen müssen!"

Merkst du was? Wertolt dachte natürlich, dass er den Ritter Hans ohne Rüstung viel leichter schlagen konnte, das ist ja klar. Und es war ihm noch nicht mal peinlich, gegen so einen wehrlosen Gegner anzutreten!

Aber Schnöps schien das alles nicht zu kümmern. „Gegen einen Gegner wie den Ritter Wertolt brauche ich gewiss keine Rüstung, edler Herr Fürst", sagte er fröhlich. „Den besiege ich sogar im Nachthemd."

Und bevor der Herr Fürst ihm noch sagen konnte, dass ein Kampf im Nachthemd dann aber vielleicht doch nicht zulässig wäre, kam schon von der linken Seite des Platzes der Knappe des Ritters Wertolt heran, der führte ein edles schwarzes Schlachtross am Zügel, das trug eine rote Satteldecke, mit Gold bestickt, und über dem Kopf ein ebensolches Tuch, aus dem nur die feinen Ohren und die Augen hervorlugten; und darunter trug auch das Pferd eine Rüstung, denn so eine Lanze konnte ja aus Versehen auch mal danebenstechen, und wenn das unschuldige Pferd verletzt worden wäre, wäre das doch gemein gewesen.

Es war ein so edles Ross, dass es immerfort vor Aufregung schnaubte und tänzelte, und der Knappe musste die Zügel ganz kurz halten, als er seinem Herrn in den Sattel half. Normalerweise wäre jetzt ein Raunen der

Begeisterung durch die Reihen der Zuschauer gegangen, denn alle Menschen wussten damals ein edles Pferd sehr zu schätzen. Aber stattdessen schallte ein großes Gelächter über den Platz, und leider, leider galt das nicht dem Ritter Wertolt, sondern dem kleinen Knappen Trenk, der jetzt von der rechten Seite des Platzes auf die Kämpfer zuging, und wenn er auch Ferkelchen vorsichtshalber zwischen den Zelten angebunden und zurückgelassen hatte, so hatten die Menschen doch bei seinem Anblick immer noch Grund genug, vergnügt zu sein.

Denn in seiner Rechten trug er die älteste, zersplittertste Lanze, die die Zuschauer jemals gesehen hatten, und dazu noch das rostigste, verbogenste Schwert; mit seiner Linken aber zerrte er das Hölzerne Ross am Strick hinter sich her, das rumpelte auf seinen Rädern über den sandigen Boden des Kampfplatzes, und einmal drohte es sogar umzukippen. Und eine goldbestickte Satteldecke trug es auch nicht.

„Ritter Hans!", sagte der Fürst. Vielleicht wurde allmählich ja auch er ein bisschen unruhig. Dann beugte er sich wieder vor, während sich um ihn herum die Herren auf die Schenkel klopften und

die Damen mit den Säumen ihrer Gewänder die Lachtränen aus den Augen wischten. „Willst du nicht doch dein Streitross holen lassen, Ritter Hans?"

Aber noch bevor Schnöps ihm antworten konnte, hatte der Ritter Wertolt sich vorgedrängelt, das kennen wir ja schon. „Was für ein Ross sollte denn wohl so einen Fettkloß tragen können?", schrie er, damit es auch bloß alle hören konnten. „Soll er doch ohne Streitross kämpfen! Er würde ja sowieso nur herunterfallen! Die Regeln sagen nichts davon, dass die Kämpfer ein *echtes* Pferd reiten müssen!"

Merkst du wieder was? Wertolt dachte natürlich, dass er den Ritter Hans ohne Pferd viel leichter schlagen konnte, das ist ja klar. So konnte der ja nicht auf ihn zugaloppieren, um ihn mit seiner Lanze aus dem Sattel zu heben, und ausweichen konnte er auch nicht, wenn Wertolt ihn angriff. Und trotzdem war es Wertolt kein bisschen peinlich, gegen so einen wehrlosen Gegner anzutreten!

Aber Schnöps schien das alles nicht zu kümmern. „Gegen einen Gegner wie den Ritter Wertolt brauche ich gewiss kein Streitross, Herr Fürst", sagte er fröhlich. „Den besiege ich sogar auf einem Schaukelpferd."

Da hörten die Menschen auf der Tribüne auf zu lachen und die Bauern auch, und ein paar von ihnen klatschten sogar und warfen ihre Mützen in die Luft, denn allmählich spürten sie so etwas wie Bewunderung für den komischen kleinen Kerl, der dem widerlichen Wertolt so tapfer und unerschrocken ohne Ross und Rüstung entgegentrat.

„Nun, wenn ihr beide einverstanden seid", sagte der Herr Fürst und seufzte, „so sei es. Der Kampf möge beginnen! Auf eure Plätze, meine Herren Ritter! Herold, blase ins Horn!"

Da wäre Trenk fast in Ohnmacht gefallen. Aber das war völlig überflüssig. Denn du wirst gleich sehen, dass der runde Schnöps sich ganz gut zu wehren wusste.

39. Kapitel,

in dem Schnöps der Runde
Wertolt den Wüterich besiegt

Dann begann der ungleichste Kampf, den das Land je gesehen hatte, und vielleicht auch der kürzeste Kampf; ganz bestimmt aber war es der Kampf mit dem überraschendsten Ausgang.

In der Mitte des Kampfplatzes nämlich saß der runde Schnöps ganz allein tapfer auf seinem Hölzernen Ross, die Lanze in der rechten Hand und das Schwert in der linken, und wartete. Etwas anderes konnte er ja nicht tun, sein Pferd konnte schließlich nicht galoppieren. Einige der Ritterfräulein (nicht Thekla, natürlich) hielten sich erschrocken eine Hand vor die Augen, weil sie nicht sehen wollten, wie der grässliche Wertolt den tapferen Kleinen mit einem einzigen Stoß seiner Lanze aus dem Sattel hob und zu Boden stieß.

Und ganz richtig kam jetzt auf seinem schnaubenden Rappen von der linken Seite des Platzes Wertolt der Wüterich angaloppiert, mit der Lanze unter dem Arm, und preschte auf das Hölzerne Ross zu, als ob er es über den Haufen reiten wollte.

„Tod und Teufel!", brüllte er dabei und: „Hohoho!", jedenfalls, soweit man das durch sein geschlossenes Visier verstehen konnte; und „Nein!", rief eins der Ritterfräulein, das zwischen seinen Fingern durchgelugt hatte, voller Panik, denn jetzt war Wertolt schon fast beim Hölzernen Ross angelangt, und im nächsten Augenblick musste der dicke kleine Herr auf seinem Rücken durch die Lüfte segeln, etwas anderes konnte ja gar nicht passieren.

Konnte es nicht? Konnte es doch!

Denn gerade als der wilde Wertolt im Galopp so dicht an den run-

den Schnöps herangekommen war, dass die Spitze seiner Lanze ihn treffen und durchbohren oder doch zumindest zu Boden schleudern musste, beugte der tapfere kleine Kerl sich sogar noch vor, Wertolt entgegen, als ob er sich mit Absicht in die Spitze der Lanze stürzen wollte, ließ sein Schwert in den Sand fallen und streckte dem edlen Ross in seiner roten Rüstung dabei wie abwehrend die Arme entgegen; und du kannst dir nicht vorstellen, was daraufhin geschah.

Auf einmal bäumte der Rappe sich auf, dass Wertolt in seiner schweren Rüstung fast rückwärts aus dem Sattel gerutscht wäre, und tänzelte verzweifelt auf seinen Hinterbeinen; dann drehte er sich um und raste auf die andere Seite des Turnierplatzes zu, und egal, wie sehr er sich auch bemühte und einmal die Sporen gab und dann wieder an den Zügeln zog und schrie und drohte, der Ritter Wertolt konnte sein Streitross nicht halten. Unter dem Jubel und Klatschen der Zuschauer galoppierte es mit Schaum vor den Nüstern vom Kampfplatz und hielt erst an, als es fast eine Meile von der Burg des Wüterichs entfernt war, so sehr hatte es sich erschreckt.

Aber wovor denn bloß? Das wirst du schon noch hören.

Der Jubel und das Klatschen der Zuschauer übrigens galten natürlich nicht dem fliehenden Wertolt, sondern dem kleinen dicken Ritter auf seinem Hölzernen Ross; denn der war ja nun nach den Regeln des Turniers, wie der Herold sie vorgetragen hatte, schon nach der ersten Minute der Sieger dieses Kampfes. Du erinnerst dich sicher, dass die dritte Regel gelautet hatte: *Verloren hat auch, wer vor dem Ende des Kampfes den Kampfplatz feige verlässt*, und nichts anderes hatte der Ritter Wertolt schließlich getan.

„Abrakadabra und holdrio!", rief der runde Schnöps hinter seinem Visier oben auf dem Hölzernen Ross und riss beide Arme hoch in die Luft. „Sieger! Ich bin der Sieger!"

Da wurde das Klatschen immer lauter und lauter, und die Edlen auf der Tribüne trampelten vor Begeisterung mit den Füßen, sogar die Damen, und die Bauern auf den hinteren Plätzen warfen ihre Mützen in die Luft, und daran kann man ja sehen, wie wenig sie alle den Ritter Wertolt ausstehen konnten und wie sehr sie sich alle freuten, dass er endlich mal eins übergebraten gekriegt hatte. Am allerlautesten jubelte der Ritter Hans.

Am Rande des Kampfplatzes aber stand Trenk Tausendschlag und zitterte immer noch. Denn er hatte ja alles ganz aus der Nähe gesehen, und natürlich hatte er wie alle anderen einen Augenblick lang geglaubt, dass für seinen guten Freund Schnöps nun das letzte Stündlein geschlagen hätte. Und erst ganz allmählich begriff er, dass Schnöps nicht nur nicht tot, sondern sogar Sieger über den widerlichen Wertolt war. Und außerdem wurde ihm klar, mit welchem Trick Schnöps das stolze Pferd des Ritters Wertolt in die Flucht geschlagen hatte, und da hätte er fast gelacht.

Du erinnerst dich doch noch daran, wie die Gaukler auf der Burg ihre Künste vorgeführt hatten? Und daran, was Schnöps da vorgeführt hatte, erinnerst du dich auch? Genau, er hatte lauter Mäuse aus seinem Ärmel gezaubert; und jetzt war Trenk sich beinahe sicher, dass in dem Augenblick, als der gefährliche Wertolt den kleinen Schnöps fast erreicht und dieser sich ganz dicht auf den Rappen des Gegners zugebeugt hatte, mindestens zwanzig kleine Tiere aus dem

Ärmel des Gauklers gesprungen und dem edlen Streitross um die Füße gewuselt waren. Ich hatte ja schon erzählt, dass Pferde schreckhafte Tiere sind, je edler, desto schreckhafter, und mit zwanzig Mäusen, die plötzlich aus einem Ärmel krabbeln und ihnen um die Beine wuseln, können sie einfach nicht so gut fertig werden.

„Schnöps hat gezaubert!", flüsterte Trenk, und einen kleinen Augenblick lang überlegte er, ob der Sieg dann wohl trotzdem ein ehrenhafter Sieg wäre, aber das überlegte er nicht sehr lange. Ein Ritter ohne Pferd und ohne Rüstung darf gegen einen Ritter mit Pferd und mit Rüstung ja wohl schon mal ein paar Mäuse loslassen, auch wenn so was natürlich nirgendwo in den Turnierregeln steht.

Und während Trenk noch darüber nachdachte, was die Zuschauer wohl gesagt hätten, hätte der Herold als zweite Regel ausgerufen: „Gekämpft wird mit Lanze, Schwert und Mäusen, das sind die Waffen der Edlen!", kam endlich auch Wertolt auf den Platz zurück. Zu Fuß, denn er hatte sein Pferd um nichts in der Welt dazu bewegen können, noch einmal an diesen fürchterlichen Ort zurückzukehren.

Ich garantiere dir, in deinem ganzen Leben hast du noch niemals einen Menschen gesehen, der so schrecklich, teuflisch wütend war wie der Ritter Wertolt in diesem Augenblick. So wütend stapfte er über den Kampfplatz in seiner schweren Rüstung, dass die Beinschienen bei jedem Schritt schepperten, und es sah beinahe so aus, als ob seine Augen durch die Schlitze im Visier Blitze schleuderten, was natürlich gar nicht möglich ist, wie du weißt.

„Herr Fürst!", schrie der Ritter Wertolt, und nun baute er sich zitternd vor Wut vor seinem Landesherrn auf. „Das war Betrug! Der Kampf muss wiederholt werden! Dieser miese, fiese, lächerliche Zwerg hat …"

„Mäßigt Euch, mäßigt Euch in Eurer Sprache, Ritter Wertolt, wie es sich für einen Edlen geziemt!", sagte der Herr Fürst streng. „Der Sieger steht fest, denn Ihr habt den Kampfplatz verlassen! Sieger ist darum – der Ritter Hans vom Hohenlob!"

Da flogen bei den Bauern wieder die Mützen durch die Luft und auf der Tribüne wurde getrampelt und geklatscht,

und es war ungefähr so eine Stimmung wie am Wochenende im Fußballstadion, wenn die eigene Mannschaft gewonnen hat.

„Betrug!", brüllte der Ritter Wertolt trotzdem wieder. „Betrug! Er hat hundert weiße Mäuse aus seinem Ärmel geholt, die haben mein Pferd erschreckt!"

Da juchzten und glucksten die Bauern auf den hinteren Plätzen, die edlen Herren auf der Tribüne schlugen sich vor Lachen auf die Schenkel, die Ritterfräulein wischten sich mit dem Rocksaum die Lachtränen aus den Augen, und sogar der Herr Fürst lachte jetzt mit.

„Weiße Mäuse?", fragte der Herr Fürst, als er sich wieder beruhigt hatte. „Ihr habt weiße Mäuse gesehen? Kann es sein, dass Ihr vor dem Kampf von Eurem guten Wein einen Becher zu viel getrunken habt, guter Mann?"

Da wurde der Ritter Wertolt so wütend, noch wütender als vorher, und man hätte doch niemals geglaubt, dass das überhaupt möglich wäre. „Es waren weiße Mäuse!", brüllte er. „Es waren aber weiße Mäuse!"

„Dann muss ich dir leider sagen, lieber Wertolt", sagte der Fürst streng, und jeder konnte sehen, dass er nun aber die Nase voll hatte von all dem Gezeter, „dass du deine Burg in besserer Ordnung halten musst. Denn wenn es hier bei dir auf dem Turnierplatz weiße Mäuse geben sollte, dann ist sicher nicht der edle Hans vom Hohenlob schuld daran. Wie sollte er wohl weiße Mäuse aus seinem Ärmel holen!"

„Ja, wie sollte ich das wohl!", sagte der dicke kleine Schnöps empört und verbeugte sich tief, und die Zuschauer klatschten und trampelten und schleuderten ihre Mützen nur noch mehr.

Aber weißt du was? Ich kann mir nicht vorstellen, dass Trenk wirklich der Einzige gewesen war, der bemerkt hatte, wie Schnöps die Mäuse aus dem Ärmel gezaubert hatte. Bestimmt gab es auch im Publikum einige, die den Zaubertrick gesehen hatten, und vielleicht hatte ja sogar der Herr Fürst etwas mitgekriegt. Aber so wenig mochten sie alle den gemeinen Ritter Wertolt und so sehr gönnten sie ihm seine Niederlage, dass sie nichts davon verlauten ließen. Ja,

so kann es Widerlingen gehen, irgendwann kriegen sie bestimmt ihre Quittung.

„Und weil du also verloren hast, Ritter Wertolt", sagte der Fürst streng, „gehören auch dein Ross und deine Rüstung und deine Waffen jetzt ihm, dem Ritter Hans, denn so bestimmen es die Regeln des Kampfes."

Da hörte man auf der Tribüne eine Stimme lauter jubeln als alle anderen, das war die Stimme von Thekla, und du wirst schon noch merken, warum sie sich so freute.

Aber: „Nein!", brüllte der Ritter Wertolt. „Nicht meine Rüstung! Nicht mein edles Ross! Nicht meine Lanze und mein Schwert!"

„So bestimmen es die Regeln des Kampfes", sagte der Herr Fürst ungeduldig. „Übergib dem Knappen des Ritters Hans dein Pferd! Leg deine Rüstung ab! Gib ihm deine Waffen!"

Da fluchte und schimpfte der Ritter Wertolt wie ein Rohrspatz und schrie, dass so ein Fettsack doch sowieso nicht in seine Rüstung passe und dass sein edles Pferd unter ihm zusammenbrechen würde, aber er stieg doch aus Kettenhemd und Harnisch und legte die Beinschützer ab und übergab mit einem sehr mürrischen Gesicht dies alles an Trenk, der, das muss gesagt werden, unter der Last fast zusammengebrochen wäre.

„Aber nicht mein Schwert!", rief Wertolt jetzt und presste die Waffe zärtlich und verzweifelt gegen seinen Körper wie eine Mutter ihren Säugling. „Nicht mein Schwert Wunderwild!"

Du weißt ja noch, dass das Schwert für einen Ritter eine ganz besondere Bedeutung hatte und dass er ihm bei seiner Schwertleite sogar einen Namen geben durfte; und darum war es für jeden Ritter natürlich ganz besonders schwer, sich ausgerechnet von seinem Schwert trennen zu müssen.

Der runde Schnöps aber verbeugte sich vor dem Herrn Fürsten. „Sein Schwert kann er meinetwegen gerne behalten", sagte Schnöps. „Ich will ja nicht grausam sein. Es ist ein schönes Schwert und bestimmt trägt er es seit seiner Schwertleite mit Stolz."

Da jubelten die Zuschauer noch lauter und ließen den Ritter Hans hochleben, der nicht nur gerade einen weit überlegenen Gegner besiegt hatte, sondern sich hinterher auch noch edel und großmütig zeigte, und Schnöps verbeugte sich tief und elegant, denn das hatte er bei seinen Gauklervorstellungen ja gelernt. Nur Thekla saß zwischen all den begeisterten Menschen auf der Tribüne mit einem mauligen Gesicht und sah Schnöps böse an. Und ganz so edel hätte der vielleicht wirklich nicht sein sollen, das wirst du später noch sehen.

„Nun, dann gebt euch die Hand zum Zeichen, dass ihr meinen Schiedsspruch anerkennt und dass wieder Frieden herrscht zwischen dem Haus Hohenlob und dem Haus des Ritters Wertolt", sagte der Herr Fürst zum Abschluss. Und weil Wertolt keine Anstalten machte, seinen Befehl zu befolgen, sagte er noch: „Na, wird's bald?"

Da nahm der Ritter Wertolt seinen Helm ab und streckte Schnöps seine Hand entgegen, aber nur ein bisschen, und dann streckte Schnöps ihm *seine* Hand entgegen, und dann – nein, so was! – zog er dem Wüterich blitzschnell ein Ei aus jedem Ohr.

„Du meine Güte, Ritter Wertolt, Ihr hattet ja die ganze Zeit Eier in den Ohren!", rief er und zeigte sie hoch, damit auch ja jeder auf dem Turnierplatz sie sehen konnte. „Na, so kann man ja auch nicht kämpfen!" Und mit einer höflichen Verbeugung übergab er die beiden Eier unter dem Jubel und dem Gelächter der Zuschauer und des Herrn Fürsten seinem wutschnaubenden Gegner. Aber der schmiss sie nur auf den Boden und stampfte sogar noch mit beiden Füßen darauf herum.

„Das wirst du mir noch bezahlen, Hans Fettsack!", zischte er zwischen zusammengebissenen Zähnen. „Das wirst du mir noch bezahlen!"

„Aber gerne, aber jederzeit, abrakadabra und holdrio!", sagte der runde Schnöps fröhlich. Dann verbeugte er sich noch einmal vor dem Herrn Fürsten und stapfte würdevoll vom Kampfplatz, an dessen Rand der Ritter Hans ihn schon erwartete und mit einem dicken Kuss empfing. Der wollte nämlich langsam seine Kleider wiederhaben.

40. Kapitel,
in dem die Gaukler sich verabschieden

Und weil der Ritter Wertolt seine Rüstung hatte abgeben müssen und sein Ross gleich in der ersten Runde ausgeschieden war, durfte er auf seinem eigenen Turnier nun nicht mehr kämpfen, das wurmte ihn sehr.

Viele Ritter und Knappen und Ritterfräulein, die an diesem Tag an ihm vorbeigingen, hörten, wie er zwischen seinen zusammengebissenen Zähnen immer wieder murmelte: „Das soll er mir büßen! Das wird er mir büßen, der fette Ritter Hans!"

Davon, dass er vielleicht dankbar gewesen wäre, weil sein Gegner ihm doch wenigstens sein Schwert Wunderwild gelassen hatte, konnte also überhaupt keine Rede sein.

Die anderen Ritter aber kämpften fröhlich und fair bis zum Abend, und es gab viel Jubel auf der Tribüne und auch bei den Bauern auf den hinteren Plätzen; aber so laut wie beim ersten Kampf wurde es den ganzen Tag nicht wieder, und es flogen auch keine Mützen mehr durch die Luft. Und den Ritter Hans forderte niemand mehr zum Kampf; denn den zu besiegen traute sich jetzt keiner mehr.

Der Ritter Hans tauschte währenddessen in seinem Zelt mit Schnöps dem Runden die Kleider.

„Das hast du wunderbar gemacht, Freund Schnöps, Potzblitz!", sagte er und schlug seinem Doppelgänger auf die Schulter. „Und zum Zeichen meiner Dankbarkeit lade ich dich und deine Freunde ein, für immer zu mir auf die Burg Hohenlob zu ziehen und ein lustiges Leben zu führen. Na, was sagt ihr dazu?"

„Au ja!", rief Trenk, denn er dachte, dass er dann ja auf ewig mit seinem Freund Momme Mumm zusammenbleiben könnte.

Aber da trat der Herr Prinzipal vor, der war ja immer noch der

Chef. Während des Kampfes hatte er hinten zwischen den Bauern neben dem Ritter Hans gestanden und genauso laut gejubelt wie alle anderen auch oder vielleicht sogar noch ein kleines bisschen lauter, denn schließlich war der tapfere kleine Kämpfer auf dem Hölzernen Ross ja sein Kollege, der Gaukler Schnöps. Aber jetzt dachte er wohl, dass mit der Ritterspielerei auch irgendwann mal Schluss sein musste.

„Im Namen aller meiner Freunde danke ich Euch, Ritter Hans!", sagte er und verbeugte sich sogar dabei. „Und wahrlich, es wäre gelogen, wenn ich sagen wollte, dass die Fleischtöpfe auf Hohenlob uns nicht locken! Aber wir sind nun einmal Gaukler und Gaukler ziehen um die Welt und führen dem Publikum ihre Kunst vor und leben vom Applaus und sitzen nicht warm auf einer Burg vor dem Kamin und drehen Däumchen. Oder was meint ihr dazu, Fuchs, Schnöps und Momme Mumm?"

„Wir sind Gaukler!", rief Fuchs der Rote, und zur Bekräftigung verknotete er sich einmal ganz fürchterlich und knotete sich auch wieder auf.

„Wir sind Gaukler!", sagte auch Momme Mumm, aber vielleicht war da ein kleiner Seufzer zu hören.

„Wir sind Gaukler!", rief der runde Schnöps, und was der sagte, sollte in diesem Fall wohl auch gelten, denn schließlich hatte ja er den Kampf ausgefochten.

„Also!", sagte der Herr Prinzipal zufrieden und streckte dem Ritter Hans seine Hand entgegen. „Wir machen uns wieder auf den Weg!"

„Wenn es denn sein muss!", sagte der Ritter Hans bekümmert. „Aber versprecht mir, dass ihr uns bald wieder besucht auf meiner Burg, und sowieso mindestens einmal im Jahr! Dann will ich für euch auftischen lassen, dass sich die Tafel biegt."

„Versprochen", sagte der Herr Prinzipal.

Und: „Versprochen!", sagten Fuchs, Schnöps und Momme Mumm.

„Und außerdem", sagte der Ritter Hans, „ist ja wohl klar, dass

Rüstung und Ross des widerlichen Wertolt jetzt Schnöps gehören und nicht mir. Tritt vor, Schnöps Zauberer, und fass dein Ross am Zügel!"

„Ach nein!", sagte der runde Schnöps erschrocken und trat sogar einen Schritt zurück; und wäre er nicht vorher auf dem Kampfplatz gerade so mutig gewesen, man hätte glauben können, er hätte Angst vor dem edlen Rappen. „Reiten kann ich nicht, und tragen kann das Pferd einen schweren Kerl wie mich sowieso nicht, und in die Rüstung des wütenden Wertolt passe ich auch in diesem Leben nicht mehr! Was soll ich also damit?"

„Du hast sie aber gewonnen, Schnöps, und darum musst du sie auch nehmen!", sagte Thekla und drängelte sich ganz unhöflich zwischen ihren Vater und die Gaukler. „Was einem gehört, das gehört einem, so ist das nun mal!" Und wer genau hinsah, der hätte sehen können, wie sie hinter dem Vorhang ihrer Haare Schnöps die ganze Zeit zuzwinkerte wie eine Schlafaugenpuppe, aber Schlafaugenpuppen gab es damals natürlich genauso wenig, wie Amerika entdeckt war. „Nun nimm schon, was dir gehört, runder Schnöps!"

Da sah Schnöps sie ein bisschen verwirrt an, aber dann nickte er doch. „Na gut, wenn Ihr es so wollt, Fräulein Thekla!", sagte er. „Einer Dame kann ich nichts ausschlagen."

Darum führte Thekla jetzt den edlen Rappen für Schnöps vom Platz und ein Diener trug ihm die schwere Rüstung, und währenddessen gaben sich im Zelt die Gaukler und der Ritter Hans und Trenk reihum gegenseitig einen Abschiedskuss und Ferkelchen schnupperte zum Abschied noch ein letztes Mal an ihren Füßen und grunzte, als ob es ganz genau verstünde, dass jetzt geschieden werden musste.

„Auf ein baldiges gesundes Wiedersehen!", rief der Ritter Hans und winkte seinen Freunden hinterher. „Auf ein baldiges gesundes Wiedersehen!"

Dann verschwanden die Gaukler vom Turnierplatz und machten sich wieder auf den Weg in die Welt.

41. Kapitel,

in dem Trenk seine kleine Schwester Mia-Mina wiedersieht

Der Ritter Hans aber kehrte mit Trenk in sein Zelt zurück und wollte gerade anfangen, ganz fürchterlich zu lamentieren, dass er nun seine neuen Freunde, kaum hätte er sie kennen und schätzen gelernt, auch gleich wieder verloren hätte, da kam mit riesigen Schritten durch den Vorhang am Eingang der Räuberhauptmann gestürmt, der war ja inzwischen einer der treuesten Gefolgsleute des Ritters Hans, wie du weißt; und mit der rechten Hand zerrte er etwas hinter sich her, das wand und sträubte sich und schrie immerzu mit heller Stimme: „Loslassen! Loslassen!", aber der Räuberhauptmann dachte gar nicht daran und packte nur noch fester zu.

Da begann Ferkelchen, an seinem Strick zu ziehen, dass Trenk es fast nicht mehr halten konnte, und dabei quiekte und grunzte es wie verrückt und versuchte, zum Eingang zu rennen. Aber zum Glück beachtete der Ritter Hans es gar nicht.

„Hohoho! Hier bringe ich Euch eine Spionin, Ritter Hans!", schrie der Räuberhauptmann, und er klang ein kleines bisschen außer Atem, denn das schreiende Etwas zappelte so sehr, dass er sich ziemlich anstrengen musste. „Dieses Mädchen hier schleicht schon den ganzen Tag um Euer Zelt herum! Ich bin sicher, sie will Euch ausspionieren oder sogar etwas stehlen, pfui Teufel!"

Na, das war doch komisch, dass einer, der bis vor ein paar Tagen noch selbst geraubt und gestohlen und gebrandschatzt hatte, jetzt plötzlich so empört darüber tat!

Aber Trenk fand das überhaupt gar nicht merkwürdig, so erschrocken war er. Er hatte nämlich genau wie Ferkelchen mit einem einzigen Blick erkannt, dass das kleine Mädchen, das gerade versuchte, den starken Räuberhauptmann in die Hand zu beißen, niemand anders war als – na? – seine kleine Schwester Mia-Mina! Und wenn die jetzt seinen Namen rief und vielleicht sogar erzählte, dass Trenk ihr Bruder war – ach du je, was dann passieren würde, muss ich ja wohl gar nicht erklären. Sein schönes Leben als Page des edlen Ritters Hans wäre dann jedenfalls vorbei, denn einen Betrüger würde der Ritter Hans sicherlich nicht länger auf seiner Burg dulden wollen. Darum starrte Trenk seiner kleinen Schwester jetzt auch verzweifelt ganz, ganz fest in die Augen, als ob er sie hypnotisieren wollte, und dabei plinkerte er genauso wild mit den Lidern, wie das vorher Thekla bei Schnöps gemacht hatte. Das sollte bedeuten, dass Mia-Mina um Himmels willen still sein und ihn nicht verraten sollte, und dann sagte er: „Wie gut, dass Ihr so wachsam wart, Herr Räuberhauptmann! Die Kleine hier scheint ja ein schönes Früchtchen zu sein! Noch so jung und schon eine Diebin!", und dabei plinkerte und plinkerte er immerzu. „Lieber Herr Onkel, übergebt mir diese kleine Verbrecherin, damit ich ihr eine Lehre erteile, sodass sie nie wieder versuchen wird, das Zelt eines Ritters zu berauben!"

Der Ritter Hans sah ein bisschen nachdenklich auf Mia-Mina, die jetzt aufgehört hatte zu zappeln und zu beißen und zu brüllen und stattdessen nur immerzu Ferkelchen den Nacken kraulte, während das Schwein mit freundlichen kleinen Tönen seinen Rücken an ihren Beinen hin und her schubberte. Dann nickte er seine Zustimmung.

„Aber sei nicht zu hart zu ihr, lieber Neffe!", sagte er. „Sie ist ja schließlich noch ein Kind, fürwahr, und gestohlen hat sie uns ja auch noch nichts, und was sie in unserem Zelt ausspionieren wollte, weiß ich sowieso nicht so recht."

Da übergab der Räuberhauptmann Trenk ein bisschen missmutig seinen Fang, denn eigentlich hätte er das Mädchen ganz gern selbst bestraft; und weder er noch der Ritter Hans wunderten sich darüber, wieso die kleine Gefangene dem Pagen so fromm und ruhig folgte wie ein Lamm, wo sie dem Räuberhauptmann doch gerade eben noch fast die Finger abgebissen hätte.

„Mia-Mina", zischte Trenk, kaum hatten sie das Zelt durch den Vorhang am Eingang verlassen, „sag jetzt nichts! Ich will dir gleich alles erklären!" Und mit diesen Worten führte er sie stolz aufgerichtet und mit großen Schritten vom Platz, und auch wenn Mia-Mina bestimmt vor Neugierde fast geplatzt wäre, schaffte sie es doch, sich zusammenzureißen und schweigend hinter ihm herzutrotten, sodass von den vielen Rittern und Knappen und ihrem Gefolge, die sich jetzt auf dem Lagerplatz auf das Fest am Abend vorbereiteten, auch wirklich niemand aufmerksam wurde.

„So!", sagte Trenk, als sie mit Ferkelchen am Strick ein kleines Gebüsch erreicht hatten, hinter dem sie sich gut verbergen konnten. „Hier kann uns niemand mehr hören! Mia-Mina, meine kleine Schwester! Da freu ich mich aber, dich wiederzusehen!" Und dann fiel er ihr um den Hals und drückte sie so fest, dass Mia-Mina fast die Luft weggeblieben wäre.

Aber zum Glück nur fast. „Trenk Tausendschlag, mein großer Bruder!", rief Mia-Mina, sobald sie wieder zu Atem gekommen war. „Bist du es wirklich? Ich habe dich auf dem Kampfplatz gesehen, als du dem kleinen dicken Ritter seine Waffen gereicht hast, aber ich konnte nicht glauben, dass du es tatsächlich bist!" Und damit trat sie einen Schritt zurück, damit sie ihn besser angucken konnte, und dann fing sie an zu lachen und zu lachen, bis sie sich vor lauter Lachen auf dem Boden kugelte. „Was hast du denn an! Du siehst aber komisch aus!"

„Ich sehe aus wie der Page eines edlen Herrn!", sagte Trenk würdevoll und ein kleines bisschen gekränkt und sah an seinem samtenen Wams herab. „Weil ich das übrigens auch bin, Mia-Mina! Und komisch ist das kein bisschen."

Dann erzählte er ihr alles, was er erlebt hatte, seit er von zu Hause aufgebrochen war, und da hörte Mia-Mina auf zu lachen und sah ihn nur noch bewundernd an.

„Bist du aber tapfer, Trenk!", sagte sie. „Was du alles erlebt hast!"

„Aber der Ritter Hans darf nie und nimmer erfahren, dass ich gar nicht sein Neffe Zink Zeterling bin, Mia-Mina!", flüsterte er. „Und unseren guten Eltern darfst du auch nichts erzählen, wer weiß, ob sie sonst nicht darüber reden und mich verraten würden! Es muss ein Geheimnis bleiben zwischen dir und mir, bis ich eines Tages selbst ein Ritter bin und euch zu mir auf meine Burg holen kann! Schwör, dass du mich niemandem verrätst!"

„Ich schwöre!", flüsterte Mia-Mina und hob ihre rechte Hand, und wenn sie auch nicht genau wusste, welche Finger man dabei nach oben recken muss, so ließ Trenk den Schwur doch trotzdem gelten. Er wusste ja, dass seine kleine Schwester immer hielt, was sie versprach.

„Gut, denn ich habe noch viele Aufgaben zu erfüllen!", sagte Trenk. In diesem Augenblick blies oben auf dem Burgberg der Herold in sein Horn, das sollte bedeuten, dass nun alle Ritter auf der Burg zum großen Abschiedsfest geladen wären, und da musste Trenk sich sputen, denn mitfeiern wollte er schließlich unbedingt.

Aber vorher knüpfte er noch schnell den Lederbeutel von seinem Gürtel, in dem er als Notgroschen immer ein Goldstück mit sich führte, das hatte der Ritter Hans so angeordnet. „Hier, dieses Goldstück ist für dich! Erzähl den Eltern, ein edler Herr hätte es dir geschenkt, weil du ihm den Weg zur nächsten Stadt erklärt hast! Nun werdet ihr ein paar Wochen keinen Hunger leiden müssen und immer eine Rübe und ein Stück Fleisch in der Suppe haben."

Da biss Mia-Mina in das Goldstück, um zu prüfen, ob es auch wirklich echt war, und dann schlang sie zuerst Ferkelchen und dann Trenk zum Abschied wieder ihre mageren Arme um den Hals.

„Niemals, niemals werde ich verraten, Trenk, dass du in Wirklichkeit der Sohn des Leibeigenen Haug Tausendschlag bist, der von seinem Herrn jede Woche den Ochsenziemer zu schmecken bekommt!", rief sie. „Auf Wiedersehen, Trenk! Dein Geheimnis ist bei mir sicher wie in einer Schatzkiste."

42. Kapitel,

in dem ordentlich gefeiert wird

Du kannst dir vielleicht vorstellen, dass Wertolt der Wüterich eigentlich überhaupt keine Lust mehr hatte, für all seine vielen Turniergäste nun am Abend auch noch ein Fest auszurichten, nachdem er doch schon im ersten Kampf so schmählich vom Platz gejagt worden war. Als er all die vielen Ritter in seiner Nachbarschaft zum Turnier geladen hatte, hatte er sich bestimmt vorgestellt, dass er als strahlender Sieger daraus hervorgehen würde und dass ihm auf dem Fest am Abend seine Gäste einer nach dem anderen gratulieren und ihre Bewunderung für ihn aussprechen würden; und der Herr Fürst würde ihm anerkennend auf die Schulter schlagen und die Ritterfräulein würden ihn anhimmeln, wie die Mädchen bei uns einen Filmstar anhimmeln, und würden womöglich noch ein Autogramm von ihm wollen; aber das wäre sowieso nicht gegangen, denn der Ritter Wertolt konnte nicht schreiben, kein einziges Wort, und statt seiner Unterschrift machte er immer nur drei Kreuze.

Und nun war alles ganz anders gekommen, und Wertolt hätte das Fest am liebsten wieder abgesagt. Nur ging das natürlich nicht, denn die Schweine waren längst geschlachtet und die Kuchen gebacken und die Weinfässer im Keller angezapft. Darum musste das Fest eben stattfinden, es half alles nichts, aber wenn du glaubst, dass Wertolt deshalb gute Miene zum bösen Spiel gemacht und seine Gäste freundlich am Eingang zum großen Saal begrüßt und hinterher vielleicht sogar noch einen Trinkspruch auf den Herrn Fürsten ausgebracht hätte, wie sich das eigentlich gehörte, dann hast du immer noch nicht verstanden, was für ein grässlicher Kerl dieser Ritter war. Denn natürlich war er ein furchtbar schlechter Verlierer, solche

193

kennst du doch bestimmt auch, und darum maulte und quengelte er auch am Abend auf seinem eigenen Fest noch die ganze Zeit und machte ein mürrisches Gesicht, und wenn einer der Gäste etwas zu ihm sagte, drehte er ihm einfach den Rücken zu, wie manche kleinen Kinder auf einem Kindergeburtstag das tun, wenn sie bei einem Spiel verloren haben. Stell dir mal vor! Und der wollte vernünftig und erwachsen und ein edler Ritter sein!

Aber irgendwann ertönte zum Glück ein Gong, und Köche und Küchenjungen und Mägde kamen mit großen Platten voller Schweinebraten und Rinderbraten und fettglänzenden knusprigen Hühnern in den Saal, und auf einer Platte lag sogar ein ganzer glasierter Schweinekopf zwischen niedlichen kleinen Karotten und sah aus, als ob er lächelte.

Darum setzten sie sich erst mal alle zum Essen.

Wertolt der Wüterich warf während der ganzen Mahlzeit Blicke wie Speere auf den kleinen Ritter Hans, von dem er ja glaubte, dass er es gewesen wäre, der ihn am Morgen besiegt hatte, aber dem Ritter Hans war das ganz egal und den anderen Gästen allen auch, denn das Essen war gut und der Wein schmeckte ihnen lecker und darum kümmerte die schlechte Laune ihres Gastgebers sie kein bisschen.

Als dann der Braten gegessen und auch schon ziemlich viel Wein getrunken war und als Wertolt noch immer keine Anstalten machte, aufzustehen und einen Trinkspruch auf den Herrn Fürsten auszubringen, wie sich das für einen Gastgeber eigentlich gehört, seufzte der Herr Fürst schließlich schwer und stand selbst auf. Dann schlug er mit einem abgenagten Hühnerknochen an seinen Trinkbecher zum Zeichen, dass er nun eine kleine Rede halten wollte.

Da wurde es auf einen Schlag still.

„Liebe Gäste!", rief der Herr Fürst. „Und natürlich auch lieber Wertolt, unser Gastgeber! Im Namen aller Anwesenden möchte ich mich bedanken für das Turnier …"

Aber weiter kam er nicht. Denn wenn Wertolt bis dahin nur stumm auf seinem Platz gesessen und Hähnchenkeulen und Schweinehaxen und Rinderbraten in sich hineingeschaufelt hatte, als hätte er seit Wochen nichts mehr zu essen bekommen, so hielt es ihn jetzt nicht mehr auf seinem Stuhl.

„Und ich bin doch der Sieger – hicks!", brüllte er. Vielleicht lallte er auch schon ein bisschen, weil er nämlich seinem guten Wein selbst am meisten zugesprochen hatte. „Und ich bin doch der – hicks! – Sieger des Turniers! Mäuse! Alles nur Betrug – hicks, alles nur Betrug!"

Im Saal wurde es totenstill, denn den Herrn Fürsten bei seiner Rede zu unterbrechen war nun doch sehr, sehr unhöflich, und so etwas hatte es noch niemals gegeben.

Aber der Herr Fürst ließ sich nicht aus der Ruhe bringen.

„Wie ich gerade eben sagte", sagte er wieder, „danken wir Gäste alle Euch, lieber Wertolt, für das spannende Turnier und für das wunderbare Fest und …"

„Und ich bin doch der Sieger – hicks!", brüllte Wertolt noch einmal, und die Adern an seiner Stirn schwollen an vor Zorn. „Ich bin doch der – hicks! – Sieger des Turniers! Mäuse! Alles nur Be… – hicks! – …trug!"

Nun war der Herr Fürst eigentlich ein gemütlicher Mensch, den so leicht nichts aus der Ruhe bringen konnte, aber irgendwann reichte es auch ihm, das kann man ja verstehen.

„Ich muss mich doch sehr wundern, Wertolt, dass Ihr nicht einsehen wollt, dass Ihr unterlegen seid!", sagte er. „Nach den Regeln des Turniers …"

Aber jetzt torkelte Wertolt wutschnaubend auf ihn zu. „Regeln des Turniers – hicks!", brüllte er. „Alles Betrug! Mäuse! Alles Betrug! Der kleine – hicks! – fette – hicks! – Hans könnte nicht mal meinen Küchenjungen besiegen, selbst wenn der nur mit dem – hicks! – Kochlöffel kämpfen würde!"

Und dabei beugte Wertolt sich über die Tafel, dass sein Atem, der nach Wein und Braten und ungeputzten Zähnen roch, dem Herrn Fürsten direkt ins Gesicht schlug. Und da wurde der endlich wütend.

„Gut, Ritter Wertolt, wenn Ihr es so wollt!", rief er und alle Gäste im Saal zuckten zusammen, denn so hatten sie ihren Fürsten noch nie erlebt. „Ihr behauptet, der Ritter Hans wäre ein schlechterer Kämpfer als Ihr? Dann wollen wir doch in einem edlen Wettstreit noch einmal die Probe machen!"

Kannst du dir vorstellen, dass Trenk da vor lauter Schreck das Herz in die Hose sackte und dem Ritter Hans auch? Denn der kleine Schnöps war ja längst wieder auf der Wanderschaft, und wie der Ritter Hans selbst Wertolt den Wüterich besiegen sollte, wenn er jetzt wirklich gegen ihn kämpfen musste, das konnte sich keiner von beiden vorstellen.

Aber da redete der Herr Fürst zum Glück weiter.

„Seit Langem schon versetzt ein gefährlicher Drache mein Land in Angst und Schrecken!", rief er. „Und noch keinem Ritter ist es gelungen, den Drachen zu besiegen! Darum befehle ich, euer Fürst und Herr, dass ihr beiden, Hans vom Hohenlob und Ritter Wertolt, ausziehen sollt, um dieses Problem ein für alle Mal aus der Welt zu schaffen. Und wer von euch beiden mir den Kopf des Drachen bringt zum Beweis, dass er den Lindwurm besiegt hat, oder meinetwegen auch dessen Schweif, Klauen oder Zähne, der hat sich als der bessere Ritter erwiesen! Und zum Lohn darf der Sieger vom anderen verlangen, was er mag, der Besiegte muss es ihm gewähren."

Da sackte Wertolt in sich zusammen wie ein Ballon, aus dem man die Luft ablässt; denn wenn er auch sehr betrunken war, hatte er doch verstanden, dass er nun gegen den gefährlichen Drachen kämpfen sollte; und davor hatte er schreckliche, schreckliche Angst, du weißt ja, dass er eigentlich ein Feigling war.

„Nehmt ihr die Herausforderung an?", fragte der Herr Fürst und blickte von Wertolt zu Hans und von Hans wieder zu Wertolt. „Oder will sich einer von euch jetzt gleich geschlagen geben?"

Da sah Trenk mit Schrecken, wie der Ritter Hans sich erhob, und das konnte ja nur bedeuten, dass er seinem Herrn Fürsten jetzt erklären würde, dass er nicht gegen den Drachen kämpfen wollte. Aber das durfte um Himmels willen nicht passieren, denn gerade eben war Trenk ein Gedanke durch den Kopf geschossen, der war so ungeheuerlich und so wunderbar, dass er fast noch gar nicht daran glauben mochte.

Darum kam er seinem unechten Onkel auch ganz schnell zuvor.

„Alles, was er mag, wirklich?", rief Trenk so laut, dass ihn jeder über dem Gemurmel im Saal hören konnte. „Das darf der Sieger vom Besiegten verlangen? Wirklich alles, was er mag?"

„Alles, was er mag, so habe ich es bestimmt!", sagte der Herr Fürst. „Und der Besiegte im Wettstreit muss es ihm gewähren! Nun, ihr beiden! Nehmt ihr die Herausforderung an?"

Bevor der Ritter Hans noch sagen konnte, nein, nein, das käme ja gar nicht in Frage und lieber sollte der Ritter Wertolt sein Schwert von ihm verlangen oder in Gottes Namen sogar seine Burg, bevor er gegen den gefährlichen Drachen zöge, hatte Trenk schon in die Runde gebrüllt.

„Natürlich nehmen wir die Herausforderung an!", brüllte er. „Mein Onkel, der Ritter Hans, hat keine Angst, selbst vor Hölle, Tod und Teufel nicht! Wie sollte er sich da vor einem lächerlichen Lindwurm fürchten? Wir werden Euch den Kopf des Drachen bringen, Herr Fürst!"

Da war der Ritter Hans so verblüfft, dass er sogar vergaß zu widersprechen, und darum wandte der Herr Fürst sich jetzt wieder Wertolt dem Wüterich zu.

„Nun, Ritter Wertolt?", fragte er. „Und was ist mit Euch?"

Und weil Wertolt schon ordentlich betrunken war und die Menschen dann ja ziemlich oft Sachen machen, die sie hinterher bereuen, sagte er, wenn der kleine fette Furz – hicks! – sich traue, gegen den gefährlichen Drachen zu ziehen, traue er, der stolze Ritter Wertolt, sich schon lange.

Und damit war die Sache abgemacht.

197

43. Kapitel,

in dem Trenk beschließt, selbst gegen den Drachen zu kämpfen

Die Ritter im Saal und all ihre Ritterfräulein stießen also an auf die beiden mutigen Helden, die das Land endlich von seiner größten Bedrohung befreien wollten, und waren ganz begeistert; nur Thekla guckte nachdenklich abwechselnd von ihrem erschrockenen Vater zu Trenk und wieder zurück. Sie hatte nämlich plötzlich begriffen, warum Trenk sich eingemischt hatte, und du hast das sicher auch.

Denn wenn der Sieger vom Besiegten alles verlangen konnte, was er wollte, und der Besiegte musste es ihm gewähren: Dann konnte doch der Ritter Hans, wenn es ihm gelingen würde, den Drachen zu schlagen, vom wütenden Wertolt auch verlangen, dass der Trenks Vater Haug und Trenks Mutter Martha und Trenks kleine Schwester Mia-Mina aus der Leibeigenschaft entließ! Dann musste Trenk gar nicht mehr warten, bis er erwachsen und selbst ein stolzer Ritter wäre, um sie zu sich auf seine Burg zu holen; dann wären seine Eltern und seine Schwester jetzt schon frei und hätten mit dem widerlichen Wertolt nichts mehr zu schaffen.

Aber von diesen Überlegungen wusste der Ritter Hans natürlich nichts und darum saß er auf dem Weg zurück zu seiner Burg Hohenlob auch ganz bekümmert auf seinem Ross und seufzte und seufzte.

„Ach, Trenk, mein Neffe, was hast du uns da nur eingebrockt!", sagte er. „Gegen den gefährlichen Drachen kämpfen, den noch kein Ritter bisher besiegen konnte! Da können uns nicht einmal die Mäuse unseres Freundes Schnöps helfen!" Und er seufzte und seufzte noch trostloser und verzweifelter. „Ich fürchte fast, mein letztes Stündlein hat geschlagen, Neffe Trenk! Denn wenn ich nun gegen den gefährlichen Drachen ziehe, und noch dazu nur mit einem rostigen Schwert und außerdem ganz ohne Rüstung, denn die ist mir ja zu klein, wie du weißt, dann werdet ihr mich gewiss nie mehr wiedersehen. Der Drache wird mich mit seinem feurigen Atem verbrutzeln und mit seinen scharfen Klauen zerreißen und mit seinen zackigen Zähnen zerbeißen!"

„Und vorher wird er Euch noch mit seinem gepanzerten Schweif alle Knochen brechen, Herr Vater, ja das glaube ich auch", sagte Thekla. „Falls es ihn überhaupt gibt, natürlich nur. Ich glaube fast, Trenk, dieses Mal hast du das Falsche getan, als du die Herausforderung im Namen meines Herrn Vaters angenommen hast. Denn siegen kann mein Herr Vater ja nie im Leben, das ist ja ganz und gar unmöglich, und darum muss er sich nun wohl fressen lassen."

Da räusperte Trenk sich ein bisschen verlegen, und dann sagte er: „Liebe Thekla, lieber Herr Onkel, ihr glaubt doch wohl nicht, dass ich Euch, Ritter Hans, in so eine große Gefahr schicken wollte, während ich selbst gemütlich zu Hause auf der Burg sitze und mit dem Herrn Kaplan lesen und schreiben und rechnen und gutes Betragen übe! Haltet ihr beide mich für so eine feige Memme? Natürlich werde ich selbst gegen den gefährlichen Drachen in den Kampf ziehen, das ist ja wohl klar!"

Da guckte der Ritter Hans ganz verblüfft, aber auf Theklas Gesicht stahl sich ein glückliches Lächeln. „O ja, das wirst du, Trenk Tausendschlag, du Tapferster der Tapferen!", sagte sie. „Und ich werde dich begleiten, wenn mein guter Herr Vater es erlaubt."

Jetzt hatte auch der Ritter Hans allmählich begriffen, was Trenk vorhatte, und zu seiner Schande muss ich sagen, dass er sehr, sehr erleichtert aussah. Aber wenn er nun also selbst vom Kampf verschont bleiben sollte, dann sollte seine Tochter erst recht nicht gegen den Drachen ziehen.

„Nichts da, Thekla!", rief er darum. „Wenn der tapfere Trenk es versuchen will, nun gut, er hat ja immer wieder bewiesen, dass er ein heldenhafter Kämpfer ist! Gleich an seinem ersten Tag hat er die Eindringlinge von meiner Burg gejagt, und er hat sich aus der Gefangenschaft der Räuber befreit, und die Räuber auf meiner Burg gefangen gesetzt hat er auch. Wenn es jemanden gibt im ganzen Land, der den Lindwurm besiegen kann, dann ist es mein Neffe Trenk hier, denn ein rechter Ritter wird nur ein echter Junge! Aber du, Thekla", sagte er seufzend, „musst nun allmählich lernen, dich wie eine Dame zu betragen. Sonst wird nie ein ordentliches Ritterfräulein aus dir, und einen Ritter finden, der dich heiraten will, werde ich auch nicht! Setz du dich derweil nur in deine Kemenate, um zu sticken und Harfe zu spielen. Und Suppe kochen kannst du meinetwegen auch."

Da warf Thekla ihrem Vater ganz schnell einen Blick zu und kniff kurz die Augen zusammen, aber sie widersprach ihm mit keinem Wort. Na, du kennst sie ja inzwischen gut genug, um zu wissen, dass sie ihm nicht immer gehorchte.

„Also abgemacht?", fragte Trenk. „Ich darf an Eurer Stelle gegen den gefährlichen Drachen ziehen, Herr Onkel, und Euch seinen Kopf bringen, damit Ihr ihn dem Herrn Fürsten überreichen könnt? Und einen Wunsch äußern darf ich dann auch?"

Da räusperte sich der Ritter Hans und ein bisschen verlegen sah er vielleicht auch aus. Denn es ist ja kein Beweis besonders großer Tapferkeit, wenn ein erwachsener Mann seinen jungen Neffen und ein kleines Schwein für sich in den Kampf ziehen lässt, und vielleicht war es dem Ritter Hans darum auch ein winziges bisschen peinlich. Und außerdem wusste er ja nicht, dass Trenk nur deshalb gegen den Drachen zu kämpfen beschlossen hatte, weil er seine Familie befreien wollte. Der kleine dicke Hans glaubte natürlich, dass Trenk einzig und allein darum in die Gefahr zog, um ihm, seinem lieben Onkel, die Schande zu ersparen, und darum war er auch ganz gerührt.

Inzwischen waren sie im Dorf unter der Burg Hohenlob angekommen und was für eine Überraschung sie da erwartete! Aufgereiht entlang der Dorfstraße standen alle Bauern des Ritters Hans mit ihren Frauen und Kindern, die schwenkten Tücher und schleuderten ihre Mützen in die Luft und trommelten mit dem Dreschflegel auf das große Backblech aus dem Backhaus, dass es schepperte, und schrien „Hurra! Hurra!" und ließen den Ritter Hans mit Karacho hochleben, denn sie hatten schon von seinem Sieg über den Ritter Wertolt gehört.

War das nicht schön? Daran merkte man doch, dass sie ihren Herrn und Ritter wirklich ziemlich gerne mochten. Er hatte ja schließlich auch gerade erst vor Kurzem die Beute der Räuber unter ihnen verteilt, das weißt du sicher noch, und das vergaßen sie ihm nicht.

Der Ritter Hans war auch ganz gerührt und nickte ihnen zu und dankte ihnen von Herzen; und auf dem Burgberg auf dem Weg hoch zur Burg gab er Trenk auch endlich die Erlaubnis, an seiner Stelle gegen den Drachen zu kämpfen.

„Nun, wenn du es unbedingt willst, mein lieber Neffe", sagte er verlegen, „dann werde ich dich wohl nicht daran hindern können! Aber alleine ziehen lasse ich dich nicht! Ich werde dir ein ganzes Heer tapferer Männer mit auf den Weg geben, das wird dir helfen und dich beschützen, wenn die Gefahr gar zu groß wird."

Ja, wenn das so einfach gewesen wäre!

Kaum waren sie auf der Burg angekommen, da ließ der Ritter Hans all seine Gefolgsleute im Burghof zusammentrommeln, und dann stellte er sich auf die drittunterste Stufe der Treppe zum großen Saal, um auch so groß zu sein wie sie, und hielt eine kleine Ansprache.

Er sagte, wie froh er sei, dass er auf dem Turnier Wertolt den Wüterich besiegt habe (da klatschten alle ganz laut) und dass es jetzt also daranginge, auch noch den Drachen zu besiegen (da wurde es still). Und dass sein Neffe Trenk Tausendschlag ganz unbedingt gegen den Drachen kämpfen wolle, sagte der Ritter Hans, und dass er darum Freiwillige unter seinen Gefolgsleuten suche, die den jungen Ritter in diesen gefährlichen Kampf begleiten wollten.

Wenn du nun glaubst, dass die Burgmannen daraufhin nach vorne gesprungen wären wie ein Mann und „Ich! Bitte ich!" geschrien hätten, weil jeder von ihnen Angst hatte, den Kampf gegen den gefährlichen Drachen zu verpassen, dann hast du dich aber getäuscht, ja leider. Denn als der Ritter Hans ausgeredet hatte, rührte sich nichts in der Runde und die Burgmannen scharrten nur mit den Füßen und starrten auf den Boden, und kein Einziger trat vor, um mit Trenk und Ferkelchen gemeinsam gegen den Drachen zu ziehen.

„Kein Einziger?", rief der Ritter Hans erschüttert. „Tatsächlich kein Einziger, Potzblitz! Ja, kann es denn sein, dass meine Männer alle keinen Mumm in den Knochen haben?" Er hatte wohl schon vergessen, dass er selbst ja auch nicht so furchtbar viel Mumm in den Knochen hatte.

„Kein Einziger, tatsächlich!", sagte Thekla empört. „Und das wollen Kerle sein und Krieger noch dazu!"

„Dann befehle ich es euch eben!", rief der Ritter Hans. „Ich befehle, dass alle meine Männer meinen Neffen Trenk auf seiner gefährlichen Mission begleiten sollen! Tritt vor, Räuberhauptmann!"

Aber der Räuberhauptmann rührte sich keinen Zentimeter und die anderen taten das auch nicht. Du weißt ja, dass der Ritter Hans ihnen bisher ein guter Herr gewesen war und niemanden hatte auspeitschen oder köpfen oder vierteilen lassen, und darum war ihre Angst vor dem Drachen natürlich sehr viel größer als ihre Angst vor dem Ritter Hans.

„Ich befehle es aber, Potzblitz!", rief der Ritter Hans wieder, und jetzt klang er wirklich böse, jedenfalls so böse, wie ein gemütlicher dicker kleiner Herr klingen kann. „Ich lasse euch auspeitschen und köpfen und vierteilen!"

Aber noch immer trat niemand vor, bis sich endlich Bambori mit einem Seufzer durch die Reihen nach vorne drängte.

„Du, Bambori?", rief der Ritter Hans. „Ausgerechnet du mit deinem Zipperlein willst meinen Neffen begleiten?"

Aber Bambori winkte schon ab.

„Das glaubt Euch doch niemand, Ritter Hans!", sagte er müde. „Dass Ihr uns alle auspeitschen und köpfen und vierteilen lasst! Dafür seid Ihr ein viel zu guter Herr, halte zu Gnaden! Und wir haben eben alle Angst vor dem gefährlichen Drachen! Fürchterliche Angst!"

Da fiel dem Ritter Hans Gott sei Dank wieder ein, dass er selbst ja auch fürchterliche Angst vor dem Drachen hatte und dass es darum auch nicht sehr nett wäre, wenn er seine Leute trotzdem in diesen gefährlichen Kampf schickte.

„Aber allein losziehen lassen kann ich dich doch auch nicht, Trenk Tausendschlag!", sagte er kummervoll. „Einen kleinen Jungen gegen einen großen Drachen!"

„Warum denn nicht, Herr Onkel?", fragte Trenk. „Ferkelchen ist doch bei mir! Und habe ich nicht oft genug bewiesen …"

„Jajaja!", sagte der Ritter Hans. „Aber du hast ja noch nicht einmal eine Rüstung! Denn meine ist dir viel zu groß, und verrostet ist sie außerdem."

„Das macht mir nichts!", sagte Trenk. „Ich kann auch ohne Rüstung gegen den gefährlichen Drachen kämpfen! Habe ich nicht oft genug bewiesen … "

„Jajaja!", sagte der Ritter Hans. „Aber ein Schwert hast du ja auch nicht! Denn mein Schwert ist verbogen und stumpf, und verrostet ist es außerdem."

„Das macht auch nichts!", sagte Trenk. „Wer den gefährlichen Drachen besiegen will, braucht vor allem ein tapferes Herz, alles andere findet sich dann schon." Was vielleicht richtig ist, vielleicht aber auch nicht.

Da seufzte der Ritter Hans und sagte, nun gut, dann müsse er seinen Neffen eben allein in den Kampf ziehen lassen, viel Glück und Gott befohlen. Und die Burgmannen klatschten in die Hände und trampelten mit den Füßen und riefen: „Hoch! Hoch, Trenk Tausendschlag!", so erleichtert waren sie, dass sie nun gemütlich auf der Burg bleiben durften und nicht gegen den gefährlichen Drachen ziehen mussten.

Nur Thekla lächelte mild.

„Geh du nur kämpfen, Vetter Trenk", sagte sie so liebreizend, dass Trenk wieder einmal rot wurde wie ein reifer Novemberapfel. „Ich kann in der Zeit ja Suppe kochen."

Und dann lachte und lachte und lachte sie, dass sie einen Schluckauf bekam.

4. Teil

Wie Trenk auszieht,
den Drachen zu schlagen

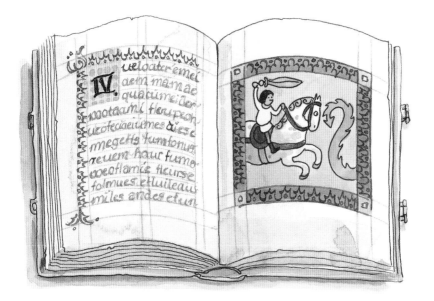

44. Kapitel,

in dem Trenk sich auf den Weg macht

Nun wäre es bestimmt klug gewesen, wenn Trenk sich nach den Aufregungen der letzten Tage erst einmal richtig ausgeschlafen hätte und ordentlich gegessen und was weiß ich; aber das tat er nicht, dazu war er nämlich viel zu kribbelig. Darum hatte er auch beschlossen, noch am selben Tag wieder loszuziehen, um gegen den gefährlichen Drachen zu kämpfen.

Denn wenn ich ehrlich sein will, muss ich dir sagen, dass Trenk, egal, was er dem Ritter Hans gerade erzählt hatte, doch ziemlich vor dem Drachen zitterte. Aber wenn er seine Eltern und seine kleine Schwester Mia-Mina von dem grässlichen Wertolt Wüterich befreien wollte, dann durfte er darüber eben nicht nachdenken. Du weißt ja, dass Trenk es mit der Angst so zu halten pflegte, dass sie ihm möglichst wenig im Wege war; und außerdem tröstete er sich damit, dass er schließlich auch damals Angst gehabt hatte, als er mit Ferkelchen mitten in der Nacht von zu Hause aufgebrochen war in die weite Welt und als er mit dem Rittersohn Zink Zeterling die Kleider getauscht hatte, und auch sonst noch ziemlich oft; aber immer war alles zu einem guten Ende gekommen, und so würde es doch wohl hoffentlich auch dieses Mal wieder sein.

Und dann sagte Trenk sich noch: „Je eher daran, je eher davon", und das sollte bedeuten, dass man etwas, vor dem man Angst hat, möglichst bald erledigen soll, dann ist es wenigstens vorbei.

Darum aß Trenk nur noch schnell eine kräftige Mahlzeit und dann setzte er sich auch schon wieder auf sein Pferd. Die Köchin packte ihm ordentlich kalten Braten und Äpfel und Brot und Käse in seine Satteltaschen, damit er unterwegs nicht verhungern musste, und der Ritter Hans reichte ihm sein verbogenes, rostiges Schwert.

„Fürwahr, du bist ein tapferer Junge, mein lieber Neffe!", sagte er. „Und solange du fort bist, werden wir alle hier auf der Burg an dich denken und dir Glück wünschen und für dich beten! Das werden wir doch, alle meine Burgmannen?"

„Das werden wir!", riefen die Burgmannen, denn zum Abschied hatten sie sich alle im Burghof versammelt, und Bambori schnäuzte sich sogar ganz gerührt die Nase.

„Pass auf dich auf, Trenk Tausendschlag!", sagte er. „Und auf dein Schwein pass auch auf, denn nichts frisst ein Drache lieber als zartes Ferkelfleisch."

„Aber wo ist denn Thekla, das ungezogene Kind?", fragte der Ritter Hans. „Will sie nicht dabei sein und sich von ihrem Vetter verabschieden?"

„Bestimmt ist sie viel zu sehr damit beschäftigt, zu sticken und Harfe zu spielen und Suppe zu kochen!", sagte Trenk, und er wusste selbst nicht, warum ihn dabei so ein sonderbares Gefühl beschlich. „Aber gerade fällt mir ein: In welche Richtung soll ich denn reiten, um den Drachen zu schlagen? Es wäre doch zu ärgerlich, wenn ich in die falsche Richtung ritte und der wütige Wertolt stöberte den Drachen als Erster auf und käme mir zuvor!"

Denn natürlich wusste Trenk genauso wie du, dass es vier Himmelsrichtungen gibt, Norden, Süden, Osten und Westen, und außerdem noch eine ganz Menge dazwischen; und wenn er nun unter dem Burgberg nach *rechts* ritt und der Drache hielt sich in einem Wald auf der *linken* Seite verborgen, oder er ritt nach *links* und der Drache wäre *rechts* – ja, das wäre natürlich nicht so gut gewesen.

„Ach, du je, ach, du je, ach, du je!", rief der Ritter Hans. „Darüber haben wir ja noch gar nicht nachgedacht! Wie soll der tapfere Trenk den Drachen denn überhaupt finden, wenn die Welt doch so groß ist, und überall könnte der Lindwurm sich verstecken!"

Da trat zu Trenks Überraschung der Räuberhauptmann vor. „Nun, vielleicht können wir Euch da helfen, meine Männer und ich!", sagte er. „Denn wir sind ja jahrelang durch die Wälder des Landes gestreift und kennen sie wie unsere Lederwamstasche, und wenn wir den Drachen auch noch niemals zu Gesicht bekommen haben, so können wir Euch doch zumindest berichten, aus welchem Wald der Rauch am häufigsten aufsteigt und wo wir immer wieder so ein grausames Gebrüll gehört haben, dass es uns durch Mark und Bein gezogen ist!"

„Und wo war das?", fragte Trenk gespannt.

Da sah der Räuberhauptmann seine Männer an, und alle gemeinsam beschrieben sie Trenk den Weg so genau, dass er ihn bestimmt nicht verfehlen konnte.

War es da nicht ein Glück, dass der Ritter Hans die Räuber nicht in den Kerker geworfen, sondern stattdessen zu seinen Burgmannen gemacht hatte? Sonst hätten sie Trenk jetzt ja nicht erklären können, wo er den Drachen finden würde, und dann hätte der wütige Wertolt den Drachen vielleicht wirklich als Erster aufgestöbert und wäre Trenk zuvorgekommen, und daraus, dass er seine Eltern und seine kleine Schwester Mia-Mina befreien wollte, wäre dann nichts geworden.

„Ich danke euch, ich danke euch allen", sagte Trenk. „Aber nun will ich mich endlich auf den Weg machen." Und er gab seinem Pferd die Sporen, aber nur ein bisschen, damit es ihm nicht wehtat und damit es nicht schneller lief, als Ferkelchen rennen konnte. So ritt Trenk durch das Burgtor hinaus aus der Burg und über die Zugbrücke über den Burggraben und den Burgberg hinab.

Ich weiß nicht, ob du nachts schon einmal im Mondlicht auf Wanderschaft warst; das kann sehr unheimlich sein, vor allem, wenn man noch ein kleiner Junge ist und ganz allein und unterwegs, den gefährlichen Drachen zu schlagen.

Als die Dämmerung dichter wurde und der Wald und die Bäume nur noch düstere Schatten waren, hinter denen sich wer weiß was verborgen halten konnte, vielleicht sogar der gefährliche Drache, da merkte Trenk, dass sein Herz wieder genauso wild zu schlagen begann wie beim ersten Mal, als er von zu Hause ausgezogen war in die Welt, oder sogar noch wilder.

Da hätte Trenk fast bereut, dass er sich auf dieses Abenteuer eingelassen hatte, aber das war nun mal nicht mehr zu ändern, und darum versuchte er, ein kleines Lied gegen die Angst zu pfeifen, denn das weiß ja jeder, dass es nichts gibt, was gegen eine große Angst so gut hilft wie ein kleines Lied.

„Heute zieh ich um die Welt
(das kost' ja nix, das kost' ja nix!),
bin zwar kein Ritter, hab zwar kein Geld
(das kost' ja nix, das kost' ja nix!),
doch ich tu und lass, was mir gefällt,
Potzblitz und holdrio!

Und seh ich eine Burg mit Zinne
(nur hin ganz fix, nur hin ganz fix!)
und sitzt ein Ritterfräulein drinne
(nur hin ganz fix, nur hin ganz fix!),
dann klopft mein Herz vor wilder Minne,
Potzblitz und holdrio!
Potzbli-hi-hitz – und holdrio!",

sang Trenk, und nun hätte ich dir eigentlich gerne endlich erklärt, was das Wort Minne bedeutet, aber das muss schon wieder warten; denn gerade in diesem Augenblick geschah wieder etwas, das Trenk wenigstens ein bisschen aus seiner Angst erlösen sollte, und das muss ich darum natürlich zuerst erzählen. (Wenn du aufgepasst hast, dann hast du vielleicht schon gemerkt, dass ihm das nicht zum ersten Mal passierte: nämlich, dass genau in dem Augenblick, in dem es ihm am schlechtesten ging, etwas Gutes geschah, und das kannst du dir ruhig merken, weil es dir in schwierigen Zeiten vielleicht noch mal nützlich sein kann.)

Inzwischen war Trenk nämlich am Fuße des Berges angekommen und die Schatten waren jetzt sogar hier auf dem Weg so lang, dass er den einen, der sich nun zögernd auf ihn zubewegte, zuerst fast gar nicht bemerkt hätte.

Aber dann begann der Schatten zu sprechen. Und Trenk bekam einen riesigen Schrecken.

45. Kapitel,

in dem Trenk ein Schwert bekommt

„Gott zum Gruß, tapferer Trenk Tausendschlag!",
sagte der Schatten, und jetzt, wo er direkt vor ihm
stand, erkannte Trenk, dass es ein Mann war, groß
wie ein Hüne, der drängte sich ihm in den Weg, dass
Trenks Pferd erschrocken stehen blieb, und hielt etwas hinter seinem Rücken verborgen.

Hätte Ferkelchen jetzt angefangen zu quieken und vielleicht sogar versucht fortzurennen, dann hätte Trenk natürlich seinem Pferd
die Sporen noch mal ordentlich gegeben und wäre hast-du-nicht-
gesehen davongeprescht; aber Ferkelchen schnupperte dem Hünen
nur neugierig an den bloßen Füßen und schniefte freundlich, und da
dachte Trenk, dass der Mann so gefährlich wohl nicht sein könnte,
auch wenn er beinahe aussah wie ein Riese im Märchen.

Darum packte Trenk nur die Zügel fester und nickte dem Fremden
zu. „Selber Gott zum Gruß", sagte er. „Wer seid Ihr und was wollt
Ihr von mir? Ich hab es nämlich ziemlich eilig."

„Ich weiß, ich weiß doch, junger Herr!", sagte der Hüne und trat
noch einen Schritt näher, und jetzt sah Trenk auch, dass sein Gesicht
schwarz von Ruß war und seine Kleidung genauso; darum war er in
der Dämmerung auch so schwer zu erkennen gewesen, und darum
sah er auch wirklich ein kleines bisschen gruselig aus, ganz egal, wie
zufrieden Ferkelchen an seinen Füßen schnuppern mochte. „Und
ebendarum bin ich hier! Ich bin hier, um Euch zu helfen, junger
Herr."

„Was?", fragte Trenk verblüfft. „Wieso das denn?"

„Seht Ihr denn nicht? Ich bin der Schmied!", sagte der Hüne und
tätschelte mit seiner Rechten den Hals des Pferdes, während er die

Linke noch immer hinter seinem Rücken verborgen hielt. „Und wie wir alle im Dorf möchte ich Euch danken, dass Ihr all die vielen Goldstücke und Dukaten, die Ihr den Räubern abgenommen habt, nicht selbst behalten, sondern unter uns armen Dörflern verteilt habt! Meine Tochter war krank und ich konnte Medizin für sie kaufen; und eine Rübe in der Suppe haben wir nun auch jeden Tag. Dafür möchte ich Euch danken."

Trenk räusperte sich ein bisschen verlegen. „Das ist wirklich nett von Euch, Schmied", sagte er. „Aber gerade im Augenblick hab ich nicht so viel Zeit."

„Ich weiß, ich weiß doch, junger Herr!", sagte der Schmied wieder. „Ihr zieht jetzt aus, um den gefährlichen Drachen zu besiegen, und auch dafür danken wir Euch! Denn wir alle im Dorf leben seit Langem in der Furcht, dass der Lindwurm uns eines Tages überfallen und auffressen könnte, vor allem die Jungfrauen."

„Ach, das tu ich doch gerne", sagte Trenk. „Aber jetzt muss ich los." Und er versuchte, sein Pferd an dem aufdringlichen Fremden vorbeizulenken, um endlich weiterzureiten; aber der griff dem Tier einfach in die Mähne, und da tat das Pferd keinen Schritt.

„Gleich lasse ich Euch ziehen, junger Herr", sagte der Hüne. „Aber ich bin nicht nur gekommen, um Euch zu danken!"

Dann nahm er endlich die Hand hinter seinem Rücken hervor, und darin hielt er das wunderbarste, schärfste und blitzendste Schwert, das war so blank, dass es sogar jetzt in der Dämmerung noch funkelte und blinkte.

„An diesem Schwert habe ich geschmiedet, seit ich ein Lehrjunge war!", rief der Schmied. „Immer wieder habe ich es hervorgeholt in all den Jahren und seine Klinge schärfer geschliffen und seinen Griff gerundet und poliert, bis er wie angewachsen in der Hand seines Besitzers liegt! Wenn es ein Schwert gibt auf dieser Welt, das den Drachen töten kann, dann ist es dieses hier; und wenn es einen Ritter gibt auf der Welt, der dieses Schwert führen kann, dann seid Ihr das, junger Herr."

Na, da blieb Trenk aber die Spucke weg!

„Ich soll das haben, wirklich, ich?", fragte er und seine Stimme zitterte vor Aufregung, denn so ein wunderbares Schwert hatte er in seinem ganzen Leben noch nicht gesehen.

„Dieses Schwert gehört jetzt Euch, junger Herr", sagte der Schmied und verbeugte sich tief. „Weil Ihr bewiesen habt, dass Ihr ein tapferes Herz habt, und weil Ihr bewiesen habt, dass Ihr ein gutes Herz habt. Nur Euch soll dieses Schwert dienen, darum gebt ihm jetzt auch seinen Namen."

Da ließ Trenk die Zügel los und nahm das Schwert in seine beiden Hände, und er spürte, wie schwer es war und wie leicht es war und wie elastisch seine Klinge; und er hob es hoch in die Luft und sagte feierlich: „Drachentöter! Du sollst Drachentöter heißen!"

„Das hatte ich gehofft!", sagte der Schmied und war schon zur Seite getreten, um den Weg freizugeben, denn jetzt hatte er ja erledigt, was er erledigen wollte. „Viel Glück, junger Herr! Und Gott mit Euch!"

Da steckte Trenk das alte Schwert seines Onkels in die linke Satteltasche (es war ja sowieso so stumpf, dass es da nichts kaputtschneiden konnte) und den Drachentöter steckte er an seiner Stelle in seinen Gürtel. Und wieder gab er seinem Pferd die Sporen und machte sich auf den Weg.

Aber jetzt war sein Herz leicht wie eine Feder und fast alle Angst war daraus verschwunden. „Danke, Schmied, ich danke Euch!", rief er über die Schulter zurück. „Nun wird es mir gelingen, den Drachen zu töten!" Und damit ritt er hinein in den tiefen, düsteren Wald, und er dachte, wie gut es doch gewesen war, dass der Ritter Hans und er den armen Leuten im Dorf das Gold der Räuber geschenkt hatten, vor allem, wo die Räuber noch nicht einmal böse darüber waren; denn ihnen ging es jetzt beim Ritter Hans ja auch besser als je zuvor.

Und so wäre Trenk wohl geritten bis zum frühen Morgen mit seinem glänzenden Schwert an der Seite; aber wer schon einmal mit einem Schwein in der Dämmerung durch den Wald geritten ist, der weiß, das ist keine einfache Angelegenheit. Ferkelchen grunzte und quiekte und zerrte an seinem Strick, denn furchtbar mutig sind Schweine meistens nicht, wie du weißt, und der Wald roch fremd und gefährlich für seinen kleinen Schweinerüssel. Darum rannte Ferkelchen aufgeregt mal hierhin und mal dahin, dass sich der Strick um die Stämme der Bäume wickelte und die Vögel oben in den Ästen vor Schreck schlaftrunken aus ihren Nestern flogen.

„Ferkelchen!", flüsterte Trenk. „So weckst du die Bären und die Wölfe und all die anderen wilden Tiere doch auf!"

Und da hörte er es auch schon! Aus dem tiefsten Unterholz sprengte ein Reiter zwischen den Bäumen hervor und versperrte Trenk den Weg: Ein Ritter in glänzender Rüstung war das auf einem feurigen Rappen, der tänzelte nervös auf dem Weg.

„Na, das wurde aber auch mal Zeit!", rief hinter dem hochgeklappten Visier ungeduldig eine Stimme, die Trenk sehr bekannt vorkam. „Warum hast du so getrödelt? Ich warte schon eine Ewigkeit!"

Und du kannst dir bestimmt schon denken, wer in der Rüstung steckte; denn die schepperte und klapperte an dem stolzen Ritter, weil sie ihm nämlich viel, viel zu groß war, und da konnte es ja nur eine sein.

215

46. Kapitel,

in dem Trenk eine Begleitung bekommt

„Thekla!", brüllte Trenk. Denn natürlich war der Ritter auf dem Rappen in seiner rotgoldenen Rüstung niemand anders als seine ungehorsame Cousine, die ihrem Vater schon wieder ausgebüxt war. „Wo kommst du denn her! Und woher hast du das edle Ross und die Rüstung?"

Aber noch während er fragte, wusste er auch schon die Antwort.

„Beides hat Schnöps mir gegeben!", sagte Thekla da auch wirklich vergnügt. „In die Rüstung hätte er sowieso nicht hineingepasst und vor dem Rappen hatte er mehr Angst als vor Hölle, Tod und Teufel, was sollten sie ihm da denn wohl nützen? Aber mir nützen sie eine Menge, mein lieber Vetter, denn jetzt kann ich dich begleiten, um dem wütenden Wertolt im Wettstreit um den Kopf des Drachen zu zeigen, wer der bessere Ritter ist, und noch dazu in Wertolts eigener Rüstung!"

Also hatte Thekla Schnöps doch tatsächlich die Rüstung und das Ross des Ritters Wertolt abgeschwatzt! Das kann man ja eigentlich auch gut verstehen; denn weil sie ein Mädchen war, hätte ihr Vater ihr doch niemals, niemals eine Rüstung und ein Ross geschenkt. Der wollte ja immer nur, dass sie Harfe spielte und Suppe kochte.

„Solltest du nicht eigentlich zu Hause auf der Burg sein und sticken?", fragte Trenk. Aber er merkte doch, wie er sich plötzlich richtig zufrieden fühlte. Denn Thekla war natürlich nur ein Mädchen, und damals glaubten die Menschen, wie du weißt, ja tatsächlich, dass Mädchen zart und schwach und ängstlich und, wenn es ums Kämpfen ging, nicht sehr nützlich wären; aber trotzdem hatte Trenk das Gefühl, dass er sich vielleicht ein bisschen wohler fühlen würde, wenn er auf seinem Weg durch die Nacht außer einem Schweine-kind auch noch ein Menschenkind bei sich hätte, und dass Thekla mit der Schleuder umgehen konnte, hatte sie ja oft genug bewiesen. Und außerdem weißt du ja, dass Trenk sie wirklich sehr, sehr gerne mochte, und darum wurde er zu seinem Kummer auch jetzt wieder so rot wie ein reifer Novemberapfel. Aber in der Dämmerung konn-te das zum Glück niemand sehen.

„Zu Hause sein, bist du dumm?", sagte Thekla ärgerlich. „Suppe kochen, ja Pustekuchen!"

„Dann freu ich mich, dass du mich begleitest", sagte Trenk. „Denn wenn ich ehrlich bin, Thekla, hab ich vielleicht doch ein winziges bisschen Angst vor dem gefährlichen Drachen."

„Vor dem gefährlichen Drachen, ja Pustekuchen!", sagte Thekla. „An Drachen glauben sowieso nur kleine Kinder und große Dumm-köpfe!"

„Ich glaub an den Drachen", sagte Trenk. „Schließlich wird er seit langer Zeit überall gesehen!"

„Gesehen, gesehen", sagte Thekla. „Niemand, mit dem man spricht, hat ihn wirklich jemals zu Gesicht bekommen."

„Und er frisst Jungfrauen!", sagte Trenk, weil er immer noch dachte, dass das einem Mädchen wie ihr doch wohl am meisten Angst einflößen musste.

Aber allmählich fing er an zu glauben, dass Thekla gar keine Angst kannte. „Jungfrauen, ja Pustekuchen!", sagte sie. „Wollen wir nun unsere ganze Zeit damit vergeuden, uns über den Drachen zu strei-ten? Du glaubst an den Drachen, ich glaub nicht an den Drachen, was macht das für einen Unterschied, solange wir nur gemeinsam gegen ihn in den Kampf ziehen?"

Und das war ja nun auch wieder wahr.

„Aber warum hast du denn dann gesagt, dass der Drache den Rit-ter Hans fressen würde?", fragte Trenk, als ihre Pferde schon eine ganze Weile Seite an Seite gemütlich durch die Dämmerung gezo-ckelt waren, und Ferkelchen trottete hinterher. „Wenn du doch gar nicht glaubst, dass es ihn gibt?"

„Weil ich mit dir gemeinsam ins Abenteuer ziehen wollte, Trenk Tausendschlag, um Wertolt dem Wüterich zu beweisen, wer der bessere Ritter ist", sagte Thekla. „Und das tun wir beide jetzt auch."

„Das tun wir beide jetzt auch", sagte Trenk, und dann zeigte er Thekla sein neues Schwert (das gefiel ihr gut), und dabei fragte Trenk sich insgeheim die ganze Zeit, ob das Abenteuer wohl ein Abenteuer *mit* Drachen oder *ohne* Drachen werden würde, und das heißt, ob sich wohl herausstellen würde, dass *er* recht hatte oder *Thekla*. Fast wünschte er sich nämlich, dass Thekla recht haben würde, das war ja weniger gefährlich. Aber dann hätte er natürlich auch dem Herrn Fürsten nicht den Kopf des Drachen bringen können und seine Familie befreien könnte er dann auch nicht. Darum wusste er nicht so ganz genau, was er sich wünschen sollte, und so ist es eben manchmal im Leben.

Währenddessen wurde die Dämmerung tiefer und tiefer und schließlich war aus der tiefen Dämmerung eine tiefe Dunkelheit geworden; und weil es ja damals noch keine Taschenlampen gab (wie sollte es das wohl, wenn noch nicht mal Amerika entdeckt war), sahen die Pferde fast den Weg nicht mehr unter ihren Hufen. Aber zum Glück schien der Mond hell und freundlich und Millionen von Sternen leuchteten wie kleine Glitzersteinchen vom Himmel. Da hatte Trenk keine so ganz große Angst und Thekla ja sowieso nicht.

Nur eine Sorge hatte Trenk. „Aber womit willst du denn kämpfen, Thekla?", fragte er. „Sein Schwert hat Wertolt ja behalten! Wäre Schnöps doch nur nicht so freundlich gewesen, dann gehörte dir jetzt Wunderwild, und da hätte der Drache nichts zu lachen gehabt."

„Lachen, das glaubst du wohl", sagte Thekla. „Wozu brauche ich

ein Schwert, wenn es doch sowieso gar keinen Drachen gibt? Und außerdem hab ich schließlich meine Schleuder!" Und damit griff sie in ihren Gürtel, und *bsss!* sauste eine Erbse durch die nächtliche Luft und landete mit einem vertrauten *Plopp!* irgendwo in der Dunkelheit.

„Man kann nicht mit einer Schleuder gegen einen Drachen kämpfen", sagte Trenk. „Aber meinetwegen kannst du die Waffe deines Vaters haben", und er kramte in seiner Satteltasche, wo das Schwert bis ganz auf den Grund gerutscht war. „Da, das ist die Waffe der Edlen."

„Waffe der Edlen, ja Pustekuchen!", sagte Thekla, und damit hatte sie vielleicht recht. Denn so besonders toll war das rostige alte Schwert ja wirklich nicht mehr. „Ich schieß lieber mit meiner Schleuder und Schluss!" Und damit galoppierte sie los, mitten hinein in die Dunkelheit, und es war nur ein Glück, dass der Rappe dabei nicht stolperte und stürzte.

Da seufzte Trenk und schleuderte das nutzlose Schwert weit, weit hinaus in die dunkle Nacht, und dabei sagte er sich, dass auch gegen den gefährlichen Drachen wohl eine gut gezielte Erbse allemal eine bessere Waffe wäre als ein schlecht geschliffenes Schwert.

Was für ein Glück, dass er keine Ahnung hatte, dass es gar nicht der Drache war, gegen den er seinen Mut zuerst würde beweisen müssen! Denn wenn Trenk geahnt hätte, was ihm als Nächstes begegnen sollte, wer weiß, ob er nicht doch Fersengeld gegeben und sein Ross so schnell wie möglich zurück zur Burg Hohenlob gelenkt hätte.

Was sehr schade gewesen wäre, das wirst du gleich merken.

47. Kapitel,

in dem Trenk dem Ritter Wertolt begegnet

„Kann es wohl sein, dass das schon der Drachenwald ist?", fragte Trenk, als allmählich der Morgen graute und sich am Horizont gegen den bleigrauen Himmel ein düsterer, schwarzer Streifen abzuzeichnen begann. „Thekla? Wach auf!"

Warum er „Wach auf!" zu ihr sagte? Weil Thekla doch tatsächlich über dem Hals ihres Rappen lag und schlief, und wenn er genau hinhörte, konnte Trenk sogar ein paar kleine Schnarcher hören. Du musst bedenken, dass so ein Ritt durch die Nacht kein Spaziergang ist, da kann man schon mal müde werden und sogar auf dem Pferderücken einschlafen.

„Was?", fragte Thekla und richtete sich schlaftrunken im Sattel auf. „Oh! Der Drachenwald!"

„Wir haben es vor dem Ritter Wertolt geschafft!", schrie Trenk aufgeregt. „Wir sind die Ersten, Thekla! Bestimmt sucht der wütige Wertolt den Drachen am anderen Ende der Welt, und bis er den Weg hierher zum Drachenwald findet, haben wir den Lindwurm längst geschlagen und dem Herrn Fürsten seinen Kopf gebracht."

Aber das dachte er auch nur!

Denn: „Ach, du je!", rief Thekla da, und als Trenk seinen Blick vom Wald weg und über die Ebene lenkte, genau in die Richtung, in die seine Cousine gerade ganz erschrocken guckte, sah er auch, was sie damit meinte.

Aus der Ferne, wo der Himmel sich allmählich rötlich färbte, war nämlich auf einmal Hufgetrappel zu hören, das kam näher und näher und wurde lauter und lauter, bis der Boden zu beben schien; und jetzt erkannte Trenk einen Trupp bewaffneter Reiter auf ihren

Rössern, die galoppierten dicht gedrängt auf sie zu, und das konnte ja nur eins bedeuten.

„Wertolt!", flüsterte Trenk. „Der wütige Wertolt hat den Drachenwald auch gefunden!"

Und dann gab er seinem Ross die Sporen und Ferkelchen quiekte wie verrückt, weil es nicht so schnell mitrennen konnte; darum ließ Trenk den Ferkelstrick Ferkelstrick sein und hoffte nur, dass sein kleines Schwein ihm auch ohne Leine folgen würde. Und er sauste hinter Thekla her auf den Drachenwald zu, denn als Erste vor dem Ritter Wertolt ankommen mussten sie ja, wenn sie den gefährlichen Drachen schlagen wollten.

War das ein prächtiges Bild, wie sie da alle im ersten Morgenlicht auf den düsteren Drachenwald zugaloppierten! Von links das ganze mächtige Heer des Ritters Wertolt (denn du glaubst doch wohl nicht, dass der sich alleine getraut hätte, gegen den Drachen zu ziehen) und von rechts Trenk und Thekla; und dahinter mit einem Abstand, der immer größer wurde und größer, schließlich auch noch Ferkelchen, das schnaufte und prustete vor Anstrengung, und wenn es ein Mensch gewesen wäre und kein Schwein, hätte es bestimmt längst Seitenstiche gehabt; aber aufgeben wollte es trotzdem nicht.

Am Waldsaum schließlich trafen sie aufeinander. Haargenau gleichzeitig erreichten sie ihn, die beiden Drachenjäger: von links der Ritter Wertolt mit seinem ganzen Heer und von rechts, klein und ein bisschen verloren, Trenk und Thekla.

„Halt!", brüllte Wertolt der Wüterich, kaum hatte er die beiden gesehen. Übrigens hatte er eine neue Rüstung an und saß natürlich auch auf einem neuen Pferd. Einer wie Wertolt ist ja so reich und das Kämpfen ist ihm so wichtig, dass er immer genügend Rüstungen in seiner Waffenkammer hat und genügend Streitrösser im Stall, und wenn nicht, nimmt er sie eben einem seiner Männer weg, egal, was der dazu sagt. „Hohoho! Keinen Schritt weiter, ihr zwei Zwerge! Der Drache ist mein!" Und aus dem Gürtel zog er sein Schwert Wunderwild, das war so blank und scharf geschliffen, dass es Funken zu sprühen schien in den ersten Strahlen der Sonne. „Zurück, mir aus dem Weg, ihr zwei Zwerge! Nur einen Schritt weiter, und ich bringe dem Herrn Fürsten heute Abend nicht nur den Kopf des Drachen, sondern eure Köpfe auch!"

Na, wenn Schnöps das geahnt hätte, hätte er dem wütigen Ritter Wunderwild bestimmt nicht gelassen! Aber jetzt war es natürlich zu spät.

Hinter Wertolt versammelten sich Schulter an Schulter dicht wie eine Wand seine Männer mit heruntergeklappten Visieren; und das Geräusch, als sie nun alle gemeinsam ihre Schwerter zogen, klang so drohend und so gefährlich und wirklich viel grässlicher als alles, was Trenk jemals zuvor gehört hatte; und er begriff, dass alle Erbsen der Welt selbst in der Schleuder der allerbesten Schützin gegen diese Übermacht nichts würden ausrichten können. Sie waren doch zu spät gekommen, Thekla und er, und jetzt würde darum der Ritter Wertolt mit seinem ganzen Heer in den Drachenwald reiten und den Drachen besiegen und dem Herrn Fürsten den Kopf des Lindwurms bringen, und vom Ritter Hans konnte der Wüterich dann hinterher verlangen, was immer er wollte. Darum würden Trenks Vater Haug und Trenks Mutter Martha und seine kleine Schwester Mia-Mina auf ewig weiter Leibeigene bleiben, wie das Sprichwort es sagte: Leibeigen geboren, leibeigen gestorben, leibeigen ein Leben lang.

Aber das durfte niemals geschehen! Nein, zum Glück war Trenk jetzt endlich wieder eingefallen, warum überhaupt er den gefährlichen Drachen so unbedingt besiegen musste, da konnte er doch jetzt, so kurz vor dem Ziel, nicht einfach aufgeben!

"Der Drache ist dein, wütiger Wertolt? Das hast du aber auch

nur gedacht!", schrie Trenk darum und zog mit schnellem Griff sein Schwert Drachentöter aus dem Gürtel, und er spürte, wie schwer es war und wie leicht es war und wie elastisch seine Klinge. Seine Eltern sollten frei sein und seine kleine Schwester Mia-Mina auch, und der widerliche Wertolt sollte sich lieber in Acht nehmen, denn ohne Kampf wollte Trenk ihm den Drachen bestimmt nicht überlassen.

"Du willst mir drohen?", schrie Wertolt und sein Pferd tänzelte nervös. "Du lächerlicher, kleiner …"

Plopp! machte es da und wieder *plopp!*, und dann bäumte sich hinter dem Ritter das erste Streitross auf und danach auch das zweite: Thekla hatte mit ihren Erbsen gut gezielt, den Rössern genau in die Flanke; denn dass es aussichtslos war, mit der Schleuder gegen eine eiserne Rüstung zu treffen, das wusste sie wohl. Aber wie sehr sie sich auch bemühte und wie tapfer sie auch schoss, gegen eine so große Übermacht kann niemand siegen, der keine andere Waffe besitzt als eine Erbsenschleuder und seinen Mut. Der Ritter Wertolt nämlich hatte wohl hundert Männer hinter sich versammelt, die sollten mit ihm gegen den gefährlichen Drachen kämpfen, aber in dieser Morgenstunde vor dem Drachenwald kämpften sie eben zunächst einmal gegen Thekla und Trenk.

Und wenn du dich jetzt fragst, wieso denn Wertolts Männer mitgekommen waren gegen den Drachen, während die Männer des Ritters Hans jetzt gemütlich auf ihrer Burg in den Federn lagen und schnarchten, dann lautet die Antwort ganz einfach: Der Ritter Hans war eben ein guter und freundlicher Ritter und seine Männer hatten mehr Angst vor dem gefährlichen Drachen als vor ihm; aber der Ritter Wertolt war kein bisschen gut und freundlich, wie du ja weißt, und in solchen Fällen haben die Leute dann eben mehr Angst vor ihrem Herrn und Ritter als vor dem Drachen, das kann manchmal sehr ärgerlich sein.

Ärgerlich? Nein, ungerecht war das, wirklich im höchsten Maße ungerecht! Da saßen nun Trenk und Thekla auf ihren Rössern, zwei Kinder ganz allein (wenn man Ferkelchen nicht rechnen will, das gerade ganz aus der Puste mit hängenden Ohren angeschnauft kam), und um sie herum bildete sich ein Kreis aus den hundert Gefolgsleuten des Ritters Wertolt. Aber wenigstens hatte Trenk ja immer noch seinen Drachentöter.

„Dann schlag dich wenigstens wie ein Edelmann, Mann gegen Mann!", rief er dem Ritter Wertolt zu, und er hoffte, dass der nicht hörte, wie sehr seine Stimme zitterte. „Ruf deine Männer zurück! Und wer von uns beiden den anderen besiegt, dem soll der Drache gehören!"

Der Ritter Wertolt lachte laut, und du kannst dir nicht vorstellen, wie grässlich das klang. Das kam, weil seine Stimme ans Lachen nicht gewöhnt war, nur ans Schreien und Drohen und Kommandieren und Schimpfen, und darum jagte sogar sein Gelächter Trenk einen Schauder den Rücken hinunter.

„Warum sollte ich wohl kämpfen wie ein Edelmann?", schrie der Ritter Wertolt. „Du dummer Bengel? Wenn der Ritter Hans es nicht einmal wagt, selbst gegen den Drachen zu ziehen, sondern stattdessen seine Leute schickt …"

„Du schickst doch auch deine Leute vor, du feiger Kerl!", schrie Thekla, und *plopp!* sandte sie wieder eine Erbse auf den Weg.

„Wer seid ihr beiden denn überhaupt?", brüllte der Ritter Wertolt. „Du bist der Neffe des Ritters Hans, aber Potzblitz, ich kenn dich noch von sonst woher! Und du da in meiner Rüstung und auf meinem Rappen! Dich kenn ich auch mit deiner Schleuder, und woher, das fällt mir schon noch ein!"

Da bekam Thekla einen ziemlichen Schrecken, denn wer weiß,

wem Wertolt sie verpetzt hätte. Mädchen durften damals ja schließlich keine Ritter sein und darum hätte es noch ganz schön Ärger geben können. Aber da sprach der Wüterich schon weiter.

„Ist es schon so weit gekommen, dass der Fettsack Hans der Hässliche zwei Zwerge für sich in den Kampf schicken muss?", schrie er. „Auf sie, ihr Männer!"

Das war ja keine sehr ehrenvolle Aufgabe für die Gefolgsleute des Ritters Wertolt! Hundert erwachsene Männer gegen zwei Kinder, pfui Teufel, wie feige! Und darum zögerten sie auch einen winzigen Augenblick, aber dann zog sich die Mauer aus blitzenden Schwertern doch enger und enger um die beiden tapferen Kinder zusammen, und Trenk begriff, dass keine Hoffnung mehr war. Denn wie schwer und wie leicht sein Schwert auch sein mochte und wie elastisch auch seine Klinge, gegen eine solche Übermacht hätte nur ein Zauberschwert ihm helfen können: Und das war Drachentöter leider nicht, falls du das gehofft haben solltest.

Aber wenigstens wollte er sich nicht kampflos ergeben, und darum zerteilte Trenk mit seiner scharfen Klinge die Luft, dass es pfiff. „Kommt doch her, wenn ihr euch traut!", brüllte er, und das war natürlich ein kleines bisschen dumm, weil hundert sich gegen einen ja wohl immer trauen. „Kommt doch her, wenn ihr euch traut!"

Da sah er mit Staunen, dass die Gefolgsleute des Ritters Wertolt wieder zögerten, ihre Schwerter gegen ihn und Thekla zu richten; denn gerne kämpften sie nicht für ihren schrecklichen Herrn und vielleicht wünschten sie sich sogar in ihrem tiefsten Herzen, dass Trenk und nicht Wertolt den Kampf gegen den Drachen gewinnen sollte. Aber sie hatten ja so fürchterliche Angst vor dem wütigen Ritter, und darum zögerten sie zwar eine Sekunde, bevor sie ihre Schwerter auf Trenk und Thekla niedersausen ließen, aber dann wollten sie das Ganze doch hinter sich bringen; und mit einem wilden gemeinsamen Kampfschrei erhoben sie ihre Waffen.

Da hätte wohl Trenks letztes Stündlein geschlagen und Theklas auch, hätte nicht – ja, hätte nicht Ferkelchen in allerletzter Sekunde das Blatt noch gewendet.

48. Kapitel,

in dem Trenk sein Schwein retten will

Ausgerechnet Ferkelchen, kann man es glauben? Bestimmt fragst du dich, wie das wohl vor sich ging?

Nun, Ferkelchen war ja, wie du weißt, kein sehr mutiges Schwein; und als es ein wenig Atem geholt hatte nach dem langen, anstrengenden Lauf bis zu seinem Herrn und sich umsah, da bemerkte es, wie viele, viele, finstere Männer (zählen konnte Ferkelchen natürlich nicht) drohend um ihn herumstanden. Und wenn Ferkelchen Trenk auch natürlich in sein Herz geschlossen hatte, weil es schließlich immer genügend Futter von ihm bekam und ab und zu auch ein paar freundliche kleine Knuffe, so war ihm doch das Hemd näher als der Rock, wie man so sagt. Darum sah es partout nicht ein, dass es an diesem frühen Morgen jung sterben und dem Ritter Wertolt und seinen Leuten zum Braten dienen sollte, nur weil sein Herr gewiss auch gleich sterben musste. Also hatte es sich gar nicht erst lange aufgehalten und war lieber hast-du-nicht-gesehen, so schnell seine kurzen Beine es tragen wollten, fort vom Ort der Gefahr und hinein in den Wald geflitzt; denn davon, dass dort der gefährliche Drache hauste, wusste Ferkelchen nichts, darum erschien ihm der Wald allemal sicherer als ein Trupp wild gewordener Ritter.

Und gerade in dem Augenblick, als die Mannen des Ritters Wertolt ihren Kampfschrei ausstießen und ihre Schwerter hoch über ihren Köpfen schwangen und eine kleine Sekunde zögerten, bevor sie sie, wenn auch mit Bedauern, auf die Köpfe der beiden Kinder niedersausen lassen wollten, gerade da erreichte Ferkelchen im Schutz der Bäume die erste Lichtung im Wald.

Aber dort war es nicht allein.

„Uuuaaaah!", brüllte eine Stimme, die war so laut und so rau und so unheimlich und so durch und durch merkwürdig, wie du in deinem Leben noch keine Stimme gehört hast, und wem sie gehörte, ist darum wohl gar keine Frage. „Uuuuuaaaaah!"

„Nein!", schrie vor dem Wald der Ritter Wertolt, als er das Gebrüll hörte, und „Nein!" brüllten alle seine Männer; denn wenn sie auch ausgezogen waren, den Drachen zu schlagen, so fanden sie es jetzt trotzdem ziemlich unheimlich, plötzlich unerwartet so nah seine gefährliche Stimme zu hören.

Vielleicht hatten Wertolts Mannen ja sogar insgeheim gehofft, sie würden den gefährlichen Drachen gar nicht erst finden? Was hatten denn sie mit der Wette des Ritters Wertolt zu schaffen! Auch wenn sie *hundert* Männer waren und der Drache nur ein *einziger* Drache, ließen sie doch in allergrößtem Schrecken ihre Schwerter sinken und nahmen sich nicht einmal die Zeit, sie wieder in den Gürtel zu stecken. Stattdessen wendeten sie mit lautem Zungenschnalzen ihre Rösser und gaben ihnen die Sporen und nahmen Reißaus.

Da gab es auf der Ebene vor dem Wald ein ganz grässliches Gedrängel und Durcheinander, als alle Gefolgsleute gleichzeitig versuchten, das Weite zu suchen; und an ihrer Spitze ritt seinen Leuten in großem Abstand im gestreckten Galopp voraus Wertolt der Wüterich, der hatte nämlich die größte Angst von allen.

Da waren Trenk und Thekla im milden Licht der Morgensonne plötzlich allein auf weiter Flur, und sie holten einmal tief, tief Luft, weil sie gar nicht glauben konnten, dass sie wirklich in allerletzter Minute vor den hundert erhobenen Schwertern gerettet worden waren.

„Wertolt der Wüterich ist schon wieder weggelaufen!", sagte Thekla. „Zuerst auf dem Turnierplatz und jetzt auch noch hier. Vielleicht sollte er besser Wertolt der Wegläufer heißen."

Aber dann stieß sie einen erschrockenen kleinen Schrei aus, denn aus dem Wald kam gerade wieder das Gebrüll des Drachen, lauter als alles, was sie jemals gehört hatte, und auch viel merkwürdiger.

„Der Drache!", schrie Thekla, als hätte sie erst jetzt begriffen, wa-

rum Wertolts Männer geflohen waren. „Der gefährliche Drache!"
Und sie sah so ängstlich aus, wie Trenk sie noch niemals gesehen
hatte. Das war doch komisch, weil Thekla ja immer behauptet hatte,
dass sie gar nicht an den gefährlichen Drachen glaubte. Aber wenigstens nahm sie nicht auch Reißaus wie Wertolt der Wüterich, sondern blieb tapfer an Trenks Seite und lauschte dem Gebrüll.

„Der gefährliche Drache!", flüsterte auch Trenk und hätte sich am
liebsten seine Hände über die Ohren gehalten. Und: „Ferkelchen!",
schrie er dann. „Der Drache frisst mein Ferkelchen auf!"

Und ohne abzuwarten, ob Thekla ihm wohl auf diesem gefährlichen Weg folgen würde, schnalzte er mit der Zunge und lenkte sein
scheuendes Pferd in den Wald und mitten hinein in die Gefahr.

Jetzt denkst du vielleicht, dass Trenk ganz furchtbar mutig war, aber ich glaube das eigentlich nicht. Nicht mutiger als du jedenfalls (wenn auch natürlich viel mutiger als der wütige Wertolt und alle seine Männer); es war nur einfach so, dass er Ferkelchen auf seiner Wanderschaft sehr lieb gewonnen hatte, und als er jetzt das Drachengebrüll hörte und sah, dass sein kleines Schwein verschwunden war, da dachte er eben keine Sekunde nach, sondern preschte einfach los, um ihm zu helfen. Das würdest du doch bestimmt auch tun, wenn jemand deinem Kaninchen etwas tun wollte oder deinem Hamster oder deinem Meerschwein. Da lässt man ja nicht mit sich spaßen.

„Trenk!", brüllte Thekla, und vorsichtshalber legte sie auch gleich eine neue Erbse in ihre Schleuder. „Warte auf mich, Trenk!"

Denn feige war Thekla, wie du ja weißt, nicht, und darum dachte sie, dass sie schließlich losgezogen waren, um den Drachen einen Kopf kürzer zu machen, da wäre es doch dumm gewesen, jetzt, wo sich die Gelegenheit dazu ergab, vor lauter Angst Fersengeld zu geben.

Im Wald war es dämmerig, und die Pferde schnaubten und tänzelten auf der Hinterhand, denn sie hörten das Gebrüll des Drachen und sie rochen den Geruch des Drachen nach Feuer und Rauch, und sie fürchteten sich sehr.

„Ruhig, ganz ruhig!", flüsterte Thekla und tätschelte ihrem Rappen den Hals.

„Ruhig, ganz ruhig!", sagte auch Trenk, und die Pferde prusteten und schnaubten, aber wenigstens drehten sie nicht um und suchten das Weite.

Bis zur Lichtung waren es nur ein paar Schritte.

„Trenk?", flüsterte Thekla, als es zwischen den Bäumen heller wurde und das fürchterliche Gebrüll immer lauter. Gleich würden sie dem gefährlichen Drachen gegenüberstehen.

Trenk zog sein Schwert und Thekla spannte ihre Schleuder; und so ritten sie zwischen den letzten Bäumen hindurch und hinaus auf die Lichtung.

49. Kapitel,

in dem Trenk endlich dem Drachen begegnet

 Freundlich lag die Lichtung in der Morgensonne: Zwischen Heidekraut und Blaubeergestrüpp reckte sich hier und da eine kleine Glockenblume und ein Hase flitzte im Zickzack davon, als er die Kinder entdeckte.

Ein Hase? Wieso spielte auf der Lichtung ein Hase, wenn dort doch der gefährliche Drache sein Unwesen trieb? War der Drache etwa schon wieder verschwunden?

O nein, das war er keineswegs. Der gefährliche Drache lag genau in der Mitte der Lichtung, und genau in der Mitte liegen musste er auch; denn er war so riesig, dass sein Schwanz auf der einen Seite zwischen den Bäumen verschwand und seine Vorderpfoten auf der anderen. So lag der große gefährliche Drache in der Morgensonne und stieß seine lauten, merkwürdigen Schreie aus. Und um ihn herum – nein, so was! – flitzte Ferkelchen mit vergnügten kleinen Grunzern und schnupperte an ihm, wie es sonst immer den Leuten die Füße beschnupperte; und das kitzelte den Drachen so, dass er gar nicht aufhören konnte, sein lautes, glückliches Gebrüll auszustoßen, und ab und zu zischte sogar eine fröhliche kleine Qualmwolke aus seinen Nasenlöchern.

„Du meine Güte!", flüsterte Thekla, denn sie war wohl am erstauntesten von allen. Schließlich hatte sie doch überhaupt nicht glauben wollen, dass es den Drachen wirklich gab. Und nun muss ich dir gestehen, dass ich das eigentlich bis eben auch nicht geglaubt hatte und bestimmt genauso erstaunt bin wie sie, dass er da jetzt so fröhlich auf der Lichtung lag und mit Ferkelchen spielte. Wer glaubt denn heute noch an Drachen? Aber ich kann es nicht ändern: Da auf der Lichtung im Drachenwald lag wirklich ein ganz besonders riesiges Exemplar, das war ungefähr so lang wie ein Lastwagen mit Anhänger und schüttelte sich vor Lachen.

Ja, wirklich, der Drache lachte! Das fürchterliche Gebrüll war die ganze Zeit nichts anderes als Gelächter gewesen! Wenn man ihn ansah, wie er sich da unter Ferkelchens Schnuppernase krümmte und wand, dann konnte es keinen Zweifel geben: Der Drache war kitzlig.

„Er ist kitzlig!", flüsterte Thekla. „Hättest du das geglaubt?"

„Ich hab wenigstens geglaubt, dass es ihn gibt!", flüsterte Trenk. „Und was jetzt? Sollen wir zuschlagen, solange Ferkelchen ihn in Schach hält? Besser, wir handeln schnell, bevor er mein kleines Schwein verspeist!"

Thekla warf ihm einen eisigen Blick zu, denn selbst bei einem Drachen fand sie es nicht besonders nett, ihn aus dem Hinterhalt zu überfallen, und bei so einem lustigen Drachen schon gar nicht. Aber bevor sie Trenk das noch sagen konnte, packten sie plötzlich zwei Hände von hinten und rissen sie vom Pferd und schlangen ihr eine Schnur um die Arme und banden ihr ein Tuch vor die Augen, und Trenk geschah das Gleiche.

„Das habt ihr euch wohl so gedacht!", sagte eine raue Männerstimme, und Trenk spürte ein Knie in seinem Rücken, das ihn vorwärts trieb.

Auf der Lichtung grunzte Ferkelchen, und der Drache kicherte; Trenk und Thekla aber begannen zu fürchten, dass jetzt wohl doch ihr letztes Stündlein geschlagen hätte.

50. Kapitel,

in dem Trenk und Thekla in Gefangenschaft geraten

 Erinnerst du dich daran, wie Trenk von den Räubern gefangen genommen worden war und an ihrem Feuer saß und wie Thekla ihn mit ihrer Schleuder befreite, während die Räuber gierig an Bamboris Braten nagten und vom Bier schon ganz schläfrig waren? Na, dieses Mal konnte Thekla Trenk nicht befreien, denn sie war ja selbst an Händen und Füßen gefesselt.

Als man Trenk die Augenbinde von den Augen nahm, glaubte er für einen Moment fast, wieder im Räuberlager zu sein, so sehr glich die Lichtung, auf der er sich jetzt mit Thekla wiederfand, dem Platz, auf dem Bambori damals den Bratenspieß über dem Feuer gedreht hatte. Nur, dass es hier nicht nur ein einziges Feuer gab: An allen Ecken und Enden glomm und loderte es, als wollten die Leute den ganzen Wald anzünden; und an jedem Feuer stand ein Mann im Lederwams mit schwarz verrußtem Gesicht, um es zu bewachen. Dazwischen aber liefen lachend und redend die Frauen herum genau wie bei Trenk zu Hause auf der Dorfstraße, und rußgeschwärzte Kinder jagten Hühner zwischen ihren Beinen hindurch und eine Frau trug in einem Korb gerade ihre Wäsche zum Bach. So ganz fürchterlich unordentlich wie bei den Räubern sah es vielleicht auch nicht aus, wenn natürlich auch alles schrecklich schwarz und rußig war.

An einem der Feuer, nur ein paar Schritte von Trenk und Thekla entfernt, standen zwei Männer und schürten die Glut.

„Irgendwann musste es ja so kommen!", sagte einer von ihnen düster und warf den Kindern einen kurzen Blick zu. „Aber dass es ausgerechnet zwei Kinder sein müssen!"

„Ritter ist Ritter!", sagte der Zweite.

„Ritter ist Ritter", stimmte der Erste ihm zu. „Als Ritter geboren, als Ritter gestorben! Und die Zeit zum Sterben ist für diese beiden nun wohl gekommen. Aber mir wäre doch wohler, wenn es nicht ausgerechnet zwei Kinder wären!"

Da lief es Trenk aber eiskalt den Rücken herunter, das kannst du glauben.

„Wir haben keine andere Wahl, Kohlenkopf!", sagte der Zweite. „Oder willst du zulassen, dass sie unseren Drachen töten, ausgerechnet jetzt, wo er seine Kleinen hat? Haben wir nicht alle einen Schwur getan?"

Der Erste nickte zögernd. „Aber dass es ausgerechnet zwei Kinder sein müssen!", murmelte er wieder und sah richtig unglücklich aus dabei.

„Thekla?", flüsterte Trenk zwischen den Zähnen. „Was sind das für Leute? Glaubst du, das sind wieder Räuber?"

Thekla schüttelte den Kopf. „Räuber, ja Pustekuchen!", flüsterte sie. „Siehst du das denn nicht? Ich glaube, das sind einfach nur Köhler! Aber warum sie uns gefangen genommen haben, das verstehe ich nicht."

Vielleicht hast du von Köhlern ja noch niemals gehört? In den alten Zeiten hausten sie weitab von allen Dörfern und ließen Holz zu Kohle verglimmen; mit der konnten die Ritter dann ihre Burgen heizen und Schmiede ihre Waffen schmieden und das Metall für die Rüstungen schmelzen. Aber weil die Arbeit schmutzig und rußig war, sahen die Köhler immerzu schwarz und gefährlich aus. Und darum und weil die Menschen in ihren Dörfern natürlich nicht den ganzen Tag den Qualm der Köhlerfeuer in der Nase haben wollten, mussten die Köhler tief in den Wäldern wohnen, und vielleicht wurden sie da mit der Zeit vor lauter Einsamkeit wild und sonderbar, wer weiß.

„Köhler sind nicht halb so schlimm wie Räuber, Trenk Tausendschlag!", flüsterte Thekla tapfer, denn natürlich hatte sie auch gehört, was die beiden Männer gesprochen hatten. „Darum müssen wir keine Angst vor ihnen haben!"

233

Aber das war natürlich Unsinn. Denn noch während sie sprach, kamen grölend und lachend zwei Männer aus dem Wald, die zerrten an einem Strick etwas hinter sich her, das quiekte und quietschte so laut, dass es auf der Köhlerlichtung auf einmal ganz still wurde und alle Gespräche und Gesänge und alles Gelächter erstarben; und die Männer und die Frauen und die Kinder drehten sich zu den Neuankömmlingen um, um zu sehen, was sie denn da wohl brächten.

„Ein Schwein!", schrie eine Frau, die gerade zwischen den Bäumen eine Leine gespannt und ihre Wäsche aufgehängt hatte. Na, wenn die getrocknet war, war sie bestimmt schon gleich wieder ganz verrußt. „Wie lange haben wir keinen Schweinebraten mehr gegessen!"

„Ein Schwein! Ein Schwein!", schrien nun auch die anderen alle und kamen gerannt, um Ferkelchen anzustarren.

Und: „Ferkelchen!", brüllte Trenk, kaum hatte er begriffen, wen die Köhler da gefangen genommen hatten. „Das ist kein Braten! Das ist Ferkelchen!"

Denn er hatte Ferkelchen ja wohl nicht darum mit auf Wanderschaft genommen und vor dem Kochtopf des gemeinen Ritters Wertolt gerettet, damit es nun über dem Feuer der Köhler am Spieß enden sollte!

„Lasst das Schwein los! Aber sofort!", brüllte Thekla, und vielleicht hatte sie auf der Burg in ihrem bisherigen Leben das Befehlen besser gelernt als Trenk zu Hause in seiner armseligen kleinen Bauernkate, jedenfalls wandten sich die Köpfe der Köhler jetzt alle zu ihr um.

„Das Schwein loslassen?", grölte einer, der wohl der Anführer war; denn er war kräftiger als alle anderen und überragte sie um Haupteslänge, und wenn er den Mund auftat, hörte ihm jeder zu. „Wozu hat der Herrgott denn Schweine wohl geschaffen, kleiner Herr Ritter? Damit wir ab und zu einen knusprigen Braten zwischen die Zähne kriegen, darum doch wohl!"

„Damit wir einen Braten kriegen, ja, ja, ja!", riefen die Köhler.

„Aber doch nicht *dieses* Schwein!", rief Thekla. „Dieses Schwein gehört uns, das könnt ihr nicht so einfach braten!"

„Nicht so einfach braten!", schrie der Anführer wieder und schlug sich auf die Schenkel. „Gleich wirst du sehen, wie wir das können! Wir haben schließlich Kohle genug!"

„Kohle genug!", riefen die anderen auch und lachten und klatschten in die Hände. „Kohle genug!" Und dann warfen die beiden Männer, die Ferkelchen am Strick auf die Lichtung gezerrt hatten, das kleine Schwein auf den Boden, und der eine begann, seine zappeligen Vorderbeine zu fesseln, und der andere fesselte seine Hinterbeine. So konnte man es schön am Spieß braten.

„Nein! Ferkelchen, nein!", schrie Trenk und fast wollte ihm das Herz brechen, als er sah, wie sein kleines Schwein strampelte und quiekte, aber das half ihm alles nichts. „Das dürft ihr nicht!"

Aber dann fiel Trenk doch noch ein, wie er Ferkelchen vielleicht retten könnte und Thekla und sich selbst noch dazu.

„Dieses Schwein ist nämlich gar kein Schwein!", schrie Trenk, und da wurde das Lachen natürlich noch lauter. „Das Schwein ist ein – Zauberer!"

51. Kapitel,

in dem Trenk zeigt, was er von den Gauklern gelernt hat

Bei diesen Worten wurde es auf einen Schlag totenstill auf dem Platz, und Thekla warf Trenk einen bewundernden Blick zu; denn er hatte ihr ja, daran erinnerst du dich bestimmt, die Geschichte seiner Wanderschaft erzählt und wie er gemeinsam mit Momme Mumm die Bürger der kleinen Stadt an der Nase herumgeführt hatte; darum begriff sie auch sofort, was Trenk jetzt versuchen wollte.

„Dieses Schwein ist ein Zauberschwein, halte zu Gnaden, das berühmteste von einem Rand der Erde bis zum anderen! Ihr könnt euch glücklich preisen, dieses edle Schwein kennenzulernen, meine Herren und Damen Köhler, denn in Wirklichkeit ist es ein berühmter Magier aus einer Stadt im Süden, der sich aus Versehen selbst in ein Ferkel verzaubert hat!"

Die Köhler sperrten den Mund sperrangelweit auf. „Und warum verwandelt er sich dann nicht auch selbst wieder zurück?", rief der Anführer und starrte verwirrt Ferkelchen an, das sich noch immer wild und mit lautem Quieken gegen den Spieß wehrte.

„Er hat die Formel für den Zaubertrank vergessen!", sagte Trenk. „Und darum wandert er jetzt mit uns um die Welt und hofft, dass sie ihm irgendwann wieder einfällt! Aber wenn ihr mögt, könnt ihr gerne bewundern, wie er hellsehen kann!"

„Hellsehen, hohoho!", sagte der Anführer und lachte ein bisschen unsicher; aber niemand lachte mit ihm. „Du willst uns wohl verkohlen! Auf den Spieß mit dem Schwein, Männer!"

„Auf den Spieß mit dem Schwein?", fragte einer der beiden, die das zappelnde Ferkel gerade mit aller Kraft festzubinden versucht hatten.

„Wirklich auf den Spieß mit dem Schwein?", fragte jetzt auch der Zweite, und beide sahen sie ängstlich auf das Ferkel, das ein Zauberer sein sollte.

„Ja, auf den Spieß mit dem Schwein, wenn ihr euren Untergang wünscht!", rief Thekla. „Auf den Spieß mit dem Schwein, wenn ihr wollt, dass der Herr Ferkelmagier euch alle verwandelt in Schnabeltiere und Schnecken und Schneehühner und ich weiß nicht, was sonst noch alles! Auf den Spieß mit ihm, damit wir etwas zu lachen haben!"

War das nicht klug von ihr? Denn jetzt sahen die Köhler einander doch sehr nachdenklich an und traten zurück vom Feuer, neben dem Ferkelchen sich schon fast freigestrampelt hatte, so ängstlich waren inzwischen seine beiden Bewacher und so locker darum ihr Griff.

„Ja, versucht nur, den Herrn Ferkelmagier am Spieß zu braten!", rief jetzt auch Trenk. „Aber gebt uns hinterher nicht die Schuld für das, was er dann mit euch macht, und behauptet auch nicht, dass wir euch nicht gewarnt hätten!"

Da wurde auch der Anführer ein bisschen grüblerisch und wischte sich mit seiner schwarzen Hand über das schwarze Gesicht, als ob ihm das beim Nachdenken helfen könnte; und dann sagte er: „Ihr behauptet, dieses Schwein wäre ein Zauberer, der hellsehen kann, und ich behaupte, es ist ein ganz gewöhnliches Schwein. Nur einer von uns kann recht haben! Das ist eine Zwickmühle! Was sollen wir also tun?"

„Nun, das ist einfach!", rief Trenk. „Lasst den Herrn Ferkelmagier eine kleine Probe seiner Kunst geben! Gelingt es ihm, euch zu überzeugen, so soll er und so sollen wir mit ihm frei sein; gelingt es ihm aber nicht, so sei er euer und mag heute oder morgen eure Mägen füllen."

Der Anführer kratzte sich zögernd seinen Bart, dann nickte er. „So soll es sein!", sagte er düster. „Wenn dieses Schwein ein Zauberer ist, will ich nicht schuld sein, wenn es uns alle in Würste oder Wespen verwandelt! Seid ihr einverstanden, meine Männer, Frauen und Kinder?"

Da ging ein erleichtertes Raunen durch die Reihen, und ein paar Köhler sprangen auf, um zuerst Ferkelchen und dann auch Trenk und Thekla von ihren Fesseln zu befreien; aber am Rande der Lichtung wachten zehn Männer mit Äxten und Messern und sogar mit Trenks eigenem Schwert Drachentöter, damit ihre Beute ihnen nicht einfach wieder entwischte.

Trenk warf Thekla einen schnellen Blick zu, denn wenn sein Plan auch bis hierher gelungen war, so war jetzt doch die Frage, ob Thekla sich noch an alles erinnerte, was er ihr an seinem zweiten Tag auf der Burg von seinen Erlebnissen in der Stadt berichtet hatte. Aber noch einmal erklären konnte er es ihr ja auf gar keinen Fall und darum musste er es eben einfach darauf ankommen lassen.

„Meine hochverehrten Damen und Herren!", rief Trenk also und rieb sich dabei die Handgelenke, die von den Fesseln ganz wund gescheuert waren. „Machen Sie Platz für ein Schauspiel, wie Sie in Ihrem Leben noch keins gesehen haben! Machen Sie Platz für den größten Zauberer aller Zeiten, den Hellseher Ferkelmagier!"

An dieser Stelle hätte nun eigentlich ein Trommelwirbel erklingen müssen, wie du weißt, aber eine Trommel hatte Trenk ja nicht. Trotzdem blickten alle Köhler jetzt neugierig und aufgeregt auf die drei merkwürdigen Gestalten in ihrer Mitte.

„Danke, meine hochverehrten Damen und Herren Köhler, danke für Ihre Aufmerksamkeit!", rief Trenk und versuchte sich zu erinnern, was Momme Mumm damals auf dem Marktplatz der kleinen Stadt gesagt und getan hatte. „Darf ich Sie bitten, bei diesem einmaligen Schauspiel die Ruhe zu bewahren, damit unser verehrter Herr Zauberer sich auf seine schwere magische Aufgabe konzentrieren kann! Darf ich die Kinder bitten, nicht zu lärmen, und die Damen, nicht in Ohnmacht zu fallen! Ich danke Ihnen."

Während der ganzen Zeit zerrte Ferkelchen an seinem Strick, denn es wollte natürlich so schnell wie möglich fort von diesem Ort, an dem man so unfreundlich zu ihm gewesen war; aber Thekla hatte vorsichtshalber den Ferkelstrick dreimal um ihre rechte Hand geschlungen und passte auf, dass das Schwein ihr nicht entwischte, und dabei wäre sie vor Aufregung fast selbst in Ohnmacht gefallen, obwohl sie ja eigentlich gar keine Dame sein wollte.

„Sie sehen, wie unser weltberühmter Zauberer Ferkelmagier es kaum mehr erwarten kann, Ihnen endlich sein hellseherisches Können vorzuführen!", rief Trenk. „Darum Freiwillige vor! Ich brauche einen Freiwilligen, meine hochverehrten Damen und Herren Köhler, einen von Ihnen, damit Sie auch ganz sicher sein können, dass das, was mein Helfer und unser verehrter Herr Ferkelmagier Ihnen gleich demonstrieren werden, kein Betrug ist, sondern die pure Zauberei! Ich versichere Ihnen, niemand wird einen Schmerz erleiden oder Schaden an Leib und Leben nehmen!"

Da sahen die Köhler einander an und zuckten verlegen mit den Achseln und zögerten und zauderten und schoben einander gegenseitig vor; denn ein bisschen Angst hatten sie vor dem Herrn Ferkelmagier nun doch, und darum rissen sie sich auch nicht gerade darum, bei einer echten Zaubervorführung dabei zu sein.

Aber dann traten doch ein paar Mutige vor, Männer und Frauen und sogar Kinder, und Trenk zögerte nicht lange und zeigte mit dem ausgestreckten Finger auf den Anführer, der sich, das muss leider gesagt werden, als Allerletzter nach vorne gewagt hatte.

„Unser Anführer!", riefen die Leute, und Thekla verstand, dass Trenk eine kluge Wahl getroffen hatte. Denn dass ihr Anführer nicht mit den dreien im Bunde war, würden die Menschen sicher alle glauben; und darum würden sie dann auch überzeugt sein, dass das, was sie gleich zu sehen bekamen, kein Trick war und nichts anderes als pure Zauberei.

„Die Vorführung beginnt!", rief Trenk und nahm von der Wäscheleine zwei kuhfladengroße Tücher, die sahen aus, als hätten sie schon viel erlebt in ihrem Leben. Dann verband er Thekla mit dem einen die Augen und Ferkelchen mit dem anderen, und du kannst dir nicht vorstellen, wie laut und ängstlich Ferkelchen da quiekte. Bestimmt glaubte es, jetzt ginge es gleich wirklich zur Schlachtbank. Aber Thekla stand ganz ruhig und aufrecht, denn ihr hatte Trenk ja schon einmal erzählt, was gleich passieren würde.

„Sie hören, wie aufgeregt unser Herr Ferkelmagier seiner großen Aufgabe entgegenfiebert!", rief Trenk. „Nun brauche ich noch vier weitere Freiwillige, die keine Angst vor dem Herrn Ferkelmagier haben!"

Und während Thekla und Ferkelchen mit verbundenen Augen darauf warteten, dass es endlich losgehen sollte, erklärte Trenk dem Anführer, was er zu tun hatte.

„Sie sehen hier diese vier tüchtigen Köhler, meine Damen und Herren!", rief Trenk und zeigte den vier Freiwilligen, wie sie sich in einer Reihe vor der Wäscheleine aufstellen sollten. „Diese reizende junge Dame, den stattlichen Herrn mit dem Feuereisen in der Hand, den Herrn dort im Lederwams und schließlich dieses mutige kleine Mädchen! Der Herr Anführer wird jetzt einem dieser tapferen vier kräftig die Hand schütteln! Danach wird der Herr Ferkelmagier, ohne zu zögern, denjenigen herausfinden, der die Ehre hatte, vom Herrn Anführer ausgewählt zu werden, obwohl der Herr Ferkelmagier uns doch den Rücken zudreht und ihm außerdem die Augen verbunden sind, sodass er unmöglich sehen kann, was hier vor sich geht!"

Aufgeregt sah die Menge zu, wie der Anführer einen Augenblick zögerte und dann zielstrebig auf das kleine Mädchen zuging, das ein bisschen verlegen aussah und mindestens so rot wurde wie ein reifer Novemberapfel, als der Anführer ihr die Hand einmal kräftig schüttelte, bevor er sich wieder neben Trenk stellte.

„Der Herr Anführer hat gewählt!", rief Trenk. „Darf ich Sie nun bitten, meine Damen und Herren, meinem Helfer und dem Herrn Ferkelmagier auf keinerlei denkbare Weise zu verraten, auf wen die Wahl gefallen ist! Danke sehr, meine Damen und Herren! Helfer, es gilt! Begleite den Zauberer!"

Da trat Thekla tapfer in die Mitte des Platzes, wo die schweigende Menge Ferkelchen und sie schon erwartete.

52. Kapitel,

in dem der Herr Ferkelmagier seine Kunst beweist

 In der Mitte des Platzes nahm Trenk nun auch Ferkelchen das Tuch wieder von den Augen, und du kannst dir vorstellen, wie erleichtert das kleine Schwein grunzte. Es hatte in den letzten Minuten ja auch ziemlich viel erleben müssen.

„Bitte sehr, Herr Ferkelmagier!", rief Trenk.

Da packte Thekla den Ferkelstrick fester und ging mit roten Ohren auf die Freiwilligen zu, die gespannt auf die Entscheidung des Schweins warteten. An jedem Einzelnen ließ sie Ferkelchen unter dem Gelächter der Menge schnuppern, an der reizenden Dame, dem stattlichen Herrn mit seinem Feuereisen, dem Herrn im Lederwams und schließlich an dem mutigen kleinen Mädchen mit dem leuchtend roten Gesicht, und danach hockte sie sich auf den Boden und hielt ihr Ohr an Ferkelchens Schweinerüssel, als ob sie hören wollte, was das Schwein ihr zu sagen hätte. Dann rief sie mit ihrer allerlautesten Stimme: „Der Herr Ferkelmagier hat mir verraten, wem der Herr Anführer die Hand geschüttelt hat! Es ist das tapfere kleine Mädchen hier!"

Da ging ein erstauntes Raunen durch die Menge, und einige der Zuschauer klatschten sogar zögernd Beifall, vor allem die Kinder. Bestimmt waren sie jetzt froh, dass sie Ferkelchen nicht einfach auf dem Spieß gebraten hatten, denn nun schien ja bewiesen, dass es wirklich ein Zauberer und Hellseher war; und wer wusste denn, was es in seinem Zorn alles mit ihnen gemacht hätte.

Aber gleich trat ein kräftiger Mann mit einem unfreundlichen Gesicht vor und sagte: „Das war doch keine Kunst! Jeder hätte erraten können, dass unser Anführer ganz bestimmt seine Tochter

Mariechen auswählen würde! Das war keine Zauberei, das war Betrug!"

Und sofort stimmten ihm einige Männer lautstark zu und verlangten nach einer neuen Probe von Ferkelchens Können.

Trenk lächelte freundlich. „Ich kann Ihr Misstrauen und Ihre Zweifel verstehen, meine werten Herrschaften Köhler!", rief er. „Schließlich geht es für uns um unsere Freiheit und für Sie um einen stattlichen Braten! Aber ich bin sicher, der Herr Ferkelmagier wird Sie überzeugen können! Überprüfen Sie sein Können, so oft Sie mögen!"

Und du kannst dir denken, wie erleichtert Trenk war, dass Thekla sich tatsächlich noch so gut an alles erinnerte, was er ihr auf der Burg über den Zaubertrick berichtet hatte, und du erinnerst dich ja sicherlich auch.

Weil die Menge ein wenig misstrauisch geworden war, verband Trenk also Thekla und Ferkelchen zum zweiten Mal die Augen und ließ neue Freiwillige vortreten, und wieder konnten Ferkelchen und Thekla der Menge, ohne zu zögern, den Richtigen nennen, du weißt ja, warum. Und genauso war es beim dritten und beim vierten Mal und sogar dann noch, als ein Schlaukopf unter den Zuschauern auf die Idee kam, dass es bei nur *vier* Freiwilligen wohl leicht wäre, den Richtigen zu erraten, wenn es aber *zehn* wären, wäre die Sache schon kniffliger.

Da rief Trenk *zehn* Freiwillige auf den Platz, aber auch dieses Mal irrte Ferkelchen sich nicht.

„Dreißig!", rief jetzt der Anführer, der immer noch nicht an Zauberei glauben wollte, vor allem, weil er sich so sehr auf ein saftiges Stück Braten gefreut hatte.

Bisher hatte der Trick Trenk von Mal zu Mal mehr Spaß gemacht, aber als er Thekla jetzt die Augen verband und *dreißig* Freiwillige auf den Platz kamen, da hatte er doch ein bisschen Angst. Woher wusste er denn, ob Thekla sich bei so einer großen Zahl nicht verzählen würde? Er wusste ja noch nicht einmal, ob sie überhaupt bis dreißig zählen konnte, denn immerhin war sie der netten Hofdame, die sie in den Künsten der Burgfräulein unterrichten sollte, ja Tag für Tag entwischt, um Reiten und mit der Schleuder schießen zu üben. Darum konnte es doch leicht passieren, dass sie jetzt nicht weiterwusste; denn was Trenk rief, war dieses Mal wirklich ein ziemlich langer Satz.

„Ja, dann zeigt doch den guten Köhlern hier wieder Eure Kunst, Herr Ferkelmagier, damit sie uns endlich Glauben schenken!", rief er, und seine Stimme zitterte ein wenig.

Was die Köhler nach diesem Mal auch wirklich taten, denn ihr Anführer hatte dem *neunzehnten* Freiwilligen die Hand geschüttelt, einem dicken Glatzkopf mit strammem Bauch, und *neunzehn* Wörter hatte Trenks Satz (du kannst gerne nachzählen), und auf den *neunzehnten* Freiwilligen zeigte Thekla zu seiner Erleichterung jetzt auch mit dem Finger. „Der hier ist es!", rief sie. Das kriegte sie hin, obwohl *neunzehn* doch schon eine ziemlich große Zahl ist. Aber nun weißt du, dass Thekla wohl doch ab und zu mit ihrer Hofdame rechnen gelernt hatte, und jetzt weißt du außerdem, wozu das manchmal gut sein kann.

Da wurde es ganz still auf der Köhlerlichtung und die Menschen starrten ehrfürchtig und auch ein wenig ängstlich auf das kleine Schwein, das so fehlerfrei hellsehen konnte; und es gab niemanden mehr, der nicht daran geglaubt hätte, dass Ferkelchen wirklich ein Zauberer aus dem Süden war, der sich aus Versehen selbst in ein Schwein verwandelt hatte. Und sie waren dankbar und froh, dass sie nicht ihr Leben riskiert hatten, indem sie ihn am Spieß brieten.

53. Kapitel,

in dem alle in einer grässlichen Zwickmühle stecken

„So", sagte Trenk ein wenig verlegen und sah in die Runde. „Wenn das nicht Beweis genug war! Ihr begreift jetzt wohl, dass ihr diesen Zauberer besser nicht über dem Feuer rösten solltet", und er kraulte Ferkelchen zärtlich die Stelle zwischen Kopf und Bauch, an der bei anderen Tieren der Hals sitzt.

„Und dass ihr uns sehr dankbar sein müsst, das begreift ihr wohl auch!", sagte Thekla streng. „Denn wenn wir euch nicht gewarnt hätten, dann hättet ihr den Herrn Ferkelmagier wohl nicht losgebunden und dann wäret ihr längst alle Schnabeltiere oder Schnecken oder Schneehühner oder vielleicht sogar Würste oder Wespen! Darum müsst ihr uns jetzt alle drei freilassen, so war unsere Abmachung."

„So war unsere Abmachung, ja, ja, ja", murmelten ein paar Köhler in ihrer Nähe und blinzelten ein kleines bisschen enttäuscht zu Ferkelchen hin, denn auf einen schönen Braten hatten sie sich alle gefreut.

„So war die Abmachung, das ist wohl wahr", sagte auch der Anführer und kratzte sich wieder seinen Bart. „Aber können wir sie freilassen, ihr Männer und Frauen und Kinder alle? Können wir sie freilassen?"

„Können wir sie freilassen?", fragten sich jetzt auch die Köhler untereinander. „Können wir sie freilassen?"

Und gerade als Trenk vortreten und sagen wollte, dass er das aber doch sehr merkwürdig fände, weil sie ja schließlich eine Abmachung hätten, gerade da trat das mutige kleine Mädchen Mariechen vor und sagte: „Wir können die Kinder und den Herrn Ferkelmagier nicht freilassen, lieber Vater, auch wenn wir es ihnen versprochen haben! Denn wenn wir sie freilassen, töten sie unseren Drachen, das wisst ihr gut!" Und dabei wurde sie wieder so rot wie ein reifer Novemberapfel.

„Sie töten unseren Drachen!", murmelten die Köhler und nickten unglücklich.

„Aber wenn wir sie *nicht* freilassen, verärgern wir den Herrn Ferkelmagier und werden Würste oder Wespen", sagte der Anführer nicht weniger unglücklich. „Das ist schon wieder eine Zwickmühle."

Und während Trenk noch überlegte, was um Himmels willen er denn jetzt bloß tun konnte, damit die Köhler sich an ihr Versprechen hielten, hatte Thekla schon drohend angefangen zu reden.

„Genau, Würste oder Wespen!", sagte sie. „Wie kann man nur so uneinsichtig sein! Gerade seid ihr diesem schrecklichen Schicksal noch einmal ganz knapp entgangen, da fordert ihr es schon wieder heraus! Was ist denn los mit dem gefährlichen Drachen, dass ihr ihn so unbedingt vor uns beschützen wollt?"

„Dass er gar kein gefährlicher Drache ist!", sagte das kleine Mädchen mutig. „Sondern ein freundlicher Drache!"

„Und dass er uns unsere Feuer anzündet, wenn sie uns einmal ausgegangen sind!", sagte der Köhler, den der Anführer vorhin Kohlenkopf genannt hatte.

„Ich hatte mich sowieso schon immer gewundert, warum ihr Köhler bei jedem Wetter Feuer habt!", sagte Thekla.

„Und er frisst nicht alle eure Jungfrauen auf?", fragte Trenk verblüfft.

„Ach was!", sagte Mariechen. „Sehe ich aufgefressen aus? Oder die anderen Mädchen hier alle? Unser Drache frisst Kräuter und Beeren und Baumrinde und ab und zu ein paar fette Brocken von unserer Kohle, damit er Feuer speien und qualmen kann!"

„Aber Rinder?", fragte Trenk. „Frisst er die?"

„Und Schweine?", fragte Thekla. „Und Schafe?"

„Ach was, ach was!", riefen die Köhler im Chor. „Kräuter und

Beeren und Baumrinde und ab und zu ein paar fette Brocken von unserer Kohle!"

„Na, das ist ja ein starkes Stück!", sagte Trenk und sah Thekla unsicher an. „Aber überall hat man sich doch erzählt, dass der gefährliche Drache alles Lebendige verschlingt, was ihm in den Weg kommt, und ganz besonders Jungfrauen!"

„Ich hab dir ja gleich gesagt, dass das alles nur ein Märchen ist", sagte Thekla. Na, ein kleines bisschen besserwisserisch war sie vielleicht schon.

„Du hast gesagt, dass es den Drachen gar nicht gibt!", rief Trenk. „Und das ist ja nun überhaupt nicht wahr."

Aber Thekla tat, als hätte sie ihn gar nicht gehört. „Und ihr beschützt den Drachen also vor den Rittern?", fragte sie die Köhler. „Weil er euch eure Feuer entzündet?"

Mariechen antwortete wieder als Erste.

„Nicht nur darum!", sagte sie. „Auch, weil er gerade drei niedliche kleine Drachenkinder hat! Auch, weil er uns vor den schrecklichen, wilden Räubern beschützt, die überall sonst ihr Unwesen treiben! Nur zu uns in den Drachenwald wagen sie sich nicht und so brauchen wir keine Angst vor ihnen zu haben."

Und das stimmte ja, wenn du dich erinnerst. Der Räuberhauptmann und seine Männer auf der Burg Hohenlob hatten genau gewusst, in welchem Wald der Drache hauste, und hatten bei ihren Raubzügen einen großen Bogen um ihn gemacht, und bestimmt hielten alle anderen Räuberbanden es ganz genauso.

„Und darum dürft ihr unseren Drachen nicht töten!", sagte Mariechen wieder. „Sonst sind die drei Drachenkinder allein. Und sonst kommen von jetzt an auch zu uns die Räuber. Und das wollen wir nicht."

„Wir haben einen Schwur getan, dass wir jeden, der kommt, um unseren Drachen zu erschlagen, einen Kopf kürzer machen!", sagte der Anführer. Vielleicht dachte er, dass er das Reden nicht immer nur seiner Tochter überlassen konnte. „Und darum mussten wir euch auch gefangen nehmen."

„Dann habt ihr bestimmt schon viele Ritter einen Kopf kürzer gemacht!", sagte Thekla. Das hätte sie eigentlich nicht so nett gefunden.

Aber da lachten die Köhler und schlugen sich auf die Schenkel.

„Ihr glaubt doch wohl nicht, dass sich vor euch auch nur ein einziger Ritter in unseren Wald und in die Nähe des Drachen gewagt hätte!", schrie Kohlenkopf. „Sobald unser Drache seinen ersten Schrei ausgestoßen hat, haben sie jedes Mal Fersengeld gegeben, dass von ihnen nur noch eine Staubwolke auf der Ebene zu sehen war."

„Wie Wertolt!", flüsterte Trenk.

„Wie Wertolt!", sagte Thekla.

„Ritter sind feige!", sagte Mariechen mit Überzeugung. „Erwachsene Ritter jedenfalls. Aber ich weiß, was ihr tun könnt, damit wir aus unserer Zwickmühle herauskommen und euch nicht einen Kopf

kürzer machen müssen! Ihr schwört uns einfach beim Herzen eurer Mutter, dass ihr unseren lieben Drachen und alle seine Drachenkinder in Ruhe lasst. Dann lassen wir euch und euer Zauberschwein ziehen."

„Leider können wir euch das nicht versprechen", sagte Trenk düster. „Wir müssen dem Herrn Fürsten nämlich den Kopf des Drachen bringen." Und er dachte, dass es im Leben aber manchmal auch wirklich zu kompliziert zuging für einen kleinen Jungen, der noch vor gar nicht langer Zeit in einer armseligen Kate gehaust und Ziegen gehütet hatte.

Da wurde es still in der Runde, denn bei Mariechens Vorschlag hatten die Köhler vor Erleichterung geschnauft, und nun war es doch wieder nichts damit.

„Aber warum müsst ihr dem Herrn Fürsten denn unbedingt den Kopf unseres Drachen bringen?", fragte schließlich der Anführer ein

249

wenig ärgerlich. „Ihr habt ja wohl verstanden, dass er gar nicht gefährlich ist!"

„Seinen Kopf oder seine Klauen oder seine Zähne oder seinen Schweif", sagte Thekla. „Der Herr Fürst will einen Beweis dafür, dass wir den Drachen erlegt haben! Dann darf Trenk sich nämlich vom gemeinen Ritter Wertolt etwas wünschen, das der ihm gewähren muss." Und dann erzählte Trenk vom Turnier und davon, wie gemein der gemeine Ritter Wertolt war und dass er darum seinen Vater Haug und seine Mutter Martha und seine kleine Schwester Mia-Mina befreien wollte; und dazu brauchte er eben den Kopf des Drachen.

„Hm, hm, hm", murmelten die Köhler, denn das verstanden sie auch.

„Vielleicht könnten wir dem Herrn Fürsten einfach nur erzählen, dass der Drache gar nicht so gefährlich ist!", sagte Thekla. „Vielleicht lässt der Herr Fürst das auch gelten."

„Dann haben wir doch nicht im Wettstreit über Wertolt gesiegt!", sagte Trenk. „Und dürfen uns nichts wünschen. Nein, das geht nicht."

„Nein, das geht nicht, das geht nicht!", riefen auch die Köhler.

„Denn wenn sich herumspräche, dass unser Drache gar nicht gefährlich ist, hätten ja die Räuber keine Angst mehr vor unserem Wald, versteht ihr", sagte der Anführer niedergeschlagen. „Nein, das geht nicht."

Da standen sie alle eine ganze Weile schweigend und grübelten, weil jeder begriff, dass das jetzt wirklich eine grässliche Zwickmühle war.

Mariechen redete als Erste.

„Aber der Kopf muss es nicht unbedingt sein?", fragte sie, und auf einmal sah sie wirklich ganz aufgeregt aus. „Etwas anderes geht auch?"

„Der Kopf muss es nicht sein, aber ein Beweis muss es sein", sagte Thekla. „Ein Beweis dafür, dass wir den Drachen getötet haben."

„Dann weiß ich vielleicht die Lösung", sagte Mariechen.

54. Kapitel,

in dem Trenk einen Sack Drachenzähne bekommt

Dann machte Mariechen Trenk und Thekla ihren Vorschlag, und da klatschten die anderen Köhler alle in die Hände vor Freude und wunderten sich, dass sie nicht selbst auch schon auf die Idee gekommen waren.

Erinnerst du dich an die beiden Köhler, die sich am Feuer unterhalten hatten? „Ausgerechnet jetzt, wo er seine Kleinen hat", hatten sie gesagt und den Drachen gemeint, und das bedeutete natürlich nichts anderes, als dass es nicht nur den einen riesengroßen Drachen gab, sondern dazu auch noch seine Drachenkinder, das hatte Mariechen ja auch erzählt.

„Und die haben doch gerade ihre ersten Milchzähne verloren!", rief sie jetzt und hüpfte vor Begeisterung auf und ab. „Alle drei Drachenkinder!"

„Ihre Milchzähne verloren!", riefen die anderen Köhler alle, aber dabei sahen sie genauso verwirrt aus wie Trenk und Thekla auch, denn was das mit der Zwickmühle zu tun haben sollte, in der sie gemeinsam steckten, wussten sie genauso wenig.

„Den Kopf des Drachen will der Herr Fürst zum Beweis oder seine Klauen oder seine Zähne oder seinen Schweif!", rief Mariechen. „Und Drachenzähne kann er gerne haben! Ihr bringt dem Herrn Fürsten einfach die Milchzähne der Drachenkinder und behauptet, ihr habt den Drachen erlegt!"

Trenk starrte sie verblüfft an. Denn natürlich war das eine Lüge, und so fürchterlich gerne log Trenk ja eigentlich nicht; aber er sah doch, dass es besser war, einmal ein bisschen zu schwindeln, als einen lieben freundlichen Drachen zu töten, der niemandem etwas

zuleide tat. Und besser, als selbst von den Köhlern einen Kopf kürzer gemacht zu werden, war es natürlich auch allemal.

„Aber wird der Herr Fürst uns denn glauben?", fragte Trenk nachdenklich. „Wenn wir ihm nur die Zähne bringen? Wird er uns glauben, dass wir den Drachen wirklich erlegt haben?"

„Natürlich wird er uns glauben!", rief Thekla. „Wie sollten wir denn sonst wohl an die Zähne gekommen sein! Glaubst du, irgendwer bricht einem lebenden Drachen die Zähne aus dem Feuer speienden Maul?"

„Das stimmt nun auch wieder", sagte Trenk. „Aber wird er uns auch glauben, dass es wirklich die Zähne *des Drachen* sind? Wir könnten ihm ja stattdessen auch Rinderzähne bringen oder Pferdezähne oder Schweinezähne oder die Zähne eines anderen großen Tieres und behaupten, sie hätten dem gefährlichen Drachen gehört!"

Da lachten die Köhler alle vergnügt und sagten, wer die Zähne eines Drachen nicht von denen eines Rinds oder Schweins unterscheiden könne, müsse wirklich ein ziemlicher Dummkopf sein.

„Drachenzähne haben doch alle ein kreisrundes Loch in der Mitte!", rief Kohlenkopf. „Daraus tropft doch das Drachengift, wenn der Drache mit einem Angreifer kämpft!"

„Oh!", sagte Thekla. „Das wusste ich nicht."

„Aber der Herr Fürst weiß es ganz gewiss!", rief Trenk glücklich. „Unser Herr Fürst wird doch Drachenzähne erkennen, wenn er sie sieht!"

Da führte Mariechen Trenk und Thekla zurück zu der Lichtung, auf der Ferkelchen vorhin mit dem Drachen gespielt hatte, und alle Köhler folgten ihnen, und Ferkelchen lief sogar ganz eilig voraus. Bestimmt konnte es mit seiner Schnuppernase schon jetzt die Drachenkinder riechen und freute sich auf sie.

„Das sind sie!", sagte Mariechen und zeigte auf die Lichtung, auf der der riesengroße Drache jetzt auf dem Boden hockte und friedlich Kräuter mümmelte. Und um ihn herum wuselten seine drei Drachenkinder, und nein, was waren die niedlich!

„Das sind ja Riesenbabys!", rief Thekla und stellte sich auf Zehenspitzen und kraulte das erste unter dem Kinn, denn höher kam sie nicht, weil jeder der kleinen Drachen bestimmt mindestens so groß war wie ein ausgewachsenes Pferd oder sogar wie ein Elefant. Aber dass sie noch Kinder waren, das konnte doch jeder sehen, der Augen im Kopf hatte, so tollpatschig wackelten sie auf ihren stämmigen kurzen Beinen durch das niedergetretene Gras und so vergnügt knufften sie sich gegenseitig mit ihren faltigen Drachenschnauzen.

„Riesenbabys!", sagten die Köhler und lächelten so stolz, als wären sie selbst die Eltern.

Ferkelchen hatte sich inzwischen längst ins Getümmel gestürzt und beschnupperte ein Drachenkind hier und stupste ein Drachenkind da und quiekte und grunzte und tobte mit ihnen um die Wette.

„Weil Ferkelchen ja selbst auch noch ein Kind ist, natürlich!", sagte Trenk, und dann hielt er sich erschrocken die Hand vor den Mund, denn schließlich hatten Thekla und er ja behauptet, dass Ferkelchen eigentlich ein ausgewachsener Herr Zauberer wäre. Aber zum Glück hatte ihn keiner von den Köhlern gehört, so verzückt beobachteten sie alle jetzt die Spiele der Drachen auf der Lichtung.

Nur Mariechen warf Trenk einen schnellen Blick zu. Sie hatte gerade aus ihrem Versteck hinter einem Gebüsch einen schweren Jutesack geholt, den schleifte sie mit beiden Händen hinter sich her; und Trenk war sich nicht sicher, ob sie nicht vielleicht doch etwas mitbekommen hatte.

Aber wenn das so war, ließ sie sich jedenfalls nichts davon anmerken. „Hier!", sagte sie und prustete ein wenig von der Anstrengung. „Darin sind genügend Zähne, um den Herrn Fürsten glauben zu machen, ihr hättet sogar *zwei* Drachen erschlagen!" Sie guckte ein wenig verlegen auf den Boden. „Ich hab sie nämlich alle gesammelt", flüsterte sie. „Falls die Zahnfee kommt und sie gegen Goldstücke tauscht."

„Aber nun tauschen *wir* sie dir gegen Goldstücke, da brauchst du keine Zahnfee!", rief Thekla, und jetzt knüpfte sie ihren ledernen

Beutel vom Gürtel, darin bewahrte sie ihren Notgroschen auf. „Denn wenn ihr uns helft, Trenks Eltern vom wütigen Wertolt zu befreien, dann habt ihr das Gold wahrlich verdient!"

„Wahrlich verdient, wahrlich verdient!", riefen die Köhler und drängten sich um Thekla und knufften sich gegenseitig vor Freude und starrten auf die glänzenden Münzen, die nun ihnen gehören sollten.

Thekla und Trenk aber traten zur Seite und öffneten den Jutesack, den das kleine Mädchen herangeschleppt hatte, der war so schwer, als wäre er voller Kohle. Und auf seinem Grund rumpelten Zähne gegeneinander, groß wie Hühnereier, obwohl es doch nur Milchzähne waren; und in seiner Mitte hatte jeder Zahn ein kreisrundes Loch, das war so weit, dass Thekla sogar ihren kleinen Finger hindurchstecken konnte.

„Rinderzähne, na so ein Unsinn!", sagte Trenk und lachte. „Wer glaubt, dass das hier Rinderzähne sind, der muss wahrlich ein ziemlicher Dummkopf sein."

„Und das ist unser Herr Fürst ja nicht", sagte Thekla zufrieden. „Bei diesen Zähnen wird er gleich erkennen, dass sie von einem gefährlichen Drachen stammen."

Dann verabschiedeten die beiden sich von den Köhlern, die immer noch ganz vergnügt und friedlich die Goldstücke untereinander aufteilten und darum auch nur gerade so viel Zeit hatten, ihnen kurz hinterherzuwinken.

„Aber ihr müsst heilig versprechen, dass ihr niemandem erzählt, was ihr über unseren Drachen erfahren habt!", sagte der Anführer, als er Trenk zum Abschied die Hand schüttelte. „Denn sonst kommen auch zu uns die Räuber."

„Natürlich versprechen wir das!", sagte Thekla und Trenk nickte dazu. „Wir wollen doch auch nicht, dass den niedlichen Drachenkindern etwas passiert!"

„Ich bring euch noch ein kleines Stück", sagte Mariechen, und dabei guckte sie ganz merkwürdig. „Es wäre ja wirklich ein bisschen unhöflich, euch einfach so ziehen zu lassen."

Aber kaum waren sie außer Sichtweite der Lichtung und außer Hörweite der Köhler, da zeigte sich, dass ihre Begleitung mit Höflichkeit gar nichts zu tun hatte, sondern nur mit Besserwisserei.

„Ihr denkt doch wohl nicht im Ernst, dass ich euch die Geschichte mit dem Zauberschwein glaube!", sagte Mariechen da nämlich. „Ferkelmagier, dass ich nicht lache! Und so ein einfacher Trick!"

„Trick?", fragte Trenk und tat, als wäre er ganz überrascht.

„Wieso Trick?", fragte auch Thekla und hielt den Atem an.

Mariechen winkte ab.

„Und du", sagte sie und pikste Thekla sogar ganz frech in den Bauch, dass es klapperte, denn Thekla trug ja ihre Rüstung, „bist auch im Leben kein Junge!"

Da wollte Thekla protestieren und sagen, dass sie natürlich ein Junge wäre, weil schließlich nur Jungen eine Rüstung tragen dürften; aber da hatte Mariechen sich schon umgedreht.

„Nur damit ihr nicht glaubt, alle Köhler wären dumm!", rief sie über ihre Schulter zurück. „Aber euer Geheimnis ist sicher bei mir, solange unser Geheimnis bei euch sicher ist!"

Damit winkte sie ihnen noch einmal zu, und dann war sie schon zwischen den Bäumen verschwunden.

„Puhhh!", sagte Trenk und hielt den Ferkelstrick fester, denn noch immer zerrte Ferkelchen daran und wollte zurück zu seinen Drachenfreunden. „Das war knapp."

„Aber jetzt geht es endlich zur Burg Hohenlob!", rief Thekla und schnalzte mit der Zunge, und Trenk tat es ihr nach.

Da setzten ihre Pferde sich fröhlich in Bewegung, auch wenn sie jetzt ja eine ganze Menge mehr zu schleppen hatten als auf dem Hinweg, denn sie wollten zurück in ihren Stall; und auch Trenk und Thekla freuten sich auf zu Hause. Es wäre übrigens gut gewesen, sie hätten ihren Pferden ordentlich die Sporen gegeben und sich beeilt; aber sie hatten ja keine Ahnung, was sich dort während ihrer Abwesenheit zugetragen hatte.

55. Kapitel,

in dem die Burg Trauer trägt

 Auf der Burg Hohenlob herrschte derweil großer Kummer.

Denn kaum war Trenk zu seiner Drachenjagd aufgebrochen, da war auch schon die freundliche Hofdame, die Thekla das Sticken und Harfespielen und Suppekochen beibringen sollte, ganz aufgeregt zum Ritter Hans gelaufen gekommen.

„Sie ist verschwunden!", hatte sie gerufen, und der Ritter Hans hatte natürlich gleich gewusst, von wem die Hofdame sprach. „Und der Stallbursche hat im Stall ihre Gewänder gefunden, hinter einem Strohballen versteckt, und das neue Pferd, das sie vom Turnier mitgebracht hatte, fehlt jetzt auch!"

„Das neue Pferd?", hatte der Ritter Hans gefragt. Du weißt ja, dass Thekla ihre Ritterspiele immer vor ihrem Vater geheim gehalten hatte, und darum wusste er natürlich auch nichts davon, dass seine Tochter Schnöps dem Runden den Rappen und die Rüstung des wütigen Wertolt abgeschwatzt hatte. „Welches neue Pferd?"

Nur, dass Thekla noch am späten Abend verschwunden war, das begriff er sofort, und darum schickte er auch gleich alle seine Mannen und auch die früheren Räuber los, sie zu suchen. Aber in der Dunkelheit war das natürlich ganz aussichtslos, weil keine Spur zu erkennen war, und darum kehrten sie, kaum waren sie ausgeritten, auch schon niedergeschlagen wieder um und beschlossen, am nächsten Morgen im ersten Tageslicht weiterzusuchen.

Nur einer ritt nicht mit ihnen zurück zur Burg Hohenlob, und das war der Räuberhauptmann. Denn der dachte ganz richtig, dass Thekla sich doch bestimmt gemeinsam mit Trenk auf den Weg gemacht hatte, den Drachen zu schlagen; und weil er ja genau wusste, wo der Drache lebte, suchte er auch gar nicht erst nach Spuren, sondern sprengte auf seinem Räuberpferd durch die Dunkelheit. Da sah er plötzlich etwas im nachtfeuchten Gras liegen, das blitzte im matten Licht des Mondes, wenn auch, das muss gesagt werden, nicht sehr. Und kannst du dir seinen Schrecken vorstellen, als er zu der Stelle ritt, von der das Blitzen kam, und dort auf dem Boden das rostige Schwert seines Herrn erkannte, das der Ritter Hans Trenk mitgegeben hatte zum Kampf gegen den gefährlichen Drachen?

„Hölle, Tod und Teufel!", rief der Räuberhauptmann, denn er wusste ja nicht, dass Trenk vom Schmied längst eine sehr viel schärfere Waffe bekommen hatte, sein Schwert Drachentöter, und das alte rostige Schwert nur darum einfach weggeworfen hatte, weil er es nicht mehr brauchte.

„Was kann das bedeuten, was kann das bedeuten, hohoho?", rief der Räuberhauptmann und sprang aus dem Sattel und hob das Schwert vom Boden auf. „Sie haben ihr Schwert verloren, ihre einzige Waffe gegen den gefährlichen Drachen!" Und er steckte das stumpfe Schwert in seinen Gürtel und galoppierte weiter, noch schneller als vorher, bis er am Morgen schließlich den Waldsaum erreichte, nur kurze Zeit nachdem Trenk und Thekla hinter Ferkelchen her im Drachenwald verschwunden waren. Und was für einen Schrecken er da erst bekam!

Denn jetzt im hellen Licht der Sonne waren ja die Hufspuren der Pferde auf dem weichen Boden endlich deutlich zu erkennen, und so sah der Räuberhauptmann auch mit einem Blick, dass genau dort vor dem Wald zwei Reiter und ein Schwein, die von der Burg Hohenlob gekommen waren, mit einem ganzen Trupp anderer Reiter zusammengetroffen waren, die von der Burg des Ritters Wertolt kamen: Und das waren mindestens hundert Rösser und Reiter.

Da legte der Räuberhauptmann sorgenvoll seine Stirn in Falten und grübelte, was wohl geschehen sein könnte, als Trenk und Thekla ganz allein auf Wertolt und seine hundert Männer gestoßen waren: Denn die Erde war aufgewühlt wie nach einem Kampf, und er konnte ja nicht wissen, dass das nur kam, weil Wertolts Männer schon beim ersten Drachenschrei so eilig ihre Pferde gewendet und Fersengeld gegeben hatten.

„Zwei Kinder und ein Schwein ganz allein gegen ein ganzes Heer!", stöhnte der Räuberhauptmann. „Und auch noch ohne Schwert! Ach, wie wird dieser Kampf wohl ausgegangen sein?" Und er raufte sich die Haare. Denn dass Trenk und Thekla und Ferkelchen den Ritter Wertolt mit allen seinen Mannen in die Flucht geschlagen hatten, das konnte er sich nicht vorstellen. „Nicht vom Drachen getötet: Erschlagen worden sind die Kinder, erschlagen vom grausamen Wertolt dem Wüterich!" Und mit einem lauten Stöhnen der Verzweiflung schwang er sich wieder in den Sattel und galoppierte hast-du-was-kannst-du zurück zur Burg Hohenlob. Dass Trenk und Thekla währenddessen nur einen Steinwurf entfernt im Wald die Köhler mit einem Trick hereinlegten, konnte er ja nicht wissen; sonst wäre es ihm bestimmt sehr viel besser gegangen.

„Herr Ritter!", brüllte der Räuberhauptmann, als er gegen Abend mit lautem Hufgetrappel über die Zugbrücke und durch das Burgtor galoppierte, „Herr Ritter Hans, schlimme Nachricht, schlimme Nachricht, hohoho!"

Da strömten alle Burgmannen und Köchinnen und Stallburschen und außerdem auch Bambori und der Herr Kaplan und die freundliche Hofdame und wer sonst noch alles auf der Burg Hohenlob lebte, in den Burghof, wo der Räuberhauptmann gerade schweißgebadet mit dem verrosteten Schwert in der Hand von seinem erschöpften Pferd sprang.

„Noch bevor sie den Drachenwald erreicht haben, sind Euer Neffe Trenk und Eure Tochter Thekla dem grässlichen Wertolt und seinem ganzen Heer in die Hände gefallen! Und dies hier, Herr Ritter, habe ich auf dem Boden gefunden!"

Die Hofdame schlug sich die Hand vor den Mund und die Stallburschen stöhnten auf, als sie das Schwert erkannten; denn das konnte ja nur eins bedeuten.

„Wertolt der Wüterich hat Euren Neffen und Eure Tochter erschlagen, mein edler Ritter Hans!", schrie der Räuberhauptmann. „Hohoho! Und das Schwein leider auch! Nichts anderes erzählt dieses Schwert!"

„Nichts anderes, fürwahr!", flüsterte der Ritter Hans. „Nichts anderes kann es bedeuten!" Und er starrte zuerst den Räuberhauptmann an und danach das Schwert in seiner Hand.

Dann aber warf er sich in seiner Verzweiflung auf den Boden und trommelte mit beiden Fäusten auf die harten Pflastersteine. „Meine Tochter!", brüllte er wild wie ein Stier. „Mein Neffe! Erschlagen vom Wüterich!" Und seine Verzweiflung war so groß, dass sogar den Burgmannen die Tränen in die Augen traten vor Mitleid, und das waren doch nun wirklich harte Kerle, die nichts so leicht zum Weinen brachte.

„Es kann ja nicht sein!", brüllte der Ritter Hans. „Es kann ja nicht sein!"

Aber niemand versuchte, ihn zu trösten. Denn wo ein verbogenes Schwert im nachtfeuchten Gras liegt und wo Spuren von hundert feindlichen Reitern die Erde zerfurchen, da ist jede Hoffnung umsonst.

Und darum herrschte auf der ganzen Burg Hohenlob ein großer Kummer, vom niedrigsten Küchenjungen bis hinauf zum Ritter Hans, und in der Küche blieben die Feuer unter den Kesseln unangezündet, denn niemand mochte mehr essen; und in den Kellern blieben die Weinkrüge ungefüllt, denn niemand mochte mehr trinken; und auf dem höchsten Turm wehte im Wind die schwarze Fahne, die dem ganzen Land verkünden sollte, dass die Burg Hohenlob Trauer trug.

Aber zum Glück ja nicht sehr lange.

56. Kapitel,

in dem Trenk und Thekla nach Hause kommen

Von alledem wussten Trenk und Thekla natürlich nichts. Als sie sich nur wenige Stunden nach dem Räuberhauptmann mit Ferkelchen am Strick und dem schweren Sack voller Drachenzähne am Sattel endlich der heimatlichen Burg näherten, flatterte die schwarze Fahne ihnen schon von Weitem entgegen.

„Trenk, mein Vetter!", rief Thekla erschrocken. (Sie hatte wohl schon ganz vergessen, dass er ja gar nicht wirklich ihr Vetter war.) „Burg Hohenlob trägt Trauer! Was kann das wohl bedeuten?"

„Burg Hohenlob trägt Trauer!", murmelte auch Trenk, und für einen Augenblick wollte ihm fast das Herz stehen bleiben; denn Trauer bedeutet ja immer, dass jemand gestorben ist. Darum gab er seinem Pferd die Sporen und trieb es an, und Thekla dachte vor lauter Schreck nicht einmal mehr daran, dass sie sich doch eigentlich heimlich durch den Tunnel in die Burg schleichen und die Rüstung ablegen und sich wieder in ein Mädchen verwandeln musste.

Als die beiden über die Zugbrücke in den Burghof sprengten, lag die Burg ruhig wie tot. Kein Schwertgeklapper war vom Wehrgang zu hören und kein Geschirrgeklapper aus der Küche; denn alle Wachen auf den Türmen und alle Köche in der Küche und alle Stallburschen in den Ställen und außerdem noch Bambori und der Herr Kaplan und die freundliche Hofdame und natürlich auch der Ritter Hans hatten sich zurückgezogen, um zu trauern.

Nur der jüngste Küchenjunge hatte es nicht so lange ausgehalten, traurig zu sein, und spielte im Hof ganz allein mit runden Steinen Murmeln. Darum war er auch der Erste, auf den Trenk und Thekla bei ihrer Rückkehr trafen.

„Küchenjunge!", rief Trenk und sprang vom Pferd. „Was ist denn bloß geschehen hier auf der Burg? Schon von Weitem sahen wir die schwarze Fahne am höchsten Turm!"

„Ach, junger Herr Trenk, es ist wirklich zu traurig!", sagte der Küchenjunge und verneigte sich tief. „Der Ritter Wertolt hat unser Fräulein Thekla erschlagen und Euch auch und Euer Schwein, und niemals werdet Ihr mehr zurückkehren nach Hohenlob, und darum trägt die ganze Burg jetzt Trauer!"

War das nicht ein dummer Kerl? Vielleicht hätte er mal lieber erst nachdenken sollen, bevor er sprach.

„*Wen* hat der Ritter Wertolt erschlagen?", fragte Trenk verblüfft. „Und wer hat das gesagt?"

„Euch doch, junger Herr Trenk!", rief der Küchenjunge, und immer noch fiel ihm nichts auf, dem dummen Bengel. Er fing sogar ganz heftig an zu schluchzen. „Und Euer Schwein und Eure Base auch! Und darum trägt die ganze Burg Trauer!"

Aber in der Küche hatte Bambori in seinem großen Kummer den Wortwechsel zum Glück gehört und jetzt hob er den Kopf vom Küchentisch.

„Junger Herr Trenk!", schrie Bambori, und nie hätte er gedacht, dass er mit seinen alten Gliedern, die doch so leicht das Zipperlein bekamen, noch so schnell rennen konnte. „Ihr seid gar nicht tot!" Und dann fiel er Trenk um den Hals vor lauter Freude und Trenk sah Thekla an und Thekla sah Trenk an und beide waren sie sehr erleichtert, weil sie begriffen, dass die schwarze Fahne nur ein einziges großes Missverständnis war.

„Der junge Herr lebt!", brüllte Bambori, bis die ganze Burg aus ihrer Trauer erwachte. „Und auch sein Schwein, und wenn mich nicht alles täuscht, das junge Fräulein auch!" Und dabei sah er ein wenig zweifelnd auf Thekla in ihrer schlotternden Rüstung. „Na, das da wird Euren Herrn Vater aber nicht sehr freuen, Fräulein Thekla!"

Aber da hatte Bambori sich getäuscht. Denn du glaubst doch wohl nicht, dass es einem Vater, der seine geliebte Tochter schon erschla-

gen geglaubt hat, sehr viel ausmacht, wenn sie zur Abwechslung mal keine Suppe kocht! Nur ein bisschen vielleicht.

„Thekla!", rief der Ritter Hans und schloss seine Tochter in seine Arme, dass ihre Rüstung schepperte. „Wie bin ich froh, dass du wieder da bist, Potzblitz!" Aber dann musterte er sie doch von oben bis unten und seufzte ein wenig und schüttelte den Kopf. „Ach, ach, ach, Thekla!", sagte er. „Wie siehst du denn schon wieder aus! Du solltest doch sticken üben und Harfe spielen! Wo bist du gewesen?"

„Sticken und Harfe spielen, ja Pustekuchen, gütigster Herr Vater!", sagte Thekla ein wenig trotzig. „Mit meinem Vetter Trenk war ich im Drachenwald, um den gefährlichen Drachen zu besiegen!"

„Ach, ach, ach!", sagte der Ritter Hans, aber eigentlich sah er für so viel Gejammer doch ziemlich glücklich aus. „Wie um Himmels willen soll ich dieses Mädchen wohl jemals verheiraten? Aber ist es Euch denn wirklich gelungen, Trenk, mein Neffe, den gefährlichen Drachen zu besiegen?" Es war ja klar, dass er *Trenk* danach fragte und nicht *Thekla*, denn wie du weißt, glaubten die Menschen damals ja tatsächlich, dass Mädchen zart und schwach und ängstlich und, wenn es ums Kämpfen ging, nicht sehr nützlich wären.

Da holte Trenk einmal tief Luft, weil er den Ritter Hans nämlich sehr gerne hatte und ihm keine Schwindelgeschichte erzählen wollte, und dann ließ er ihn schwören, dass er niemandem auf der Welt jemals ein Wörtchen verraten würde von dem, was Trenk und Thekla ihm jetzt berichteten, das hatten sie den Köhlern ja versprochen.

Das schwor der Ritter Hans.

Erst danach erzählten Trenk und Thekla ihm von ihrem Abenteuer und wie der Drachenschrei den feigen Ritter Wertolt und alle seine Männer in die Flucht gejagt hatte und wie sie die Köhler mit einem Gauklertrick hereingelegt hatten und dass der gefährliche Drache gar nicht gefährlich war. Und ganz zuletzt zeigten sie dem Ritter Hans den Sack mit den Milchzähnen der Drachenkinder.

„Ja, das wird den Herrn Fürsten freuen!", rief der Ritter Hans und klatschte in die Hände. „Diese Zähne sind ein wunderbarer Beweis, und damit haben wir den Ritter Wertolt im Wettstreit besiegt und dürfen uns etwas wünschen!"

„Aber ein bisschen geschummelt ist es ja vielleicht", sagte Trenk vorsichtig. „Denn wir haben den Drachen ja gar nicht wirklich erschlagen."

„Und wo Ihr mir doch immer sagt, gütigster Herr Vater, dass man nicht schwindeln darf", sagte Thekla vorwurfsvoll.

„Hm, hm, hm", sagte der Ritter Hans. „Richtig geschwindelt ist es nur, wenn ihr *behauptet*, dass ihr den Drachen erschlagen habt und dass dieses hier *seine* Zähne wären. Wenn ihr dem Herrn Fürsten die Zähne nur *zeigt* und dazu gar nichts sagt, ist es nicht richtig geschwindelt. Nicht sehr."

„Nicht sehr", sagte Thekla nachdenklich.

„Nein, sehr nicht", sagte Trenk.

Und schließlich war es ja auch für einen guten Zweck; denn er wollte doch seine Eltern befreien.

Inzwischen brummte oben der Saal von Dienern, die irdene Teller und Becher aus Zinn ordentlich auf der langen Tafel verteilten, und aus der Küche kam ein wunderbarer Bratenduft.

„Gleich morgen früh machen wir uns auf den Weg zur Burg des Herrn Fürsten", sagte der Ritter Hans. „Nein, was war das heute für ein Tag! So großer Kummer am Morgen und so große Freude am Abend."

In diesem Augenblick ertönte ein Gong, und Köche und Küchenjungen und Mägde kamen mit großen Platten voller Schweinebraten und Rinderbraten und fettglänzenden knusprigen Hühnern in den Saal, und auf einer Platte lag sogar ein ganzer glasierter Schweinekopf zwischen niedlichen kleinen Karotten und sah aus, als ob er lächelte. Und wenn du mich jetzt fragst, woher all das viele Essen denn auf einmal kam, wenn doch auch die Köche und Küchenjungen und Mägde den ganzen Tag nur getrauert hatten, dann kann ich dir deine Frage leider nicht beantworten.

Aber am wichtigsten ist doch wohl auch, dass sie jetzt alle zusammen ein schönes Festessen bekamen.

57. Kapitel,

in dem ziemlich viel geschwindelt wird

Die Burg des Herrn Fürsten war noch viel schöner und größer als jede andere Burg, die Trenk in seinem Leben gesehen hatte, und kaum hatte der Ritter Hans sich ihr mit seinem ganzen Tross und mit Trenk und Thekla und Ferkelchen und außerdem dem Sack mit den Drachenkinderzähnen auf Sichtweite genähert, da ertönte von allen Türmen auch schon der Ruf der Herolde, der dem Herrn Fürsten ihre Ankunft ankündigte.

So war die Zugbrücke auch schon heruntergelassen, als sie sie erreichten, und das Fallgitter im Burgtor war hochgezogen; und im Burghof stand der Herr Fürst in seiner scharlachroten Robe mit dem Hermelin am Kragen und erwartete seine Gäste.

„Ritter Hans!", rief er freudig. „Wie ich mich freue, Euch zu sehen! Nachdem der Ritter Wertolt mir von dem grausamen, gefährlichen Drachen berichtet hat, der sogar noch viel grausamer ist, als wir es jemals erahnen konnten, war ich schon in großer Sorge um Euch!"

„Der Ritter Wertolt?", fragte Trenk. „Ist der hier?"

„Was hat er denn erzählt?", fragte Thekla. Jetzt hatte sie natürlich wieder ihre Mädchenkleider an und sah genauso aus, wie ein Ritterfräulein aussehen soll, auch wenn sie vielleicht ein kleines bisschen zu schnell und zu undamenhaft galoppiert und ihr Kleid darum ganz schlammverspritzt war.

„Ja, was hat er denn erzählt?", fragte nun auch der Ritter Hans.

Da entdeckten sie ihn auch schon hinter dem Herrn Fürsten, den wütigen Wertolt, der trat jetzt vor und rief: „Hohoho! Da seht Ihr, dass wahr ist, was ich Euch berichtet habe, edler Herr Fürst! Der Ritter Hans war zu feige, um selbst gegen den Drachen zu reiten! Von seinem Neffen musste er sich vertreten lassen!"

„Ach was, zu feige!", sagte der Ritter Hans. „Aber bei so einer Kleinigkeit wie der Drachenjagd pflege ich mich nicht selbst zu bemühen, da habe ich wahrlich Wichtigeres zu tun. So eine Kleinigkeit wie die Drachenjagd, die Kinder erledigen können, die lasse ich auch Kinder erledigen, Potzblitz."

„*Die Kinder erledigen können?*", fragte der Herr Fürst verwirrt. „Und Kleinigkeit? Aber der Ritter Wertolt hat mir doch erzählt …"

„Ha!", schrie da der Ritter Wertolt. „Ho! Hatte ich Euch nicht berichtet, Herr Fürst, dass der Neffe des Ritters Hans von einem zweiten Knaben begleitet wurde, der meine Rüstung trug? Ha! Ho! Nun weiß ich auch, wer das war! Es war gar kein Knabe, edler Herr Fürst! Es war dieses Mädchen hier! Der Ritter Hans ist so feige, dass er seine eigene Tochter für sich kämpfen lässt!"

„*Ich* hätte gekämpft?", rief da Thekla empört mit einem ganz zarten Stimmchen. „Kämpfen, ja Pustekuchen! Ich habe fürwahr genug damit zu tun, zu sticken und Harfe zu spielen und Suppe zu kochen, da bleibt mir zum Kämpfen gar keine Zeit."

Das war ja schon wieder geschwindelt, wenn du das bemerkt haben solltest. Ich muss schon sagen, allmählich wird mir in dieser Geschichte ein bisschen viel geschwindelt, aber damit können wir uns jetzt nicht aufhalten, weil wir schließlich wissen wollen, wie es weitergeht.

„Nun, nun!", sagte der Herr Fürst und sah zweifelnd von Wertolt zu Thekla und von Thekla zu Wertolt, denn einer von beiden konnte ja nur die Wahrheit sprechen. „Ich weiß nicht, edler Ritter Wertolt, ich weiß nicht. So ein zartes Mädchen soll Eure schwere Rüstung getragen haben?"

„Das hätte ich meiner Tochter doch niemals erlaubt!", rief der Ritter Hans. Und das wenigstens war ja nun zur Abwechslung einmal die Wahrheit.

„Genau!", sagte Thekla.

„Aber selbst wenn", sagte der Herr Fürst nachdenklich und sah auf die Schlammspritzer auf Theklas Gewand, „selbst wenn sie die Rüstung getragen hätte: Wenn sie den Mut hat, gegen den Drachen zu ziehen, warum soll sie dann nicht gegen den Drachen ziehen? In meinem Land darf gegen den Drachen ziehen, wer mag."

Das war für einen Fürsten damals wirklich ein sehr überraschender Satz, aber daran merkt man gleich, dass dieser Fürst wirklich ein netter Fürst war. Und Thekla rief auch sofort: „Habt Ihr das gehört, gütigster Herr Vater?" Aber dann schlug sie sich die Hand vor den Mund und die Augen nieder und zupfte sehr mädchenhaft an ihrem Rock.

„Jedenfalls bin ich froh", sagte der Herr Fürst, „dass alle so heil aus diesem gefährlichen Abenteuer hervorgegangen sind! Ich habe ja schon gehört, wie der Drache aus dem Wald gestürmt kam mit wildem Gebrüll und einer halb verschlungenen Jungfrau im Maul und wie er Feuer gespien hat, dass die ganze Steppe brannte! So müssen wir jetzt wohl begreifen, dass dieser Drache nicht zu besiegen ist. Er ist viel zu grausam und viel zu stark und viel zu gefährlich. Und darum geht der Wettstreit zwischen euch beiden, Ritter Hans und Ritter Wertolt, eben unentschieden aus und keiner darf sich vom anderen etwas wünschen, so lautet mein Urteil."

„Wer hat denn das behauptet?", fragte Trenk da empört. „Dass der Drache Feuer gespien hat, bis die Steppe brannte?"

„Der Ritter Wertolt, wer sonst!", sagte der Herr Fürst. „Denn hätte der Ritter Wertolt sonst wohl die Flucht ergriffen?"

„Und wer hat behauptet", fragte Thekla, „dass der Drache gerade eine Jungfrau verschlang?"

„Auch der Ritter Wertolt, wer sonst!", sagte der Herr Fürst. „Und nun wissen wir, dass der Drache unbezwingbar ist."

Da antwortete Trenk gar nichts mehr, denn er wollte ja nicht immerzu schwindeln und schwindeln und schwindeln, sondern hob nur den Sack mit den Drachenzähnen von seinem Packpferd und ließ den Herrn Fürsten einen Blick hineinwerfen.

„Da seht Ihr!", rief Trenk.

„Was ist denn das?", fragte der Herr Fürst verblüfft und schnappte

sich einen hühnereigroßen Milch-
zahn. Den hob er hoch in die Luft
und zeigte ihn allen, die auf dem
Burghof versammelt waren. Dann
steckte er seinen kleinen Finger durch
das kreisrunde Loch in der Mitte. „Ein
Drachenzahn, ihr Leute, ein Drachenzahn!"

„*Siebenundzwanzig* Drachenzähne",
sagte Trenk. Das war nicht geschwindelt.

„*Siebenundzwanzig* Drachenzähne!",
sagte der Herr Fürst erschüttert.
„Ritter Hans, Ihr habt den
Drachen erlegt!"

„*Ich* habe den Drachen nicht
erlegt!", sagte der Ritter Hans, und
guck mal, wie schlau. Das war ja auch
wieder die Wahrheit, und wenn der Herr Fürst nun unbedingt glauben wollte, dass dann eben Trenk den Drachen erlegt hätte, dann
war das doch wohl nicht die Schuld des Ritters Hans oder höchstens
ein bisschen.

„Der Knabe hat also den Drachen erlegt!", rief da auch wirklich
der Herr Fürst. „Euer Neffe, der Page, hat den Drachen erschlagen,
den gefährlichen, grausamen Drachen, vor dem selbst der Ritter
Wertolt die Flucht ergriffen hat! Nun denn, Ritter Hans, so hat auch
Euer Neffe den Wettstreit gewonnen und hat beim Ritter Wertolt
einen Wunsch frei."

Da holte Trenk einmal tief Luft, aber bevor er noch sagen konnte,
was er sich wünschte, hatte Wertolt der Wüterich sich schnaubend
vor dem Herrn Fürsten aufgebaut.

„Es gilt nicht, es gilt nicht!", rief er so laut, dass seine Stimme sich
überschlug. „Denn jetzt weiß ich auch wieder, woher ich diesen Knaben hier kenne! Ha! Und: Ho! Er ist gar kein Rittersohn! Er ist der
Sohn meines Leibeigenen Haug Tausendschlag und ein Betrüger!"

58. Kapitel,

in dem Wertolt der Wüterich Trenk verpetzt

 Da wurde es totenstill auf dem Burghof, nur Ferkel-chen quiekte einmal laut auf, weil es sich bei dem Ge-brüll so sehr erschreckt hatte.

„Der Sohn Eures Leibeigenen?", fragte der Herr Fürst. „Und das soll ich Euch glauben? Ritter Hans, was sagt Ihr dazu? Ist dieser Knabe nicht Euer Neffe, der Sohn Eures Schwagers Dietz vom Durgelstein?"

„Natürlich ist er das!", rief der Ritter Hans; aber auf einmal sah er doch sehr nachdenklich aus. Vielleicht erinnerte er sich plötzlich wieder daran, wie er früher immer gehört hatte, dass der Sohn des Dietz vom Durgelstein ein großer Feigling war; und außerdem hieß der Leibeigene des Ritters Wertolt ja offensichtlich auch Tausend-schlag, haargenau wie Trenk, der bis eben noch sein Neffe gewesen war, und das konnte doch kaum ein Zufall sein. „Natürlich ist er das."

„Ihr zweifelt?", fragte der Herr Fürst, dem das Erschrecken in den Augen des Ritters Hans nicht verborgen geblieben war. „Seid ehr-lich zu mir! Er ist also *nicht* Euer Neffe?"

„Doch, doch", murmelte der Ritter Hans, der auf einmal gar nichts mehr wusste. „Ich glaube schon."

„Ich kann beweisen, dass er der Sohn meines Leibeigenen ist!", rief Wertolt da wieder. „Alle meine Männer können es nämlich be-zeugen, alle meine Männer haben den Jungen gesehen, wenn er mit seinem Ferkel am Strick seinen Vater begleitet hat, weil der wie-der einmal auf die Burg kommen musste, um den Ochsenziemer zu schmecken! Haug Tausendschlag, hahaha! Tausend Schläge hat er von mir bekommen, wenn nicht sogar mehr! Und der da ist sein Sohn!"

„Nun, mein lieber Junge", sagte der Herr Fürst und sah Trenk fest in die Augen. „Dann frage ich dich doch besser gleich selbst. Ist es die Wahrheit, was dieser Ritter hier behauptet? Bist du gar nicht der Neffe des Ritters vom Hohenlob, sondern der Sohn des Leibeigenen Haug?"

Da wusste Trenk, dass er verloren hatte. Denn wenn der Ritter Wertolt jetzt seine Männer aufrief, damit sie bezeugten, wer Trenk wirklich war, dann würden sie das tun, da war er sich sicher. Sie alle erkannten ihn jetzt wieder, und sie alle hatten ja Angst vor ihrem Ritter und Herrn.

„Ja, der bin ich", sagte Trenk darum tapfer, denn nun konnte auch alles Schwindeln der Welt ihm nicht mehr helfen. „Ich bin der Sohn des Leibeigenen Haug Tausendschlag, der ein tüchtiger Mann ist, und den edlen Ritter Hans und Euch, Herr Fürst, bitte ich für die Täuschung um Vergebung. Aber der Sohn des Ritters Dietz vom Durgelstein war einfach zu feige, um Page und Knappe und Ritter zu werden."

„Da hört Ihr es!", brüllte Wertolt. „Er gibt es zu! Einen Leibeigenen und ein Mädchen hat der Fettsack Hans der Hässliche in den Kampf gegen den Drachen geschickt, weil er selbst zu feige dazu war, ha und ho! Betrug! Alles Betrug!"

Der Fürst sah sehr nachdenklich auf Trenk, aber dann nickte er. „Ja, Betrug ist es und Betrug bleibt es", sagte er und seufzte leise. „Dieser Knabe hat uns alle an der Nase herumgeführt. Aber den Drachen hat er trotzdem erlegt, das ist eine Tatsache", und er sah auf den Drachenzahn in seiner Hand und auf die übrigen sechsundzwanzig Drachenzähne in dem Jutesack.

„Hahaha!", schrie Wertolt so laut, dass Ferkelchen vor Schreck einen Satz in die Luft machte. „Und weil alles nur ein Betrug war, darf er sich von mir auch nichts wünschen, egal, wie viele Drachen er erschlagen hat! Leibeigen geboren, leibeigen gestorben, leibeigen ein Leben lang!"

„Wer sagt denn so etwas Dummes?", sagte der Herr Fürst da ganz ärgerlich, und jetzt hatte er sich entschieden, was zu tun war, das

konnte man sehen. „Was ist denn das für ein dummer Spruch? Wenn
ein Leibeigener mutig ist wie ein Ritter, warum soll er denn dann
kein Ritter sein dürfen in meinem Land? Leibeigen geboren, als Ritter gestorben, tapfer ein Leben lang!" Und er packte Trenks Hand
und schüttelte sie. „Tapfere Ritter kann ich immer gebrauchen! Nur,
dass du deinen Onkel belogen hast, das war nicht schön von dir. Ach,
er ist ja gar nicht dein Onkel!"

„Dann habe ich also trotzdem beim Ritter Wertolt einen Wunsch
frei?", fragte Trenk und hielt den Atem an, denn an so viel Glück
konnte er gar nicht glauben.

„Warum denn nicht?", rief da der Herr Fürst. „In diesem Land bin
ich der Fürst und ich darf entscheiden, und ich entscheide, dass du
beim Ritter Wertolt einen Wunsch frei hast, weil du den Wettstreit
gewonnen und mir die Drachenzähne gebracht hast."

Da brach auf dem Hof ein lauter Jubel aus, nur die Männer des
Ritters Wertolt trauten sich nicht, mitzujubeln. Sie hatten natürlich
Angst davor, was ihr Herr sonst hinterher mit ihnen machen würde.

„Dann wünsche ich mir", flüsterte Trenk, aber vorsichtshalber
holte er noch einmal tief Luft und sagte mit fester Stimme: „Dann

wünsche ich mir, dass alle Leibeigenen des Ritters Wertolt von heute an frei sein sollen und all seine Mannen und Krieger auch!"

Wie laut da der Jubel war und wie hoch die Mützen flogen, das kannst du dir gar nicht vorstellen, denn jetzt jubelten ja auch die Männer des wütigen Wertolt mit. Schließlich konnten sie nun endlich tun und lassen, was sie wollten.

„Ihr habt es gehört, Ritter Wertolt!", sagte der Herr Fürst. „Von heute an sind alle Eure Leute frei. Das wünscht sich der Knabe und das bestimme ich, Euer Fürst, denn ich darf entscheiden in diesem Land."

„Hoch lebe unser Herr Fürst!", brüllte da einer der Männer des Ritters Wertolt. „Hoch lebe Trenk Tausendschlag!"

Und: „Hoch lebe Trenk Tausendschlag!", brüllte der ganze Hof.

Dass sie danach alle zusammen ein großes Festmahl verspeisten, brauche ich dir ja wohl gar nicht mehr zu erzählen, und dass es köstlich war, auch nicht. Nur Trenk und Thekla vermissten ein wenig die leckeren Nachspeisen des ehemaligen Räubers Bambori. Aber von so einem schönen Tag konnte man schließlich nicht alles verlangen.

59. Kapitel,

in dem alles zu einem glücklichen Ende kommt

Und damit ist diese Geschichte zu Ende, sie war ja auch ziemlich lang.

Gleich am nächsten Morgen ritten sie alle gemeinsam in das Dorf am Fuße der Burg des Ritters Wertolt, in dem Trenks Eltern lebten und seine kleine Schwester Mia-Mina. Nur der Ritter Wertolt ritt ganz allein, denn seine Männer brauchten ihm ja jetzt nicht mehr zu gehorchen, und glaub mir, das hatten sie auch nicht vor.

Als Trenk und Thekla und der Ritter Hans das Dorf erreichten, hatte sich die Neuigkeit von Trenks Heldentat und der Freiheit der Leibeigenen längst herumgesprochen, und Trenks Mutter Martha fiel ihrem Sohn um den Hals und Trenks Vater Haug schleuderte seine Mütze in die Luft und seine kleine Schwester Mia-Mina drückte Ferkelchen in ihrer Wiedersehensfreude so fest, dass es fast keine Luft mehr bekam.

Thekla aber saß hoch auf ihrem Pferd und wischte sich eine Träne der Rührung aus dem Augenwinkel, und dann sagte sie zu ihrem Vater: „Warum, gütigster Herr Vater, tut Ihr das eigentlich nicht auch? Warum lasst Ihr Eure Leibeigenen nicht genauso frei? Was der Ritter Wertolt kann, könnt Ihr doch schon lange!"

Da kratzte der Ritter Hans sich am Kopf und sagte, nun, nun, er glaube zwar nicht, dass seine Leibeigenen jemals unter ihm gelitten hätten, aber wenn sein Töchterchen sich wünsche, dass sie frei sein sollten, dann sollten sie das in Gottes Namen auch sein; er hätte in diesen Tagen ohnehin schon viel Neues lernen müssen.

Und dann sagte er noch, dass er Trenk nicht mehr böse wäre, dass der ihn beschwindelt hatte.

„Denn siehst du, Trenk, mein lieber Neffe", sagte er, „es ist mir ja allemal lieber, so einen tapferen Jungen wie dich bei mir auf der Burg zu haben, auch wenn er nicht wirklich mein Neffe ist, als den schrecklich feigen Zink Zeterling. Darum lassen wir am besten alles so, wie es ist, und du kommst mit mir und Thekla zurück auf die Burg und wirst Ritter wie geplant. Was man angefangen hat, soll man auch zu Ende bringen."

Da drückte Thekla ihm einen dicken Kuss auf die Wange. „Ihr seid doch der gütigste Herr Vater der Welt, gütigster Herr Vater!", sagte sie.

„Und du, mein Töchterchen", sagte der Ritter Hans, und jetzt seufzte er doch ein bisschen, „sollst von heute an Ritter spielen dürfen, so viel du magst, wenn sogar der Herr Fürst meint, dass es so in Ordnung ist. Solange du nur wenigstens ab und zu stickst und Harfe spielst und Suppe kochst! Denn sonst finde ich niemanden, der dich heiraten will."

Das versprach Thekla ihm gerne, und zum Glück bemerkte niemand, dass Trenk bei den letzten Worten seines Onkels so rot geworden war wie ein reifer Novemberapfel. Denn jemanden, der Thekla heiraten wollte, wusste *er* wohl, auch wenn es dafür ja natürlich noch viel zu früh und Thekla viel zu jung war, und an wen er da dachte, kannst du dir sicher schon denken. Und als sie nun gemeinsam nach Hause zur Burg Hohenlob ritten, mit Haug und Martha und Mia-Mina im Gefolge, da pfiff Trenk wieder sein kleines Lied:

> „Heute zieh ich um die Welt
> (das kost' ja nix, das kost' ja nix!),
> bin zwar kein Ritter, hab zwar kein Geld
> (das kost' ja nix, das kost' ja nix!),
> doch ich tu und lass, was mir gefällt,
> Potzblitz und holdrio!

Und seh ich eine Burg mit Zinne
(nur hin ganz fix, nur hin ganz fix!)
und sitzt ein Ritterfräulein drinne
(nur hin ganz fix, nur hin ganz fix!),
dann klopft mein Herz vor wilder Minne,
Potzblitz und holdrio!
Potzbli-hi-hitz – und holdrio!"

Und jetzt ist endlich auch genug Zeit, dir zu erklären, was das Wort
Minne bedeutet, nämlich nichts anderes als Liebe. Na, da kannte
Trenk sich ja seit einiger Zeit aus.

Danach lebten sie alle glücklich und in Freuden.

Der Ritter Hans sollte niemals bereuen, dass er Trenk zu seinem
Neffen gemacht hatte, denn der war so tapfer und so schlau und
außerdem auch noch so nett, dass er später, als er erwachsen war,
berühmt wurde von den Bergen bis zum Meer, und das war damals
fast die ganze Welt, musst du bedenken, weil Amerika ja noch nicht
entdeckt war.

Und Trenk heiratete tatsächlich Thekla, das hast du dir ja schon
gedacht, und sie hatten viele nette kleine Ritterkinder, und Thekla
wurde eine ziemlich gute Ritterfrau, auch wenn sie zwischendurch
immer mal ihre Rüstung anlegen und ein bisschen galoppieren und
mit der Schleuder schießen musste. Aber sie kochte auch ziemlich
oft Suppe, und sticken und Harfe spielen tat sie auch.

Ab und zu bekamen Trenk und Thekla auf ihrer Burg auch Besuch von den Gauklern Schnöps, Fuchs und Momme Mumm und natürlich dem Herrn Prinzipal. Denn es war genau, wie Momme Mumm gesagt hatte: Ihre Wege kreuzten sich immer wieder. Schließlich waren sie ja Freunde für immer und ewig! Und wenn die Gaukler die Burg besuchten, dann war das immer ein großer Spaß. Sie brachten den Ritterkindern fast alle ihre Tricks bei, denn Trenk hatte ja selbst erfahren, dass die im Leben manchmal nützlicher sein konnten als jedes Schwert.

Auch die Köhler lebten zufrieden und sicher vor Räubern und Drachenjägern mit ihrem Drachen und seinen Kindern im Wald, denn niemals verrieten Trenk, Thekla oder der Ritter Hans ihr Geheimnis.

Und sogar dem Ritter Wertolt ging es gut, auch wenn du dir das vielleicht gar nicht wünschst. Denn nachdem er erst mal eine ganze Weile gemault und geschimpft und vor Wut mit den Füßen getrampelt hatte, weil es nun niemanden mehr gab, der sich von ihm alles gefallen lassen musste, beschloss er schließlich seufzend, wenigstens ein kleines bisschen netter zu werden. Und er war ganz erstaunt, dass er dabei fröhlicher und zufriedener war als je zuvor, so ist es nun mal im Leben.

Ja, jetzt ist die Geschichte aus. Wenn ich noch etwas vergessen haben sollte, tut es mir leid. Aber den Rest kannst du dir bestimmt auch selbst ausdenken.

Kleine Nachbemerkung für Eltern und Lehrer

Vieles von dem, was in dieser Geschichte erzählt wird, entspricht den tatsächlichen Verhältnissen zur Zeit der Ritter und Räuber und braucht auch Geschichtslehrer nicht zu verstören. Bei anderem bin ich mir nicht so sicher.

Drachen, zum Beispiel, gab es meines Wissens nicht.

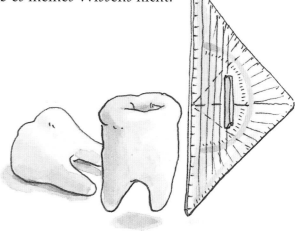

Kirsten Boie, 1950 in Hamburg geboren, war einige Jahre als Lehrerin tätig, bevor 1985 ihr erstes Kinderbuch „Paule ist ein Glücksgriff" erschien und sich als grandioses Debüt erwies. Heute ist sie eine der renommiertesten und vielseitigsten deutschen Kinder- und Jugendbuchautorinnen. Die promovierte Literaturwissenschaftlerin engagiert sich für Projekte der Leseförderung, reist im Auftrag des Goethe-Instituts und hatte eine Poetik-Professur an der Universität Oldenburg inne. Kirsten Boie erhielt zahlreiche nationale und internationale Auszeichnungen und wurde mehrfach für den Hans-Christian-Andersen-Preis nominiert. 2007 wurde sie für ihr Gesamtwerk mit dem Sonderpreis des Deutschen Jugendliteraturpreises geehrt.

Barbara Scholz, 1969 in Herford geboren, studierte Grafikdesign in Münster. Sie arbeitet in einer Ateliergemeinschaft und illustriert sehr erfolgreich Kinderbücher für verschiedene Verlage.

Kirsten Boie

Ihre schönsten Kinder- und Jugendbücher

Oetinger

Weitere Informationen unter: www.kirsten-boie.de und www.oetinger.de